人们之所以看不到黑暗，
是因为有像你这样的英雄用生命
把黑暗挡在了人们看不到的地方。

英雄虎胆

YINGXIONG HUDAN

缉毒警察甘科伟

朱千华——著

广西教育出版社

图书在版编目（CIP）数据

英雄虎胆：缉毒警察甘科伟 / 朱千华著. —南宁：广西教育出版社，2020.9（2024.9 重印）
ISBN 978-7-5435-8794-6

Ⅰ.①英… Ⅱ.①朱… Ⅲ.①报告文学—中国—当代 Ⅳ.①I25

中国版本图书馆 CIP 数据核字(2020)第 103320 号

策划编辑：张星华
责任编辑：张星华　黄　璐　周栩宇
责任校对：陆嫣澄　何　云
封面设计：梁颢蓝

出 版 人：石立民
出版发行：广西教育出版社
地　　址：广西南宁市鲤湾路 8 号　邮政编码：530022
电　　话：0771-5865797
本社网址：http://www.gxeph.com
电子信箱：gxeph@vip.163.com
印　　刷：广西民族印刷包装集团有限公司
开　　本：890 mm×1240 mm　1/32
印　　张：11.75
字　　数：282 千字
版　　次：2020 年 9 月第 1 版
印　　次：2024 年 9 月第 6 次印刷
书　　号：ISBN 978-7-5435-8794-6
定　　价：36.00 元

目录

CONTENTS

第一章　左江少年

（一）1980年，渠旧镇

滚滚左江，莽莽峰林。这里是中国西南喀斯特腹地的崇左市扶绥县。

1980年春天，扶绥县渠旧镇发生了罕见的大旱，周围乡村的玉米全部旱死，颗粒无收。早稻亦干枯焦黄，数万亩花生、黄豆、黑豆歉收。

更令人不安的是，那年7月底，正是炎热的夏季，渠旧镇又遭遇了强台风袭击，暴雨成灾，左江水位暴涨至85米。滔滔洪水淹没农作物将近10万亩，近百间民房、牛栏等倒塌。

洪涝主要出现在左江沿岸及渠黎、渠旧、昌平等低洼的乡村地区。古老的渠旧镇伤痕累累。

从春季的大旱，到后来突如其来的强台风、暴雨、洪水，一连串的自然灾害几乎没有停歇过。面对如此严重的灾情，渠旧镇上的老人们坐不住了，他们以最古老的方式，在左江边上焚香祭拜，祈祷山神水神庇佑众生。

洪水过去几天之后，渠旧镇供销社的职工甘党标扶着妻子甘莲香站在左江边，望着奔涌的江水默默祈祷，希望腹中的孩子平安。此时甘莲香已怀有八个月的身孕。对着左江祈祷完毕，夫妻二人又转过身，向左江南岸不远处的守旗山遥拜，希望山神也能保佑大人孩子一切安康。

守旗山是渠旧镇远近闻名的一座山，山上原来有一座猴王庙，方圆几十里的百姓常来祈愿。

当地有个传说，很多年前，左江里住着一条恶龙，不时兴风作浪，淹没山寨和村庄。玉帝大怒，遂派出降龙经验十分丰富的齐天大圣前来捉拿妖龙。孙大圣来到渠旧，一看是条小龙，觉得不值得亲自动手，就摘了野果坐在山上吃，然后拔出几根毫毛一吹，变化出许多神猴去与恶龙交战。最终，正义战胜邪恶，恶龙受到惩罚。孙大圣就在山上插了一杆旗，对神猴们说："你们以后就在此守护这杆旗，恶龙看到旗帜，就不敢作恶。"从此，神猴们就在渠旧的山头扎下根，日夜守护那杆旗。

从此，那座山就被叫作"守旗山"。当地老人们说，在 20 世纪 50 年代前，山上还有一座叫"猴王殿"的神庙。

1980 年 9 月 30 日，在渠旧镇的卫生院，一个男婴呱呱坠地。甘党标在喜庆之余，想给孩子取个名字。那时，国家刚刚开始改革开放，当时最时髦的口号是"努力实现四个现代化"。甘党标想了半天，决定给男婴取名甘科伟。伟者，大也，甘党标希望这孩子将来能成大器。

由于家里经济比较困难，第二天早上，甘党标就为妻子办理了出院手续，抱着刚出生的甘科伟准备回家。

那天是国庆节，早上下过一场雨。雨过天晴，甘党标抱着孩子领着妻子，刚走出卫生院大门，忽然间被眼前神奇的一幕惊呆了。只见左江的上空出现了一道彩虹，横跨半个蓝天。

如此绚丽壮美的一幕，就像繁花盛开的春天，让这个古老的小镇清新且明亮起来。半年来被旱灾、洪水不断折磨的小镇，终于有了喜悦的笑容。

甘党标夫妇抱着婴儿站在那里，面对着被洗礼后的山林，仰望七色彩虹，遥看半天，心中一片喜悦与明朗。夫妻俩文化水平并不高，无法形容彩虹的美丽，只是在嘴里不断地说："好看，真好看。"

渠旧是个古老的圩镇。奔腾的左江水从西南方向呼啸而来，掠过古镇，向扶绥县城奔涌而去。渠旧镇古称"渠旧埠"，曾经是左江边一处繁忙的古码头。从渠旧溯江而行，可至崇左、龙州、凭祥；顺水而下 100 千米左右，可经扶绥到达南宁。

渠旧水厂下面为左江渡口，千百年来，对岸的江渠、白作、谭峒的老百姓都从这里过来赶圩。古老的渠旧码头至今还在，共有 68 级台阶，用长短不一的青石条铺砌而成。码头建于清朝末年，是当时货船、商船停泊靠岸进行商业贸易之地，可见昔日水运的喧闹。1952 年，湘桂铁路开通并经过渠旧古埠之后，左江航运开始没落，繁华一时的渠旧码头亦日渐荒芜，但是小镇千百年来积淀的历史文化依然闪烁着光芒。

与此同时，渠旧火车站给镇上的百姓带来了快捷和方便。每天各有一趟普通绿皮火车往来于南宁与凭祥，途经渠旧。坐火车的好处就是准时，南宁来的 811 次列车在下午 1 时 26 分到达渠旧，凭祥来的812次列车在中午12时49分到达渠旧。那时的票价也很便宜，从渠旧到扶绥一共约50千米，火车票只要两元钱。

渠旧镇的骑楼群建于民国初年，至今保存完好，这是渠旧人引以为傲的历史建筑。骑楼门前有沿街廊道，门廊呈弧形，遮阳避雨，非常适宜岭南的亚热带气候。通常一楼作为商铺，楼上住人，这是典型的岭南商住建筑风格。骑楼从南往北共两排，房屋300多座，长约千米。

骑楼对街而立，以圩亭为中轴线互为对称。骑楼群保存完好，是昔日渠旧镇商贸繁华的最有力见证。

甘党标一家住在骑楼附近。他抱着刚出生的甘科伟回到家中，然后去自己上班的供销社买了一串鞭炮，用于庆贺。左右邻居纷纷前来道喜，看望襁褓中的甘科伟。

甘家之前有四口人在一起生活：甘党标夫妇、甘党标的母亲，还有甘党标的姐姐，即甘科伟的姑姑。

甘党标的姐姐是残疾人，年轻时，因为停电看不清不小心从二楼踩空摔了下来，一直瘫痪在家，生活不能自理，全靠母亲和弟弟甘党标照料。甘党标常对姐姐说："你放心，有我在，我养你一辈子。"

甘党标始终遵守自己的承诺，日复一日细心照顾姐姐的起居生活，那其中没有多少惊天动地的故事，但在琐碎、枯燥的日常生活中，显现出来的是一个平凡男人伟岸的身影。甘党标几十年如一日照顾瘫痪的姐姐，这是对甘科伟人生影响最大的一件事。父亲为甘科伟做了榜样，让他明白作为男人的真正含义——负责任与有担当。

甘党标放弃了许多到外面打工挣钱的机会，全家的经济收入基本源于夫妻俩那点微薄的工资。甘党标夫妻都在镇上的供销社上班，两人工资加起来，每月也就 40 多元的收入。

生活上虽不太宽裕，但甘科伟的出生给这个窘困的家庭带来了许多欢乐。甘党标一有空就抱着年幼的甘科伟上街，带他逛渠旧的骑楼街看热闹，或者来到左江边，看渔船、货船往来不息。

1982 年，甘科伟两岁。5 月底，甘家一下子热闹起来。两岁的甘科伟荣升为大哥了，他有了一对双胞胎弟弟，一个叫甘科兴，另一个叫甘科旺。原来的五口之家一下子变成七口之家。甘科伟望着两个几乎一模一样的弟弟，觉得很好玩，他看看这个，摸摸那个，非常开心。

这算是一个人口众多的家庭了。一对新生命降临所带来的喜悦和温馨，让这个普通家庭充满幸福和快乐，但七口之家的生活负担让甘党标觉得沉重起来。夫妻俩的工资，只能让五口人勉强糊口，现在一家七口人，那点工资就显得捉襟见肘了。

望着嗷嗷待哺的三个孩子，甘党标夫妇陷入了困境，一筹莫展。时间一天天过去，转眼间，甘科伟已到三岁，而家中入不敷出的经济状况并没有好转。

有一天，甘党标的哥哥甘俄标回来了。他这次是回渠旧镇看望母亲的。甘俄标是一名警察，在外地成家立业，工作、收入各方面相对比较稳定。当他得知弟弟甘党标在经济上十分困难，就提出一个解决的办法。

甘俄标对弟弟说：“我在外地工作，平常都是你在照顾年迈的妈妈和残疾的妹妹，我除了给点钱，什么忙也帮不上。这样下去，你们夫妇俩也吃不消。不如这样，让科伟到我家里暂住一段时间，也好减轻你们一点负担。什么时候家中经济状况好转了，你们再把科伟接回来。”

听完哥哥的话，甘党标沉默半天，没有立刻答应。

甘党标与妻子商量了一下。虽然舍不得，可这是目前比较切实可行的解决困难的办法。当时，全国很多地方流行这种寄养的办法：家中子女多、生活又很困难的家庭，可以将一个或两个孩子临时寄养在条件好的亲戚那里。甘科伟寄养在大伯家，应该会得到很好的照顾。

甘党标把甘科伟叫到跟前，问他：“想不想和大伯一起回家？”

甘科伟用一双乌亮的眼睛望着眼前的大人们，他其实很喜欢待在家里和两个小弟弟玩。可他又想：大伯家在哪里呢，是不是很好玩呢？他想了一下，就说：“好啊，我和大伯回家。”

甘党标夫妇实在舍不得甘科伟，他才三岁，却已经很懂事，也很乖巧，懂得照看两个小弟弟，这一去，还不知什么时候才能回来。可眼下家里的经济状况又实在很紧张，已压得夫妇俩喘不过气来。

吃过午饭，甘党标夫妇送大伯和甘科伟来到渠旧火车站。也许意识到这是一趟遥远的旅行，也许意识到就要离开爸爸妈妈和两个小弟弟，甘科伟走得很慢，显出很不情愿的样子。他几次抿了抿嘴唇想哭，但都忍住了，没让眼泪流出来。

812次火车缓缓驶来，停靠在站台。甘党标夫妇站在绿皮火车的车窗外，不舍地看着坐在车窗边的甘科伟，忍不住流下了眼泪。

火车出发了。父母的身影，连同渠旧火车站，在甘科伟的眼里渐行渐远，终于再也看不见了。

甘俄标忽然看到甘科伟的眼里含着泪，就问："科伟，你怎么哭了？"

甘科伟用袖口抹了一下脸，说："我没哭，刚才不小心碰到眼睛了。"

大伯慈爱地抚摸着甘科伟的头，微微地笑了一下："是吗？下次可要小心哦。"

就这样，小小的甘科伟跟着大伯开始了他人生中的第一次远行。同时，也开始了他人生中的第一课。

（二）廖平农场的记忆

大伯的家在黎塘镇的廖平农场。

三岁的甘科伟跟着大伯坐上绿皮火车，从渠旧镇来到南宁，再从南宁转火车到黎塘。那时从黎塘往廖平，每天上午下午各有一趟班车。一路颠簸辗转，小小年纪的甘科伟哪里经得起这样的折腾，从黎塘上了班车，不久就睡着了。

当甘科伟一觉醒来，大伯已把他带到了廖平农场。

进家之后，大伯领着甘科伟见了大伯母，还有堂姐、堂哥和堂妹。家里又多了个小男孩，一家人都很开心。从此，甘科伟就在这个廖平农场的新家，开始了一种与渠旧镇完全不同的生活。

很多人听说过廖平农场，但并不知道这里是黎塘监狱。

一提到监狱，多数人会想到与外界完全隔断的壁垒，戒备森严，就像一个巨大的铁笼子。这种监狱是有的，只不过那是用来关押重刑犯的地方，但黎塘监狱不是。

1951年，国家在廖平修建了这座农场式监狱，具体位置在南宁市宾阳县与来宾市交界处，分界线正好把廖平农场一分为二。这里用来关押劳动改造人员，这些人基本都是轻刑犯，或即将刑满释放的人。在狱警的监管之下，劳改人员从监舍到田间进行劳动。

廖平农场以农业为主，主要种植甘蔗、水稻、花生等，也有大型养猪场，以及成排的牛栏、鸡场、鸭舍等。在廖平农场种养的人都不是普通农场职工，而是被法律审判后需要劳动改造的人员。

在大伯家住的那几年，甘科伟几乎每天都能看到这样的情景：在几名荷枪实弹的狱警的监督下，劳动改造人员排着整齐的队伍，到很远的甘蔗地里劳动。

大伯甘俄标分管一片菜地。那片菜地很大，有100多亩，分为上菜地和下菜地。大伯每天提前到大队，把劳改人员带出来，先集合、点名，然后带他们到菜地，开始田间劳作。这些劳改人员有的浇水，有的施肥，有的搭棚架。劳动结束后，再次集合、点名，将劳改人员送回监狱。

这片百亩菜地是整个廖平农场最鲜活的地方。一到夏季，菜地里红的红，绿的绿，瓜果结满架，青菜装满筐。农场食堂的蔬菜能够自给自足。

大伯管理着农场最大的菜地，所以在许多人眼里，他就是这片菜地的农场主。别人觉得大伯家要吃菜太简单了，自己带一个篮子或袋子，想吃什么完全可以到菜地里随心所欲采摘，但事实却不是这样。

有一次，大伯母拿了一个塑料袋，当着甘科伟的面对大伯说：“老甘，你们菜地里的西红柿都红透了，你顺便摘几个回来吧。”

大伯正在镜子前整理警服准备上班，并没有搭理大伯母。

大伯准备出门时，大伯母不高兴地问：“你没听到我说什么吗？”

“我是管教干部，整个菜地都是公家的，我能随便摘吗？你让那些被看管的劳改人员怎么想？”

“你管那么大的菜地，摘几个西红柿而已，有必要上纲上线吗？”

“我是警察，警服穿在身上，时刻都要做表率。”

那一幕深深印在甘科伟的记忆里。

大伯临出门之前，问甘科伟：“科伟，你想吃什么？大伯到街上去买。”

甘科伟想了一下说：“我想吃西红柿。”大伯说：“那好办。明天大伯休息，我带你上街。”

尽管大伯是管理百亩菜地的“农场主”，可地里的菜，他一根都不会往家里拿。大伯说到做到，第二天就骑自行车带着甘科伟来到廖平菜市场买菜。

廖平菜市场上有一幕特殊的风景，即前来买菜的大多数是身穿警服的人。

大伯带着甘科伟买了一大袋西红柿，骑车回家时路过农场里的那片菜地。

此时，百亩菜地里，西红柿已经熟透，犹如一个个小小的红灯笼，挂在浓密的绿叶间。大伯对甘科伟说：“那里的西红柿是公家的，我们不能碰。要吃，就到市场买。以后不管你走到哪里，都要记住，公家的东西不能拿，知道了吗？”

那时的甘科伟只有六七岁，对什么是“公家”还没有概念。不过，他信任大伯，就说：“知道了。”

1988年，甘科伟八岁，到了上小学的年纪。大伯准备让他去廖平农场小学读书。开学第一天，甘科伟想到要去一个陌生的地方，心里有些胆怯，不肯去上学。

大伯问他：“科伟，你长大了想做什么？”

甘科伟回答：“我要跟大伯一样，当警察。”

大伯说：“好啊，为什么要当警察呢？”

甘科伟想了想，说：“当警察可以抓坏人。”

大伯说：“好样的。不过，如果不学习、不认字，你怎么当警察、抓坏人呢？你必须先去上学，好好学习，将来才能当警察。”

心中有了当警察的梦想，甘科伟对大伯那顶着盾牌的警帽十分迷恋。大伯把警帽挂在衣帽钩上的时候，甘科伟就常常站在下面，一看就是半天。

甘科伟觉得大伯的话很有道理，不认字怎么能当警察呢？在大伯的带领之下，甘科伟进入廖平农场小学，开始了漫长的学习生涯。

时间过得很快，一转眼，甘科伟十岁了。

狱警的生活区靠近清水河边，那里有一棵巨大的榕树。每天早上，大伯都会在榕树下锻炼身体，练习拳脚。有一次，他看到榕树后有个人在偷偷张望，走到近前一看，才知道是甘科伟。

大伯问甘科伟，这么早出来干什么。甘科伟说，他想跟大伯学功夫。

大伯打量了一下甘科伟瘦弱的模样，说：“很好，每天摔打摔打、练练拳脚可以健体强身。从现在起，我一步步教你，你每天早上跟我锻炼一个小时。先从跑步开始。现在，你沿着清水河边的小道，来回跑十趟。”

甘俄标的散打功夫在廖平农场是闻名的，既然甘科伟想学，他当然愿意倾囊相授。从此，在大伯的指导下，甘科伟开始了严格的基本功训练，很快就学会了散打的基本技法。此后的日子里，甘科伟酷爱散打搏击。再后来，在他所有的简历中，“散打”一直是特长栏目的必填内容。

有一天，甘俄标接到了渠旧镇的来信。甘党标在信中说，家中开了个小杂货铺，可以补贴家里的日常开支。更重要的是，甘科伟的户口在渠旧，为了将来上学、考试不出现麻烦，家里还是想让甘科伟回到渠旧镇上学。

大伯接到信后，并没有立即告诉甘科伟这个消息。甘科伟在廖平农场生活了近八年，他已经适应了这里的生活。虽然平常话不多，但很懂事，每次回到家里，做完功课后，他都会主动帮大伯母扫地、择菜。有时，他也想念渠旧的父母和两个小弟弟。

想家归想家，甘科伟只把这些想念放在心里，并没有一点外露。

当大伯告诉甘科伟，准备送他回渠旧镇上学时，小小少年并没有表现出多么的惊讶和喜悦，因为他已习惯和堂姐堂哥一起生活，习惯了那条弯弯曲曲的清水河，那些茂密无边的甘蔗林、绿意盎然的菜地，还有房前院墙上如瀑布般的三角梅。若是离开，以后就难以见到了。他有点舍不得离开这里。

临走前的一天晚上，廖平农场的总部广场放了一部黑白电影——《英雄虎胆》。虽然以前也看过一些电影，但是，甘科伟对这部电影的印象最为深刻。他暗下决心，将来一定要做曾泰那样的英雄（注:

曾泰，电影《英雄虎胆》中的解放军卧底）。

甘科伟并没有想到，若干年之后，他的目标实现了，他真的做了很多曾泰做过的事。

第二天，大伯带着十岁的甘科伟，准备离开生活了近八年的廖平农场。走到百亩菜地时，有个正在劳动的女犯看见了甘俄标，马上毕恭毕敬立在地里打招呼："甘警官好！"

甘俄标挥挥手，说："好好劳动，不要偷懒。"

"是！"女犯大声地回答，然后继续劳动。

大伯对甘科伟说："昨天晚上看的电影《英雄虎胆》改编自一个真实的故事，它就发生在距离我们老家不远的十万大山。你知道刚才那个女犯是谁吗？她就是《英雄虎胆》中的'阿兰'。无论是谁，无论如何狡猾，只要做了坏事，我们都会像曾泰那样把他们捉拿归案。"

甘科伟回头看了看"阿兰"。她正在认真锄草，并没有发现一个男孩正在看她。

大伯对甘科伟说："我送你回渠旧镇之后，你要认真读书。告诉我，你将来的梦想是什么？"

甘科伟说："像大伯那样，当警察！"

大伯抚摸着甘科伟的头，说："不错，像个男子汉。你要记住，以后不管你在哪里，都要牢牢把你的梦想放在心上，然后努力去实现它。"

二十多年后的一天，甘科伟因为追捕案犯回到廖平农场。他特地去看了看童年时生活过的地方。时过境迁，出现在他眼前的只是些陈旧的老房子，完全不复往日的热闹。廖平农场承包的承包，搬迁的搬迁，早已物是人非。

而引领甘科伟人生之路的大伯也早已不在人世。

（三）渠旧中学往事

甘科伟回到渠旧镇之后，转到渠旧中心小学继续上学。奇怪的是，学习成绩一直很优秀的甘科伟，却在三年级时留了一级。正常情况下，小学留级的情况十分少见，因为各个学校都很重视升学率，所以一般不予留级，除非学习成绩实在很差，跟不上进度。甘科伟在廖平农场小学的三年，学习成绩都很优秀，而且还是三好学生，为什么会留级呢？

这个谜团，后来由渠旧中心小学的甘继安老师解开了。

甘继安老师在渠旧中心小学教数学，曾经做过甘科伟的班主任。原来，甘科伟从廖平农场小学转入渠旧中心小学时，在手续上出了问题。本来应该是上四年级，可学籍上写的是三年级。办理转学手续很麻烦，要到两边学校所在的县、镇等教育部门来回地跑。学籍一旦定下来，要想改正非常困难。就这样，甘科伟到了渠旧中心小学，只能按照学籍再上一年三年级。

成绩优秀的甘科伟再读一年三年级，功课对他而言，已变得十分轻松。在以后的学习生涯中，甘科伟都比同班的同学大一岁，成绩好而且成熟，这也是他在学校里一直担任班干部的主要原因。

这多出的一年又仿佛是命运的安排。

甘科伟后来曾经说过：“留了一级，也许是命运在让我等待什么。

若干年后，我遇上了那个美丽的女生。如果不是因为留级，也许我们就永远错过了。这辈子能遇上她，别说等一年，就是等十年也值。”

1994 年，甘科伟 14 岁，开始进入渠旧中学上初中。渠旧中学的少数学生来自镇上，大部分学生来自周边的乡村。

在甘科伟读初二的时候，有个叫陶专伟的同班同学，他家在农村，衣着朴素，平常不爱说话。班上有些同学爱欺负他，有一次陶专伟站起来回答老师的提问，坐下来时，板凳却被挪开了，他一屁股坐在地上，引得全班同学哈哈大笑。

班上有个胖胖的男生叫蒙宇，学习成绩很差，但身边总有几个同学围着他转。有一天，蒙宇拦住陶专伟，说：“因为你是乡下人，其他同学就敢欺负你，我很为你抱不平！”

陶专伟听了，觉得这是个有正义感的人，心中充满感激。

蒙宇说：“这样吧，以后你有什么事，可以直接找我，我罩你。”

陶专伟还以为找到了靠山。没想到，蒙宇接着说：“明天早上，你带两块钱来。”陶专伟傻眼了，自己家里那么穷，别说两块钱，就是两毛钱也拿不出来啊。要知道，那时候的猪肉才四块钱一斤。

第二天放学之后，陶专伟一个人悄悄地离开了教室。没想到，蒙宇带着几个同学把他拦在路上。

“钱带了吗？”

“没有。”

蒙宇身边的几个同学二话不说围了上来，要揍陶专伟。

这时，甘科伟放学正好路过，他看到陶专伟被吓得浑身发抖，立即挺身而出，把陶专伟护在身后。蒙宇看了看甘科伟，说：“在学校你是班长，我听你的，现在不在学校，你不要管闲事，请你让开。”

甘科伟大声呵斥：“蒙宇，欺负老实同学算什么男子汉？有本事，你打我试试！”

看到甘科伟正气凛然的样子，蒙宇愣在那里，不敢上前。更重要的是，全校都知道甘科伟会散打功夫，所以没有人会主动惹他。

甘科伟说：“我告诉你，你在学校干的那些事，班主任已经在进行调查了。你已经严重违反校规，学校很可能要开除你。”

“开除？”蒙宇愣住了，“你……你唬我！”

甘科伟说：“不信？你去找班主任问一下。我现在就告诉你，陶专伟是我的好兄弟，你以后再欺负他，我就对你不客气！”

在那个年代，班长和学习委员就是老师的左膀右臂，威望很高，同学们都心存敬畏。甘科伟这么一说，蒙宇从此再也没有欺负陶专伟。

后来，陶专伟专心学习，考上了大学，分配到福建厦门工作。每次从厦门回老家探亲，他都会在渠旧镇转车。到了渠旧镇，陶专伟就会去甘科伟家坐坐，看望甘科伟的父母，时常说起甘科伟在初中时仗义挺身的事，以及他在学习上对自己的帮助。

初三那年，甘科伟的班上发生了一件事。班上有个叫韦小川的同学鼓动班上的其他同学为难一个叫农小妹的女生。这件事让当时的班主任黄民方老师和班长甘科伟都感到疑惑，他们不明白，一个男生和一个女生平常没有什么往来，怎么就结上梁子了呢？

那时候，初三学生也有谈恋爱的，他们猜测有可能是韦小川追求农小妹遭到了拒绝，韦小川想报复。调查一番后，班主任和甘科伟否定了这个猜想。后来，事情越闹越大。

韦小川家住在镇上，父母在农贸市场开肉铺。他成绩一般，但有很多零花钱，是班上有名的捣蛋王。韦小川用那些零花钱在学校门口的小食店请客，拉拢了班上许多男生，然后专门欺负农小妹。农小妹体形较胖，他们给农小妹起了个外号，叫“胖大海”，这原是当地有名的一种草药。有时农小妹走在路上，韦小川就带人起哄，然后大家就一起叫“胖大海！胖大海！”，把农小妹叫得满脸通红。

此外，那帮人还会起哄农小妹和班上最矮小的男生，放学回家的时候，故意把那个小男生往农小妹身边推。原来在班上踊跃发言、活泼爱笑的农小妹，从此变得沉默寡言，不再和班上的其他同学说话，成了独来独往的一个人。

作为班长，甘科伟把农小妹在班上受到韦小川欺负的情况报告给了班主任黄老师。黄老师找来双方了解情况。黄老师先问农小妹，她和韦小川之间是否有什么矛盾，农小妹说自己实在想不出来哪里得罪了他。黄老师又找韦小川了解情况，韦小川推得一干二净，说没有矛盾，也不承认是他在背后搞事。

初中生之间的矛盾纠纷有时比成年人的还要复杂。黄老师觉得这事有些棘手。他想了想，甘科伟是班长，又是班上的“老大哥”，可以让他从侧面把这里面的情况摸清楚，找到矛盾所在，然后才能解决根本问题。

甘科伟非常同情农小妹的遭遇。接到老师的任务后，他经过仔细分析得出一个结论：农小妹可能无意之中说了什么话，刺痛了坐在前桌的韦小川。

甘科伟判断，农小妹平时应该与同桌说话最多，所以她同桌应该了解其中的原因。甘科伟把自己的这个判断告诉了黄老师。

黄老师听了，觉得很有道理，就立即让甘科伟把农小妹的同桌覃同学叫到办公室，继续了解情况。

黄老师问覃同学："你回忆一下，农小妹是否说过什么话，让韦小川很生气呢？"

覃同学沉思了一会儿，说："想起来了，有一次，农小妹给我讲了个笑话。讲完之后，我看到韦小川回头，狠狠地瞪了农小妹一眼。我对这件事印象比较深刻。"

黄老师问："农小妹讲了个什么笑话呢？"

原来，那天刚下课，农小妹和覃同学坐在一起聊天。农小妹说："我昨晚看到一则笑话，很好玩。"覃同学说："快说给我听听。"农小妹就说："现在才知道，北宋大文豪苏东坡是个大长脸，他的妹子还写诗嘲笑他，'昨日一滴相思泪，今日方流到腮边'。你说，这脸长不长？"

甘科伟听到这里，恍然大悟，说："这就对了，韦小川就是个大长脸，平常最忌讳别人说他脸长。他以为农小妹在嘲笑他，所以才起了报复之心。"

这样一来，事情的前因后果就很清楚了。找到了问题的所在，矛盾迎刃而解。黄老师把韦小川和农小妹找来，让农小妹因无意中的冒犯，主动向韦小川赔礼道歉。随后，韦小川也为自己的报复行为向农小妹表示歉意。

韦小川一声令下，他身后的那群同学再也不欺负农小妹了。

初三的下半学期，同学们都面临中考，学习氛围也随之紧张起来。家住左江边百鸡屯的陆志新，原来学习成绩很优秀，一直排在班上前几名。可一个多月来，他几次测试的成绩严重下降，有时甚至不及格，而且上课经常迟到。班主任黄老师找陆志新了解情况。原来，陆志新一家住在江边，靠捕鱼为生。最近一段时间，父亲生病在家，陆志新就肩负起捕鱼的任务，因为如果不捕鱼，一家人就没了经济来源。

陆志新每天一大早就到左江边起渔网，收获鱼之后，还要拿到镇上去卖。等卖完鱼回到学校，已经迟到了。这样一番折腾，成绩直线下降。

黄老师觉得这事还能补救。他想了一下，找来甘科伟，说："你是班长，去和志新商量一下，每天找个空余时间帮他补补课。一定要记住，我们班决不能让一个人掉队。"

甘科伟学习成绩优秀，想法比一般同学成熟，一直是班主任的得力助手。接到黄老师布置的任务后，甘科伟成了陆志新的学习辅导员。他有时在课后时间，有时在星期天，有时去陆志新的家里，有时在学校，灵活安排时间、地点给陆志新补课。由于甘科伟的热心帮助，陆志新的成绩有了很大的提高，最后他顺利通过了中考。

（四）野外的"研判"与"追踪"

1997 年的暑假，甘党标决定把一些基本的野外捕捉技巧传授给甘科伟。他说："我们山里人要学会野外求生技能。对我们来说，这些技能如同种庄稼一样，每个人都必须掌握，这是灾荒之年自我拯救最有效的办法。将来不管你在哪里生活，做什么工作，也许都会有用得着的时候。”

甘科伟从父亲那里学到了不少野外生存的技巧，其中一项绝活就是挖野蜂。

通常来说，蜂巢的位置一般在树林的边缘。因此，不用深入深山老林，有时在山坡边即可找到蜂巢。

甘科伟后来总结出寻找野蜂蜜的经验。他强调，那些空心有洞的大树是野蜂最喜欢筑巢的地方。另外，石头比较多的地方、老树、有树的堤坝、陈旧的围墙边脚、废旧的房屋等也容易找到蜂巢。

甘科伟说，万物皆有灵。很难想象，在那些破败的墙边竟然藏有诱人的野蜂蜜。如果运气好，一次可以挖到五六斤蜜。

甘科伟后来在警校上课，给学生讲到野外生存技能时，还常常讲到找蜂巢的经验。

第一，入山找蜂时，要留心水源边沿。如果发现水边有蜂，就表明附近有蜂巢。水源边的蜂通常为采水蜂，距离蜂巢不会太远。盯着采水蜂飞行的方向，很容易就能找到蜂巢。

第二，工蜂通常在蜂巢附近排便。因此，如果看到树叶、杂草上有许多黄色的蜂便，那么附近 300 米左右必有蜂巢。

捣毁了蜂巢，蜜蜂会追着蜇人吗？通常来说，不需要做什么防护。在取蜂巢之前，先用几支香熏一下，蜜蜂就会被熏晕，便无暇蜇人了。

很多年后，甘科伟从事信息研判工作，并成为业内著名专家。他说，这与他青少年时期的生活经历有很大关系。父亲甘党标所传授的一些非常实用的生活经验，给了他最初的启蒙，让他对信息研判产生兴趣。

（五）触目惊心的一天

1997 年 8 月底，学校开学的前一天，甘科伟前往渠旧火车站，走到骑楼街时，意外地遇到了一件让他终生难忘的事。从此，他对渠旧镇这个古商埠产生了一种爱恨交加的情感。

那年，甘科伟 17 岁，以优异的成绩考上了扶绥中学（简称扶中）。扶中位于扶绥县城的西南方。从渠旧镇到扶绥县城约 50 千米，镇上的人基本上都是坐绿皮火车到县城，价格很便宜，费时也短，50 分钟就到了。

开学前一天，甘党标问儿子："科伟，要我送你到学校吗？"

甘科伟说："爸，我都这么大了，一个人能行，您就放心吧。"甘科伟所带的行李只有一个双肩背包，好在从扶绥县城到渠旧很近，如果需要什么，周日坐火车回家拿就行了。甘科伟告别了奶奶、姑姑、父母和两个弟弟，出发了。

当甘科伟穿过渠旧镇的骑楼街，准备前往火车站时，忽然发现街道上挤满了人，不知道发生了什么事，大家都围在一起议论纷纷。甘科伟向周围的人打听，从他们断断续续的讲述中，了解到这里刚刚发生了令人揪心的一幕。

岑老板 36 岁，家住渠旧镇骑楼街，夫妻俩在镇上开有一家酒楼，由于经营有方，生意很红火，攒下了丰厚的家产。岑老板的妻子温柔贤惠，两人有个 11 岁的女儿，正在镇中心小学上五年级。

这原本是幸福美满的一家子，可岑老板有个心结，他一直想要一个儿子，几年下来，老婆的肚子却一直未见动静。后来双方到医院一查才发现，可能是长期饮酒的原因，岑老板已无生育能力。希望破灭的岑老板就此消沉，沉迷于酒精与麻将桌。

在牌桌上，岑老板认识了牌友王某。王某是个瘾君子，看到岑老板略有薄产，出手大方，而且意志薄弱，就想把岑老板“拉下水”。于是，王某递了一支烟给岑老板。正在打牌的岑老板并没有注意到这支烟有什么不同，只当是牌友间的客套。岑老板抽过之后，觉得味道很特别，就说这烟不错啊。

过了一会儿，王某再次递上一支烟。这时的岑老板浑身惬意，觉得很轻松，什么烦心事通通都抛在脑后。那天晚上，岑老板一共吸了三支烟。临别前，王某掏出一张名片给他：“这是我的电话，想抽好烟，直接找我。”

岑老板没想到，这是一支掺杂有海洛因（阿片类毒品的一种，俗称“白粉”“白面儿”）的特殊烟。这是毒贩子或瘾君子常用的诱人吸毒的伎俩。

一周之后，岑老板忍不住了，打电话给王某。王某见鱼儿上钩，直接带着海洛因来见岑老板。王某直言不讳，言明香烟里有白面儿。此时的岑老板哪里还有心思听王某啰唆，烟瘾上来后，迫不及待地求王某卖烟给他。王某说，好办，按规矩一手交钱一手交货。

从此，岑老板沾染上毒品，花钱如流水，一发不可收拾。他无心做事，甚至放弃了酒楼的管理。妻子与朋友的话，他也完全听不进去，成天与王某厮混。

短短的几年时间，岑老板将家产挥霍一空。妻子带着女儿离开了岑老板。酒楼没了，岑老板没有任何生活来源，毒瘾发作之后，已无钱购买毒品，而王某也早已不知所终。

岑老板觉得这样的日子了无生趣，遂爬上骑楼的屋顶，眼睛一闭，纵身一跳，重重摔到地上。

渠旧镇的骑楼多为两层，近十米高，下面是水泥地面，从上面栽下来，不死即残。

渠旧镇地处几个市县的交界地带。20 世纪 90 年代初期，一些毒贩通过铁路和公路运输毒品时，会选择在渠旧镇隐藏。因为渠旧的西边是崇左县城，东边是扶绥县城，渠旧镇正好在两个县城之间，特殊的地理位置让这里成了一些毒贩的落脚点。多少年来，渠旧镇深受毒害，不少涉毒人员既吸毒又贩毒，以贩养吸，造成了毒品在渠旧镇的蔓延。

20 世纪末，渠旧镇因吸毒导致家破人亡的悲剧时有发生，酒楼的岑老板就是其中之一。

不一会儿，县医院的救护车开来了，众人让出一条路。很快，医护人员把岑老板抬上车拉走了，围观的人群渐渐散去。

甘科伟忽然想到，这个酒楼老板也算是个熟人。以前，他和父亲上山捕捉的一些野味，家里舍不得吃，有很多是卖给这家酒楼的。岑老板还算厚道，给的价格也不错，没想到如今却落得如此下场。

甘科伟走近骑楼，看见地上有一处血迹。他抬头看了看骑楼的屋顶，只有两层楼，却显得那么高，让人心寒。想象着岑老板从楼上一头栽下的恐怖场景，甘科伟的心里堵得慌。关于渠旧镇受到的毒害，甘科伟也时有耳闻，只是没想到，毒品如此可怕。

后来，甘科伟数次回渠旧镇，都不再有岑老板的消息了。

甘科伟心情复杂地走过骑楼街，向渠旧火车站走去。过了一会儿，一列绿皮火车开了过来。甘科伟回头看了看古老的渠旧镇，又看了看远处的守旗山，想要把这一切都记在心里。

火车开动了，甘科伟坐在窗前，望着渐行渐远的古镇，心中默默地告诉自己：再见了，故乡！我会好好努力的！

从这时起，甘科伟的追梦人生掀开了崭新的一页。

第二章　追梦扶中

（一）初到扶绥

1997 年秋，甘科伟从渠旧镇来到扶绥县城，准备去扶中报到。他从火车站出来之后，觉得一切都很新鲜，不由得感慨还是城里热闹，满街都是车辆行人。扶绥火车站出站口很多摩的，司机看到甘科伟出站后东张西望，就知道他初来乍到，马上问他去哪里。

甘科伟说自己要去扶中。摩的司机说："远得很呢，一块钱，我送你过去。"甘科伟判断一块钱车程也不是太远，便婉拒了摩的司机："我自己走到扶中。"

甘科伟觉得这样做既可以节省费用，又可以熟悉一下扶绥的街市。他问了路人从扶绥火车站到扶中的距离，大约有三千米。甘科伟背着双肩包，一边向路人打听扶中的方向，一边好奇地打量着这个与渠旧镇完全不同的县城。

行走在一个陌生的地方，周围没有一个人认识自己，甘科伟心里并未产生孤独感。对甘科伟来说，扶绥县城就是个城市，接下来的三年时间，这里就是他生活的地方。走着走着，街边一家音像店里传来《小城故事》的旋律：“……若是你到小城来，收获特别多，看似一幅画，听像一首歌，人生境界真善美，这里已包括……”

“真好听。”甘科伟站在街边听完了整首歌。然后他走到了一个岔路口，停下来向路边一位长者打听去扶中的路。长者指着远处的一座山说：“你看见远处的那座山了吗，它像什么？”

甘科伟顺着长者的手指方向看去，看到了一处高低起伏的山峦，右半部分有三座凸起的山峰，两边稍平，中间略高。甘科伟一下子反应过来，说：“很像搁毛笔用的笔架啊。”长者笑道：“对，我们都叫它笔架山。你只要迎着笔架山一直走，就到扶中了。”

甘科伟不由得再次遥望远处的笔架山，真是越看越像笔架子。谢过长者后，甘科伟迈开步子向前走去。

扶中位于县城的西北方向，左江环绕而过，与笔架山隔江相望。扶中绿树成荫，环境十分幽雅，是读书求学的好地方。

甘科伟终于来到扶中校门口，看见了许多红色横幅，上面写着“欢迎新生”等标语，墙壁上写着扶中校训“勤、诚、公、勇”。在高年级同学的带领下，甘科伟完成了报名注册，入住了宿舍，从此正式成为扶中的一名学子。

甘科伟很快熟悉了校园环境。他来到新生报名处，想看看有没有什么事需要帮忙，说不定这些新生当中就有自己的同班同学。但所有的新生都由高二年级的同学迎接、引导，他也插不上手。而此时又没有别的事做，甘科伟就想去看看校园对面那座笔架山。

还没走出校门口，甘科伟忽然觉得眼前一亮，远远看见一个女生背着书包迎面走来。她穿着粉色的衬衣，扎着两根辫子，真美啊。太阳刚刚高过山头，金色的阳光打在她身上，如同煦风拂过一般，所有的一切都变得暖洋洋的。

女生略低着头，有点害羞，看到甘科伟正痴痴地看着自己，脸红地想避开他。

仿佛有一股魔力在甘科伟背后推了一把，甘科伟径直走到女生的面前，问道："这位同学，我是刚来的新生，请问去笔架山怎么走？"

女生略带惊讶地抬头，望向甘科伟，有点羞涩地用手指了指，说："出门，沿着外墙走到江边，过河就到了。"

甘科伟说："谢谢你。我们是校友，认识一下，我叫甘科伟，你叫什么名字？"

女生迟疑了一下，看了甘科伟一眼，回答道："我叫黄婧婧。"

甘科伟还想说点什么，女生却已头也不回地匆匆离去。看着女生俏丽的身影，甘科伟觉得扶中真是个好地方，天那么蓝，风那样轻柔，眼前的世界光芒万丈。

沿着女生指的路线，甘科伟来到江边，望着水波荡漾的左江，微微发愣。笔架山临江而立，与扶中隔江相望。江边有一个渡口，在那里坐船可以直通对岸，一些山民由此渡口往来于左江两岸。

甘科伟在渡口打听到，对岸的笔架山下有个村落叫江西岸村。另外，在笔架山上还有一处扶绥名胜——金鸡岩。

甘科伟决定先去对岸的江西岸村看看。他注意到，渡船过江是要付费的。从小在江边长大的甘科伟并不把百米宽的左江放在眼里，他决定游过江。

甘科伟脱去衣服，准备下水。这时，不知从哪里钻出来一位阿公，猛然对甘科伟喊："站住！回来！"

甘科伟一回头，见阿公戴着草帽，面色严肃地看着他，就像位严厉的老师。甘科伟有点害怕，就问："阿公，您有事吗？"

阿公问："你想偷渡？"

甘科伟说："阿公，我又不是到国外，哪来的偷渡啊？"

阿公说："你还不承认？你们扶中男生的这些小把戏，我见多了。你再不承认，我就去告诉你们老师。"

甘科伟想，我是新生，刚开学，让老师知道了可不好，就说："阿公，你看天这么热，我想下河洗个澡。这总可以吧？"

阿公说："有那么热吗？再说，下河洗澡，你把衣服拿在手上干什么？"

这个阿公的观察力这么厉害，甘科伟只好说出实话："阿公，我第一次来扶中，听说河对岸风景不错，就想过河看看，但我又没钱坐渡船，就想游过去。"

阿公看了看甘科伟，说："算你老实，跟我来。"

原来，阿公是渡口的船工，他让甘科伟上了渡船。阿公姓梁，可能是左江上唯一的艄公了。梁阿公说："以后想过江，一定要坐我的渡船。扶中的学生全部免费。"

甘科伟心怀感激，坐上梁阿公的船，渡过了左江。

江西岸村是个很小的自然村落，是左江在这里急转弯形成的一个半岛，北面靠山，三面环水。全村不足百户人家，大约有 300 人，大部分人都外出务工，只剩下一些老人留守在村中。由于紧靠扶中，这里成了扶中食堂蔬菜的主要供应地。

甘科伟从渡口来到江西岸村，看到一位 60 岁左右的阿婆正在干活。由于干旱，阿婆挑着两个塑料桶到左江取水浇菜。甘科伟看到阿婆很吃力，连忙走上前去说："阿婆，我来帮您挑水。"

阿婆太累了，看到一个年轻人来帮忙，显得很高兴，问道："你是扶中的学生？到江西岸村来玩？"

甘科伟说："是啊，开学第一天，没什么事，就过来转转。你们这江西岸村真不错，空气又好，像世外桃源一样。"

阿婆说："那是。很多外地游客来到我们这里，都舍不得离开。我们村以种菜为主，经济来源主要靠卖蔬菜。你们学校食堂的蔬菜，什么甜玉米、黄瓜、四季豆这些，都是我们这里的。"

甘科伟说："这么说，我以后也能吃上您种的蔬菜了。下午正好闲着，我来帮您挑水。"

甘科伟接过扁担，挑着两个塑料桶，向菜地走去。

让甘科伟没想到的是，挑水看似简单，却是技术活。两个塑料桶装满水，如果不能保持平衡，水桶就会摇晃，从江边走到地里，桶里的水几乎能晃掉一半。阿婆告诉他窍门："挑水时，扁担横在肩头，双手握住水桶的提手，走路要稳，前后协调，水就不会泼洒了。"

挑了几担水，甘科伟摸索出了门道，几乎能做到不晃不漏。很快，阿婆的那一亩半的菜地已浇足了水。

阿婆邀请甘科伟到她家里喝茶。甘科伟想，阿婆这么大年纪还在地里劳作，家里一定没有其他劳动力，不如先去她家了解一下，看看有没有可以帮得上忙的地方。

这是一个很普通的小院落，一棵硕大的榕树如同巨伞，给这个农家小院撑起了一片阴凉。榕树下是一张石板桌，一些土鸡在院落里四处闲逛。院落里搭着一片瓜藤架，上面结满了碧绿的黄瓜。

阿婆摘了几根黄瓜，在抽水井边洗净，递给甘科伟，说：“我们这里的蔬果都是绿色食品。为了保证学校蔬菜的供应，我们也种反季节的空心菜。不管是哪种蔬菜，都是给老师和学生们吃的，我们从来不打农药。你尝尝。”

甘科伟在阿婆家一边吃着黄瓜一边聊天。阿婆姓廖，阿公已不在世，有个儿子，成家后和媳妇一直在外打工，还有个 12 岁的小孙女，在县城上初一。平常就祖孙俩在江西岸村生活。

甘科伟说：“廖阿婆，我叫甘科伟，您以后就叫我小甘好了。我就在对岸扶中上高中，今后如果有空，我就来帮您挑水。现在我先回学校去。”

阿婆摘了几根黄瓜，让甘科伟带上。甘科伟忙说不要，阿婆说：“我们村里没有其他东西，蔬果遍地都是，吃不完的。”甘科伟不再推辞，拿了黄瓜，回到了扶中宿舍。

此时甘科伟的舍友们也都到齐了，大家一边整理床铺一边聊天，虽然是初次见面，但这群同龄人很快就像老朋友一样熟稔起来。

（二）少年壮志

1997 年 9 月，甘科伟在扶中读高一，分在 195 班。当时他的班主任是历史老师，叫邓超前。开学第一天，195 班举行第一次班会，邓老师首先做了简短的发言，要求大家珍惜高中的三年时光，特别要慎重对待高一这年，因为这一年的学习情况将决定大家高二时文科、理科的去向。

邓老师介绍了学校的一些基本情况，然后看向全班同学，要求大家上台发言，介绍自己并说出自己的人生目标。

很快，有同学发表了意见："邓老师，从小学到初中，我的人生目标已经说过很多次了。随着自己不断成长，每个阶段都有可能不一样。现在到了高中，肯定也有了变化。人生的目标有不确定性，谁也不知道自己以后会做什么。"

高中生就是不一样，没有了初中生的小心翼翼，不再对老师言听计从，而是有了自己的思考。

邓老师说："虽然无法预料以后会做什么，但是人如果没有目标，就会变得浑浑噩噩，像浮萍一样随波逐流。哪怕是短期目标，我都认为必不可少，有了目标，才会产生学习的动力。我就想听听你们当下的目标是什么。"

邓老师的话音刚落，就有不少同学踊跃地走到讲台边。大家无拘无束，争先恐后地发言，气氛很热烈。

最后，邓老师问："从小到现在，有没有哪位同学的理想和目标一直都没有改变的？"全班一下安静了。

"我！"甘科伟举起了手。简简单单的一个字，响亮而且坚定。全班所有人的目光都聚集在甘科伟的身上。

邓老师说："这位同学，请上来介绍一下自己。"

甘科伟走到讲台，首先介绍自己。他说："我小时候曾经跟随大伯一起生活。我大伯是一名警察，他一直是我学习的榜样。我的梦想就是当一名警察。这个目标至今没有改变。"

邓老师问："甘科伟同学，为了实现这个目标，这些年你都做了些什么？"

甘科伟说：“首先，刻苦学习，因为没有好的成绩，就上不了警校；其次，严格要求自己，遵守学校的各项纪律，做一个严守纪律的人；再次，认真锻炼身体，争取以后遇到坏人时，能做到一招制敌。”

甘科伟一边说，一边做出拳击的手势。同学们一下子被眼前这个青涩的帅哥所感动，热烈地鼓起掌，还有个别同学发出激动的尖叫。

邓老师说：“我建议，由甘科伟同学担任195班班长，大家同意吗？”

“同意！”教室里再次爆发出热烈的掌声。

高一年级的学习内容，对甘科伟来说很轻松。历史、地理在当时不算主要科目，所以感兴趣并努力学习的同学并不多。奇怪的是，甘科伟对这两门科目一直很重视。每次月考，在大多数同学勉强及格的情况下，他的历史、地理两科往往都是高分。这让老师和同学很疑惑，难道甘科伟以后想学文科吗？

邓老师教的是历史，他对甘科伟取得的优异成绩感到十分欣慰。有一次评卷结束之后，邓老师当着全班同学的面问甘科伟：“你每次的历史和地理成绩都这么好，能告诉我们原因吗？是准备读文科吗？”

甘科伟回答：“报告老师，我高二准备读理科。”

邓老师问：“可我们都知道，你在很努力地学这些文科内容啊！”

甘科伟说：“老师，我之所以努力学习这两门课，是因为高二之后我可能会专攻数理化，再也没有时间和机会深入学习这些内容了。历史和地理涉及的是有趣的故事和大好河山，我怎么学都不会感到厌倦。它们就像是和我生活在一起的好兄弟，而我却要离它们而去。现在有这么好的条件，有时间又有精力学习，我要把它们记在心里。”

这是一个即将进入理科班的学生对于文科课程的情感。邓老师教了一辈子历史，从未听到有学生对自己教的课表达出如此深情。邓老师很感动，望着甘科伟，心想：这小子，真是好样的！

高一下半学期，195 班发生了一件蹊跷事，班上的罗小标同学两天没来上课了。班主任邓老师很着急，因为罗小标家在扶绥县郊区，家中又没有电话，不知道究竟发生了什么事情。无论在哪所学校，学生随便旷课都是很严重的事。邓老师决定和班长甘科伟一起前往罗小标家了解情况。

师生两人在下午放学后，来到罗小标家中，这才明白，罗家发生了变故。罗小标的哥哥染上毒品之后，偷走了家里靠卖香葱仅存的一点积蓄。罗小标父母恨铁不成钢，也拿不出钱送哥哥去戒毒，只好采取最原始的办法，强行将哥哥锁在家里。

家里实在交不上学校的各项费用，就想让罗小标辍学去农贸市场卖香葱。了解这个情况之后，邓老师对罗小标的父母说：“哥哥犯了事，让弟弟辍学，这怎么都说不通。学费问题，我可以向学校领导反映你们的情况。这是我们班的班长甘科伟，他回去之后也可以发动全班同学捐款。总之，我们一起想办法。”

罗小标的父母听老师这么说，也不再说什么，答应邓老师让罗小标第二天准时回去上课。

邓老师和甘科伟正准备离开，房间里突然传来一声声凄厉的号叫。

邓老师和甘科伟走过去，从窗户里往里瞧，一个瘦得几乎皮包骨的年轻人——应该就是罗小标的哥哥——他的一只手被铁链锁着，扣在一块石磨盘上，蓬头垢面，眼里充满绝望。他无助地坐在地上，凄惨地哀号着，像一头困兽。

邓老师看了，摇了摇头，对甘科伟说："我们走吧。"

师生二人走出去很远了，还依稀能听见那令人毛骨悚然的哀号声。

第二天下午，195 班举行了一次以"健康成长，互助有爱"为主题的班会。

邓老师问同学们："什么叫健康成长？"大家踊跃发言，有人说拒绝抽烟，有人说洁身自好，有人说拒绝毒品。邓老师说："我们请甘科伟同学回答，请他谈谈如何理解健康成长。"

甘科伟站起来回答："我们每个人身上都有各种贪欲。克服各种贪欲，拒绝不良嗜好，从内心追求真、善、美，认真学习，积极向上，这就是我理解的健康成长。"

邓老师说："说得好。现在由甘科伟同学主持班会，把昨天我们家访的情况向全班通报一下。"

甘科伟说："罗小标同学两天没来上课，邓老师和我专门去他家进行家访。罗小标家里出现了特殊情况，没有经济能力供他继续上学，准备让他辍学打工。同学们，我们是天天在一起的好伙伴，是朝夕相处的同班同学，小标却因家庭贫困，要离开我们 195 班去打工，这是多么令人痛心的事！后来，邓老师耐心地做了家长的思想工作，家长初步同意让小标继续上学。我们 195 班是一个非常团结的集体，无论你是谁，无论你的功课是优秀还是普通，也无论你的家境是富裕还是贫穷，这些都没关系。只要你是我们当中的一员，功课落后，成绩优秀的同学可以主动去辅导和帮助；家境困难，我们班全体师生都会伸出援助之手，举全班之力帮你渡过难关。正所谓众人拾柴火焰高。我们 195 班，从来不会，也永远不会落下一个同学！”

甘科伟说完后，全班同学热烈地鼓掌。

在邓老师的主持之下，全班同学进行了爱心捐款。罗小标终于返校正常上课，甘科伟与班上成绩优秀的同学主动帮罗小标补课。

高二时，罗小标分到了文科班。

（三）扶中桃李园

1998 年 9 月，扶中 200 班第一学期开始了。

甘科伟以优异的成绩考入了 200 班。这是由各班成绩优秀的同学组成的理科班，共有 62 人，由扶中资深化学老师滕月群担任班主任。滕老师时年 54 岁，她为了一批又一批学子，长年累月地操劳，粉笔灰已把她的满头青丝染成了白发。

开学第一天照例是班会。62 人的大班相当热闹。同学们陆续来到 200 班，找到自己的座位。

甘科伟忽然看见一个似曾相识的身影从门口款款而来，心不由得怦怦直跳。那双水汪汪的大眼睛在哪里见过？想起来了，一年前在学校大门遇见了她。对，黄婧婧同学。一年不见，她变得越来越青春靓丽，穿着一件雪白衬衫，像一朵水灵灵的茉莉花。甘科伟默默地想。

教室里瞬间一片安静，像春日里初醒的原野。所有同学都不说话了，把目光聚焦在这名女生身上。

黄婧婧也看到了甘科伟，显得有点惊讶，心里想：“咦，他怎么也在200班？虽说一年没见，但他也算是半个熟人了。”黄婧婧对甘科伟微微一笑，轻轻点了点头。也许是经过高一一年的锻炼，黄婧婧变成熟了，她没有理会同学们投来的目光，坦然坐到自己的位置上。而她的位置，那么巧，就在甘科伟前面一排。

甘科伟只觉得阵阵春风拂过，脸上有些发烫。黄婧婧对甘科伟的嫣然一笑，却让同学们看得一清二楚，大家又都把目光从黄婧婧身上转移到甘科伟身上来。

滕老师告诉大家，每个人的座位都是根据各人各科的成绩来安排的。这样做是为了同学之间可以取长补短，互助学习，各科互补。

甘科伟为什么这么巧与黄婧婧前后比邻呢？

原来，甘科伟数理化不错，却有两科是弱项——语文和英语。黄婧婧的数理化相对弱一些，但她的语文和英语成绩相当优秀。

人生虽有许多不确定性，但有时可能在冥冥中自有安排。两个学科如此互补的同学，从此成了前后桌。

有一次，甘科伟问黄婧婧：“高一的时候，我怎么没见过你呢？”

黄婧婧说：“我见过你啊！有次我从你们195班窗前经过，看见你被几个女生围着，问这问那的。”

甘科伟回想了一下，说：“有这回事？我怎么记不起来了？”

黄婧婧说：“还有一次，你去食堂，我看到你和一个女生一路走，一路谈笑风生，我就没打扰你们。”

甘科伟听得晕乎乎的，挠挠头，说：“你说的这些事，我怎么一件都不记得呢？”

黄婧婧说：“又不是什么大事，你记不得也很正常。”

黄婧婧刚说完，脸忽然变红了，因为她很快反应过来，刚才那句话是有破绽的，既然不是什么大事，甘科伟可以记不得，为什么自己却记得如此清楚呢，而且都是有关甘科伟与女生的事。

黄婧婧偷偷看向甘科伟，看到他正在回想往事，黄婧婧连忙转过身，悄悄离开。

那时的扶中还有初中部（1998 年才停招初中生），全校师生总计有几千号人。甘科伟放学后，一般去饭堂或宿舍，而黄婧婧家在县城，不住校，放学后直接回家，没见到面也是正常的。现在，两人忽然相遇在高二 200 班，瞬间有种久别重逢的亲切感。

日子过得飞快。转眼之间，高二 200 班的同学们已经相处一个半月，相互之间也有所了解。在 10 月中旬的一次班会上，滕老师郑重地在黑板上写下几个字：竞选班干部。

这是一学期中班上最热闹的时候。200 班是扶中重点班，同学们个个多才多艺，班干部竞选异常激烈。

每名竞选者只有两分钟的发言时间。班会刚开始时，同学们还有些拘束，但随着各竞选者幽默风趣的演说和略带夸张的手势，全班同学的情绪很快就被调动起来。上台演说的也不全是竞选者，还有推荐者。

一名罗同学首先上台。罗同学体形较胖，块头较大，站在台上先对大家憨憨一笑，说：“各位同学，你们猜猜，我准备竞选什么职位？”

看到罗同学在台上可爱的模样，大家一下子放开了，笑声不断，但是没人猜出他竞选什么职位。罗同学说：“我准备竞选文娱委员。”

大家看到罗同学胖胖的样子，想不出他有什么文娱“细胞”。

罗同学接着说：“大家别看我胖，我可是男高音，喜欢美声。要不，我给大家唱一段？”大家更来劲了，拼命鼓掌。罗同学说：“那我给大家唱一段意大利歌唱家帕瓦罗蒂的《我的太阳》。”

罗同学的普通话不标准，把“帕瓦罗蒂”说成了“破瓦楼梯”，同学们哄堂大笑。不过，罗同学的美声唱法还是不错的。谁知强中更有强中手，后来上台的一名女生能歌善舞，最终当选文娱委员。

落选后的罗同学并不气馁，后来在全校歌唱比赛中斩获第一名，为 200 班争了光。

接着上台的是潘同学，他要竞选政治科代表。同学们都奇怪，政治只是副科，科代表也没人竞争，只要上台演说，一般就能定下来。老师和同学们都纳闷，平常也没见潘同学对政治课有多少兴趣，现在怎么会如此积极？

潘同学看到大家疑惑的目光，解释说：“我如果当选政治科代表，我一定会让老师少布置作业。”同学们还是不明白，这是理由吗？

潘同学终于说出了心里话：“刚刚得到消息，原来的政治老师调走了，新来了一位长发美女教我们政治课。”全班一下子哄笑起来。

潘同学如愿当选政治科代表。但令他失望的是，原来的政治老师确实是调走了，可新来的老师并不是美女，而是一位满脸络腮胡的大汉。后来，当这位政治老师走进教室时，全班同学都笑个不停，把新老师弄得莫名其妙。

看到不少同学上台发表竞选演说，甘科伟决定出击。他走到讲台上，全班鸦雀无声。

甘科伟说：“我竞选体育委员。如果我当选，首先会组织200班的男女篮球队。顺便说一下，我曾是195班的篮球队队长，带队比较有经验。”

甘科伟说完，全班同学并没有多大的反应。有几个同学在窃窃私语。

从同学们的目光中，甘科伟看出了大家对自己的不信任。他觉得有必要解释一下：“大家可能觉得我的身体很单薄，但这其实是个误会。我想告诉大家，我从十岁就开始跟大伯学习散打，至今整整八年，目前至少在扶中还没有遇到散打对手。因此，我当选体育委员后，咱200班所有的同学，由我一个人罩着，有我在，没人敢欺负你们。”

甘科伟的话音刚落，全班爆发出阵阵掌声。甘科伟瞬间成了同学们心中的英雄。他们欢呼着甘科伟的名字，并强烈要求甘科伟担任班长。最后，甘科伟众望所归，担任200班班长兼体育委员。

回到座位后，甘科伟悄悄对黄婧婧说：“你英语那么好，快上去竞选啊。”

黄婧婧小声说：“我可不行，比我好的人多着呢。”

扶中校园内有一处桃李园，是同学们晨读与课余休息的场所。园中遍植桃树、李树、樱花、紫薇、木芙蓉等花木，每到花季，园中灿若烟霞。

每天早上，甘科伟起床后先去跑步，再练一遍拳脚，然后带着英语书来到桃李园背诵课文。园中小道蜿蜒，时而曲径通幽，时而豁然开朗。桃李园里琅琅的晨读声与林间枝头悦耳的鸟鸣声交织在一起，成为扶中校园最动听的一曲。

（四）惊动校长的秘密

1999 年 1 月，扶中高二 200 班第一学期即将结束，班主任滕老师正在班上布置寒假作业。正在这时，蔡校长站在门口，招呼滕老师出去一下。

滕老师不知道发生了什么事，担心是不是班上哪个同学做错事了，赶紧跟出去。

滕老师走到教室门外，看见蔡校长后面还跟着一位阿婆，她拎着一个竹篮，里面装满了小黄瓜。

滕老师很纳闷，心想：这是学生家长吗？不对，快放寒假了，即使送东西来也无须惊动蔡校长啊。

蔡校长看到滕老师满脸疑惑，就把班上至今都无人知道的一个秘密告诉了滕老师。滕老师听后才恍然大悟。

滕老师走进教室，对同学们说："欢迎蔡校长和廖阿婆光临 200 班！"蔡校长和廖阿婆走进教室。

蔡校长说："同学们请坐下。今天来到 200 班，我非常高兴。首先，我向各位同学顺利完成高二第一学期的学业表示祝贺！关于 200 班的传奇故事，我们扶中校领导时有耳闻，200 班的同学品学兼优，是我们扶中的骄傲。今天，我要在这里向大家公开一个秘密。在我们 200 班，有一位同学利用周末等课余时间，一直帮助左江边江西岸村的廖阿婆挑水、种菜，默默无闻，从不张扬。他从高一起就开始帮助廖阿婆，已经连续三个学期了。可他从不声张，行动低调。若不是廖阿婆今天主动找到我们校领导反映情况，我们对这样的好人好事仍然一无所知。下面请廖阿婆来讲一讲。”

廖阿婆拎着竹篮，放在讲台上，目光四处寻找，说：“让我找一找，看看甘同学在哪里。”阿婆的眼神不太好，她眯着眼，一行一行地找人。

黄婧婧转过身，问甘科伟：“是不是你？”

甘科伟觉得瞒不过，说：“是我。”

黄婧婧着急地说：“那你还让阿婆找，快站起来。”

甘科伟站起来挥挥手：“廖阿婆，我在这里。”

阿婆看见了甘科伟，高兴地走过来，说：“就是他，甘科伟！”

同学们很惊奇，朝夕相处的同学当中还有这样令人敬佩的故事，大家都热烈鼓掌。阿婆走到甘科伟身边，说：“听说你们要放寒假了，阿婆也没啥东西送给你。这一篮黄瓜，你带回家，算是我的一点心意。”

甘科伟说：“阿婆，我们是学生，学校有规定的，不能随便拿别人的东西。”

阿婆说：“这不要紧，我已经和蔡校长说明情况，蔡校长已经同意了。”

甘科伟说：“蔡校长、滕老师，阿婆种菜很辛苦，我无论如何也不能要。”

蔡校长和滕老师商量了一下，似乎有了一致的意见。滕老师说：“这样吧，这一篮黄瓜，你让阿婆背过来再背回去也不合适。我有个建议，廖阿婆的黄瓜，我们收下了，大家都有份。”

同学们开心地叫好，一起鼓掌。

滕老师说：“当然，我们也不能白吃。以后学习会比较紧张，不能由甘科伟同学一个人去义务劳动。但是，由甘科伟同学带头的这项学雷锋义务劳动，将会成为我们200班的优良传统继续下去。在座的同学两人一组，每个周末到廖阿婆家义务劳动半日。大家同意吗？”

“同意！”全班同学热情高涨。

当然，同学们也藏着私心。虽说只有一江之隔，可同学们很少有机会去笔架山下的江西岸村，只能隔江观望。据说那里风景美若桃花源，现在总算可以光明正大去一回了。

最后，滕老师说：“甘科伟！”

甘科伟起立：“到！”

滕老师说：“下面请蔡校长给甘科伟同学颁奖。”

蔡校长展开奖状，高声宣读奖状内容：

奖状

甘科伟同学：在1998年秋季学期学雷锋活动中，成绩显著，被评为学雷锋积极分子。特发此状，以资鼓励。

扶绥中学（章）

1999年元月

甘科伟走上讲台，从蔡校长手中接过奖状。

蔡校长亲自到班上颁奖，在扶中还是首例。全班同学掌声不断。

廖阿婆正准备从甘科伟身边离开，忽然看到站在甘科伟身边的黄婧婧，端详半天，说：“瞧这女孩，水灵灵的，长得多俊俏啊。”

黄婧婧被阿婆说得不好意思，说：“阿婆，谢谢您。有空我也去帮您劳动。”

（五）青涩年华

高二年级是同学们在高中阶段最快乐的时光。此时大家正值人生大好年华，精力充沛，思想活跃，又不像高三那样面临高考逼近的压力。因此，高二的同学们在课余时间可以尽情地参加各种兴趣活动。在甘科伟的鼓动之下，黄婧婧也加入了 200 班篮球队。

下半学期，由甘科伟组建的 200 班男女混合篮球队在全校比赛中获得冠军，在和扶绥二中的友谊赛中获得亚军，这是 200 班在各项体育比赛中取得的最好成绩。

与通行的篮球规则不同的是，甘科伟设计的男女混合篮球队比赛规则是：每队五名队员，其中至少要有两名女队员，男队员不得防守女队员；女队员进球算 10 分，男队员三分线内进球算 2 分，三分线外进球算 3 分。这样做的目的是鼓励男生多传球给女生，由男生保护女生投篮，这样得分来得快。

甘科伟率领的 200 班男女混合篮球队引起了全校师生的关注。体育课有时会由老师做裁判，200 班分成甲乙两队进行对抗赛。全班同学都喜欢这样的上课方式，大呼过瘾。这支球队不仅球技精湛，而且队员都是俊男靓女，出现在学校的篮球场上时，就像明星球队一般，一下子吸引了众多同学前来观赛。

当然，很多男生来看比赛是冲着黄婧婧来的。她每进一球，都能赢得热烈的掌声。也不知从什么时候开始，黄婧婧由班花晋升为扶中的校花。据前来观战的男同学说，校花名不虚传，青春洋溢，气质不俗，他们为有这样漂亮的校友深感荣幸。

甘科伟设计的男女混合篮球赛很快被其他班级，甚至被其他中学借鉴。有了女队员的加入，比赛过程中少了争球的野蛮与暴力，这种篮球赛变成一种非常适合高中生体育锻炼的方式，而且缓急有致，张弛有度，比赛过程也变得更好看了。

快乐的时光总是短暂的，无忧无虑的高二生活很快就结束了。

200 班开始进入紧张的高三年级，班主任仍然是滕月群老师。高三的课外活动逐渐减少，大家把精力全都投入到学习中，迎接高考的到来。

甘科伟在高中阶段的数理化成绩都很优秀，但由于学科成绩不平衡，期中考和期末考的名次总在中上游徘徊。班主任滕老师教化学，200 班的化学成绩在全校一直名列前茅，但班上仍有部分学生对化学课感到畏难，其中就有黄婧婧。

有一次，黄婧婧对甘科伟说：“我觉得化学实在太复杂了，很多内容记不住，不知道你有没有什么好的记忆方法？”

甘科伟说：“记忆是有方法的。有些内容如果强行去记，虽然一时能记住，但过几天就会忘记。你把书中那些觉得难记的内容告诉我，我来告诉你，保证你能一下子记住。”

黄婧婧很惊讶地问：“有这么神奇吗？”

甘科伟说：“试试就知道了。”

黄婧婧问：“地壳中各元素的含量百分比前三位是氧、硅、铝，这顺序我原来记得，但过几天又会忘记。有什么办法可以记住呢？”

甘科伟说："这还不简单。你记住'养闺女'这三个字就行了。"

黄婧婧扑哧一笑："去你的，正经点。"

黄婧婧又问："金属活动顺序'钾、钙、钠、镁、铝、锌、铁、锡、铅、氢、铜、汞、银、铂、金'，我们早就学过，可我经常把前后次序搞混淆，怎么办？"

甘科伟说："这个……也很简单啊，我写给你，保证你立马能记住，而且记一辈子。"

很快，甘科伟找出一张白纸，在写好的金属名称下面又各写了一个字，然后递给黄婧婧。

黄婧婧接过来，读了下面的一行字，羞得满脸通红，说："你真坏！不理你了。"

原来，甘科伟写了这样三句话："嫁给那美女，新添一千金，统共一百斤。"

黄婧婧表面假装生气，可还是满心欢喜，因为这些内容确实一下子就被全部记在脑海里了。她忽然对身后这个男生产生了从未有过的异样感觉，觉得甘科伟身上总是散发出一种让她着迷的魅力。

由于甘科伟的帮助，黄婧婧的数理化成绩有了显著提升。在高三第一学期的期末考中，代数 76 分，化学 73 分，物理 75 分，各科成绩虽然不高，但均衡、稳定，这对当时的高考来说，十分重要。甘科伟呢，数理化分数遥遥领先，语文与英语成绩仍然不太理想。

为改变这种状况，甘科伟决定破釜沉舟，奋起直追。

很快就到了高三下学期。那段时间，班里的学习气氛十分紧张，大家都在积极备考。因为有各科老师值班，随时解答同学们的疑问，星期天也有不少同学到校复习。

黄婧婧复习遇到难题时，喜欢去问甘科伟。有一次周日，黄婧婧没有见到甘科伟的身影。她心想，他是不是回家了？是不是上街了？黄婧婧隐隐觉得自己变得心神不宁。平时有甘科伟在身边，她就觉得心里有底、踏实，哪一天见不到他，就觉得失落，一整天都无精打采。

他到底去哪了？他会不会在桃李园？他说过，有时会在那里背课文的。黄婧婧暗想。

黄婧婧急忙来到桃李园寻找。但找了半天，连甘科伟的人影都没见着。

置身桃李园中的黄婧婧，心中一片茫然。她孤独无助地站在一棵榕树下，感到委屈，还有些伤心。心想，我们是好朋友，可你去哪里都不和我说一声，气死我了。想到这，黄婧婧忍不住哭了。

黄婧婧擦干眼泪，神情落寞地从桃李园走出来。走着走着，忽然看见有个熟悉的身影，前面不远处那个人不正是甘科伟吗？黄婧婧心里一激动，刚想喊甘科伟的名字，可又突然发现，他身边还有个女生。

甘科伟手里提着一箱牛奶，和一个女生并肩而走，有说有笑的，看上去很亲密，关系很不一般。

黄婧婧想到自己刚才为找他而伤心落泪，真是不值。又想，不行，我要找他问个清楚。

黄婧婧虽然心中有点怨气，可又觉得自己没做错什么，于是加快步伐走到他们身边，装作若无其事的样子，很高兴地说："这么巧啊，在这里遇到你。"

甘科伟看到黄婧婧，高兴地说："你怎么也在这儿？你的眼睛怎么红红的？”

黄婧婧说：“没什么，刚才被树枝碰了一下。这位同学是？”

甘科伟说：“我来介绍一下，这是我表叔的女儿小蕙，正上初三呢。我表叔、表婶都在扶绥县城的邮局上班。准备要高考了，他们怕我营养跟不上，买了一箱牛奶，要小蕙送来给我。”

小蕙对黄婧婧说：“我给他，他始终不肯要。没办法，我只好告诉他，说是他爸给了钱买的。他还是不信，我们正准备到学校办公室打电话和他爸确认呢。”

甘科伟对小蕙说：“这位是我的同学黄婧婧，快叫学姐。”

小蕙说：“学姐好。我早就知道你了！扶中的校花嘛，谁不知道啊，嘻嘻！”

黄婧婧轻轻拍了小惠一下，说：“真会贫嘴。你走吧，这事我来处理。”

小蕙说：“谢谢学姐，那我走了。”小蕙完成了任务，高兴地离开了。

甘科伟说：“我们虽然是亲戚，但我从来不习惯拿别人家的东西。”

黄婧婧说：“本来以为你很聪明，原来却这么愚顽不化。一箱牛奶，有必要这样推三阻四的？”

甘科伟说：“不说了，我接受了还不行吗！来，先拿一盒给你尝尝。”

黄婧婧说：“谢了，你留着自己喝吧。我家冰箱里都是酸牛奶，天天喝，都腻了。”

甘科伟说：“有那么酸的牛奶？”

黄婧婧明白，甘科伟多聪明呀，自己那点小心思早已被他识破了。现在，他故意偷换“酸”的概念，变着法子揶揄自己呢。不过，黄婧婧并不和他计较，反而觉得很开心，虽然没有说破心中的秘密，但让甘科伟知道自己的心思也好。

（六）击浪左江

高考冲刺进入最后阶段。

那种紧张的氛围如同面临着一场攻城的战斗。女生大多很刻苦，她们废寝忘食地背书、做习题。男生面对这种巨大压力，有个别学不进去的，就放弃了。但200班已是壮观的备考场面，课桌上一排排放满了备考书籍，同学们神情严肃，专注地埋头苦读，气氛甚至压抑得让人不敢大口呼吸。黑板上方挂着高考倒计时牌，上面的数字显示着离高考时间越来越近了。

甘科伟有时到桃李园背英语，有时沉迷于打篮球。虽然200班的男女篮球队已解散，但在别人看来，高考好像没有给甘科伟带来多大的压力。在大家都鏖战于题海时，他却时常走出教室，到操场上投篮。

有一次，黄婧婧到操场上找甘科伟。黄婧婧很久没投篮了，甘科伟把球传给她，两人就打了一会儿篮球。没想到，前来观战的人越来越多，有几个同学也加入了抢球。黄婧婧对甘科伟说：“把球让给他们吧，我们走。”

两人并肩向教室走去。黄婧婧说：“高考这么紧张，你倒是很轻松，好歹坐在教室里帮帮我啊。”

甘科伟说："你的成绩一直很稳定，各科均衡，不用担心的。我相信你能考好。从现在起，我不再打球了，专做你的后盾。"

黄婧婧说："这还差不多，谁让你坐在我后面呢。"

看到大家学习高度紧张，甘科伟与班主任滕老师商量，为了缓解同学们的压力，每周腾出一节课的时间上体育课。滕老师认为这非常有必要。

高考前一周，200 班上了最后一堂体育课。那天，全班不再像从前上课那样以甲乙男女混合篮球队为主来打比赛，而是每个同学依次上场投篮。大家都知道这是在扶中的最后一次体育课，都在互相礼让，一有同学把球投进篮筐，全场就为之欢呼。

有个同学平常不打篮球，投篮时用力过猛，篮球越过篮板，继续向北飞去。

那时，扶中与左江之间并没有围墙，操场北面直通左江。足球、篮球飞入左江的事经常发生。

甘科伟看见篮球飞入左江，立即脱去衣服，一个鱼跃跳入江中。

左江湍急，水流很快。篮球在水中越漂越远，甘科伟在后面追赶，一直追到江中心，眼看着就要追到篮球。忽然，甘科伟不见了，只剩下篮球漂在水面。

同学们慌了神，站在岸边大喊："班长！""科伟！"

江水滔滔，没有应答。

黄婧婧的心一下子揪紧了，她不停地喊："科伟！科伟！"

还是没有应答。瞬间，黄婧婧的眼泪唰地就下来了，哭着喊："科伟，你快上来啊！"

过了将近两分钟，同学们决定跑去向滕老师报告。正说着话，有人高呼："科伟出来了！"

大家纷纷望向江水，只见甘科伟举着篮球从水里钻了出来，向大家挥了挥手。这时，岸边的同学们才松了一口气，掌声一片。

黄婧婧被吓坏了，两腿发软。她又气又急，脸上还挂着泪。黄婧婧怕被别人看到自己哭泣的样子，也不等甘科伟回到岸边，就转身离去。

后来黄婧婧才知道，甘科伟追球到左江中心时，由于那里的水特别凉，很久没游泳的甘科伟一下子腿脚抽筋，然后往下沉。他在冰冷的水里挣扎着，当时有些绝望。

左江水是那样的清碧透亮，甘科伟透过江水，看到天空那么蓝，白云悠悠，真美啊。他脑中甚至响起那首"乌溜溜的黑眼珠和你的笑脸"，这是甘科伟一直想唱的歌，他想唱给黄婧婧听。左江上空蓝蓝的天，从来没这么美过。难道自己的人生就这样结束吗？甘科伟脑中闪过这个念头。

甘科伟隐隐听到岸边同学的呼唤，甚至还隐约听到黄婧婧的哭喊，他觉得自己绝不能就这样沉下水去，必须要自救。他想起南拳中的铁桥功，意念集中，猛一发力，全身如火山爆发，腿脚瞬间就能动了，一切恢复如初，随即浮出水面。

第二天，黄婧婧约甘科伟来到桃李园，问道："昨天岸上那么多人，你为什么不跟大家商量一下就冲下去了？"

"因为我是班长。"

"班长就不顾自己的危险吗？"

"球是我借的，我有责任，我要负责把球还给学校。"

"是球重要还是生命重要？"

“当然生命重要。”

“那你还下去？”

甘科伟停了一下，看了看黄婧婧。

黄婧婧问：“你看我干什么？”

甘科伟说：“我把这次下水当成一次演习。如果哪一天你落水了，我就会像昨天那样下水去救你，奋不顾身。”

甘科伟的声音很轻，语气却很坚决。黄婧婧再也忍不住，眼泪扑簌簌掉下来。

甘科伟急忙说：“我从小在左江边长大，游两个来回没问题的。”

黄婧婧说：“傻瓜，我也会游泳，淹不死的。”

甘科伟说：“是吗，有机会我们去左江比试比试？”

黄婧婧说：“比就比，谁怕谁！”

（七）江西岸村的篝火

高考结束那天，班主任滕老师站在考点出口，等待着 200 班的同学们。甘科伟出了考场，和平常一样轻松自如。他看到滕老师站在门口，就停下来一起等同学们。

黄婧婧从考场走出来时，远远看见甘科伟和滕老师站在门口。她挥挥手，面若桃花。一看她的样子，就知道考得不错。

那天晚上，200 班在左江边的江西岸村举行了毕业篝火晚会。

晚会由 200 班的宣传委员和文娱委员主持，各科老师也应邀来参加。无论是老师还是学生，此时都成了依依惜别的朋友。晚会要求每个人都必须上台拿起麦克风说两句。大家随心所欲，可以说说感想，可以一展歌喉，还可以跳舞，也可以朗诵。总之，没有任何约束。

红红的篝火映红了碧绿的左江。此时此刻，无论是考得好的同学，还是没考好的同学，都明白一件事，朝夕相处、一起奋战两年岁月的同学就要分别。一开始，大家踊跃上台，说得很轻松，但是说着说着，有的同学开始忍不住哽咽。

第二天，大家将告别扶中，各奔东西。此去经年，也不知何年何月才能再相见。离别的伤感让大家无法再说下去，不少男生、女生都失声痛哭，为那再也回不去的时光，为那年少轻狂的自己，为那涂抹得瑰丽的或者乱七八糟的青春画布。

这时，黄婧婧轻盈地走到麦克风前缓声说道："谢谢各位任课老师，谢谢同学们。此时此刻，千言万语，又不知从何说起。下面，我把一首我喜欢的粤语歌曲《喜欢你》献给大家——

细雨带风湿透黄昏的街道，抹去雨水，双眼无故地仰望，

望向孤单的晚灯，是那伤感的记忆，

再次泛起心里无数的思念，以往片刻欢笑仍挂在脸上，

愿你此刻可会知，是我衷心地说声，喜欢你……"

黄婧婧的一首歌曲惊艳全场。

她下场后，甘科伟找到她夸道："真好听。"

黄婧婧说："真的吗？那你也唱首歌给我听听。"

甘科伟说："那还不简单，我唱给你听！"

甘科伟上台接过话筒："各位老师、各位同学，离别伤感，洒泪舞台，这足以证明我们之间朝夕相处的深厚情谊。此时此刻，我

想表演一套拳术来给大家助助兴。”

台下的同学热烈鼓掌。甘科伟准备表演一套醉拳。醉拳是中国传统武术套路，也是散打格斗的基本功，其特点是以醉形、醉态迷惑对手，形醉意不醉，步醉心不醉，手疾眼快，刚柔相济，达到克敌制胜的目的。

舞台上，背景音乐《男儿当自强》响起。甘科伟脱去衣服，飞身跃上舞台，一阵翻滚跃扑，踉跄跌撞，眼中却满是坚定。只见他出拳迅猛，又出其不意，拳脚功夫甚是了得。一时间，台下掌声雷动。

甘科伟收起招式，向大家抱拳致谢。然后拿起话筒说：“本来打完这套拳，我该把舞台交给别人了。可刚才在台下，有人要我唱一首歌。虽然我唱歌五音不全，但现在不唱，还待何时？以后可能就没机会了。我们即将分别，但今后总能找到时间相聚，希望大家经常联络。我决定再占用一会儿舞台，把一首《恋曲 1990》献给我心中的‘女神’。”

这时，台下齐声起哄。

黄婧婧的脸上一片红晕，眼里含着泪光，不知是因为离别的伤感，还是心底的喜悦。

甘科伟不慌不忙道：“谢谢同学们。同时也把这首歌送给你们，希望大家每天积极向上，开心快乐。”

乌溜溜的黑眼珠和你的笑脸，怎么也难忘记你容颜的转变。

轻飘飘的旧时光就这么溜走，转头回去看看时已匆匆数年。

…… ……

或许明日太阳西下倦鸟已归时，你将已经踏上旧时的归途。

人生难得再次寻觅相知的伴侣，生命终究难舍蓝蓝的白云天。

…… ……

末了，蔡校长上台讲话，寄语即将离开校园的学子：“同学们，感谢你们把人生中最美的青春时光留在了扶中。你们在这里学习、玩闹，乃至疯狂，这都是青春赋予你们的天性。无论是忙碌的学习、真挚的友情，还是朦胧的爱情，这些都是你们留在扶中的温暖时光和难忘记忆。你们当中，有人即将进入大学继续学习，有人即将走向社会。高考考卷的答案往往只有一个，你答对了，就得分，答错了，就没有分。但人生却不一样，人生拥有无数个正确答案。不管你们将来做什么，热衷于什么，我相信大家都能做出正确的选择。同学们，祝福你们！”

那天晚上，笔架山身影朦胧，江西岸村篝火摇曳，照亮了无拘无束的青春时光。扶中 200 班从此成为过去，所有过往的欢笑、泪水、争吵、友爱，还有朦胧青涩的情感，都伴随着滚滚的左江水，流向未知的远方。

第三章　小城故事

（一）何去何从

高考成绩放榜之后，所有考生都走到了人生的十字路口。

此时，甘科伟家在经济上又遇到了相当大的困难。父母从供销社下岗，要自谋生路。以前还有基本工资，虽然不多，但仍可维持全家七口人的基本生活。现在，两个双胞胎弟弟甘科兴与甘科旺也即将初中毕业，两人的学习、生活费用又是一大笔开支。再加上年迈的奶奶、残疾的姑姑，这一大家子七口人的生计，全部压在甘党标两口子身上。两人下岗后，全家没有了稳定的经济来源，日子简直难以为继。

就在这样的节骨眼上，甘科伟完成了高中学业，参加了高考，已到了填报志愿的时刻。这次高考，甘科伟成绩不错，达到了一本分数线。如果继续上大学，学费、生活费等各项开支要比高中阶段更多。目前，一家七口人的基本生活都没有保障，哪来这么多钱去上大学呢？

此时，甘党标一家面临着这个巨大的难题，是让甘科伟继续上大学，还是放弃学业外出打工？

如果放弃上大学，就意味着甘科伟从此离开学校，走上打工之路，可以减轻家里的经济压力。

生活的重压，以及一个男人对于家庭的责任，压得甘党标几乎喘不过气来，但他从未屈服。现在，大儿子甘科伟正面临人生的重要抉择，何去何从，他也在思考。

但甘党标觉得，还是先听听甘科伟的意见。甘科伟 20 岁了，他的人生之路应该由他自己做主。

“科伟，你也清楚家里的情况，你心里有什么打算，说给我听听。”

“爸，我知道家里的情况。我想好了，先报一所学校试试。”

甘科伟告诉父亲，高考志愿已填好，自己准备去读南宁的一所警校。他向父母解释：“如果报区（指广西壮族自治区）外的大学，几年下来，光是路费就要花很多。到南宁读警校一直是我的梦想。你们都知道，我从小跟着大伯，受他影响，立志从警。从渠旧镇到南宁，坐火车只要 6 块钱，来回很方便。还有，以本科分数报专科学校，很容易被录取。学制只有三年，还能少交一年学费，毕业后就能分配工作，这样能早点拿工资，给家里减轻一些负担。”

当时，警校一学年的学杂费是 3500 元左右，再加上每个月的 500 元生活费，一年下来，要将近 1 万元钱。甘党标觉得儿子的想法合情合理，上警校能尽快工作拿工资。

甘科伟的想法让被贫困长期困扰的甘党标看到了生活的希望。

甘党标说："那就这么办，我去几个亲戚家走走，争取早点把学费准备好，免得到时候来不及。"

"爸，您留在家里照顾一家老小。这段时间，我想到县城去打工。"

"你人生地不熟，又没经验，到城里能做什么呢？"

"没事，我在那里上了三年高中，怎么会不熟呢？到了县城，我先暂时住在表叔家。"

"这样也好。你带两只土鸡给你表叔，我再打个电话给他。"父子俩商量完毕。甘科伟简单收拾了行李，准备第二天从渠旧镇乘绿皮火车前往扶绥县城。

晚上，甘科伟突然想到黄婧婧，自己好久没跟她联系了。她考得怎样？填志愿了没有？想到这，甘科伟很想打电话给黄婧婧。可是，甘科伟拿起电话后，犹豫了一下又放下了，脸上露出苦笑。他想，黄婧婧是谁？是扶中的校花，是父母的掌上明珠。

黄婧婧的父母都是扶绥县的干部，父亲在县工商局工作，母亲在县政府上班。因为家里只有这么一个女儿，父母从小对她细心呵护，疼爱有加。对黄婧婧来说，无论去哪里上学，凭她靓丽的容貌、聪颖的头脑和干部家庭的背景，她的前程都是一片广阔，人生之路灿烂似锦。

而他甘科伟是谁？他出生在一个偏僻的小镇，是个穷小子。家庭成员众多，负担很重，年迈的奶奶和瘫痪的姑姑都离不开父母的照顾，不要说到外地上学的路费难凑，就算填报最近的南宁警校，1万多块钱的费用到现在还没有着落。他打电话给黄婧婧，想做什么？

甘科伟继续想，在扶中，他们是前后桌的邻居，是好朋友，在学习上相互帮助。现在，扶中的那段生活已经过去，黄婧婧只是他一个遥不可及的梦。她是城里的“公主”，而他只是个前程未卜的乡下穷小子。生活在两个不同的世界，差距太大，时间一长，他们就会彼此淡忘，还是各奔前程吧。

甘科伟放下电话之后，准备休息，第二天早点起程。这时，家里的电话响了，他去接，居然是黄婧婧。

“甘科伟，你近来去哪儿了？也不打个电话给我。”

“正在筹学费呢。”

“你的分数那么高，准备去哪里上学？”

“记得以前和你说过，我要当警察，准备到南宁上警校。”

“那所警校不是大专吗？你一本的成绩上大专，不觉得可惜吗？”

“没什么可惜的。首先，我的成绩可以保证我被优先录取；其次，当警察，为人民服务，抓犯罪分子，这不好吗？还有，我家里条件不好，我得早点出来工作，养家糊口，这样可以减轻家里的负担。”

黄婧婧沉默了一下，再次问道：“你确定在南宁上警校？”

甘科伟说：“对，已经填报志愿了，就是那所广西公安管理干部学院（南宁人俗称其“警校”，2003年改制为广西警官高等专科学校，2015年改制为广西警察学院），专业是刑事技术。嘿嘿，将来专门抓坏人。”

黄婧婧有点生气：“你就不问一下我的情况？不问问我去哪里？”

甘科伟说：“你这次高考发挥得那么好，北上广的学校可以随便挑啊，中国那么大，天高任鸟飞呗。”

黄婧婧更生气了：“去你的！你才是鸟！”

一气之下，黄婧婧挂断了电话。

（二）初入江湖

第二天，甘科伟带了两只土鸡来到扶绥县城。

表婶见甘科伟拎着两只土鸡来，笑着说：“看你，来就来呗，还带东西。你爸早上打过电话了，你的房间，我们都给你准备好了。小蕙也开始学着做饭了，一日三餐都在家里吃。你自己先找找工作，看看有没有合适的，找不到，我们再帮你想想办法。”

表婶的关心让甘科伟心里热乎乎的。他谢过表婶，来到自己的房间。

表叔、表婶都是县邮局的职工，一家人住在邮局宿舍，住二楼。楼下有个杂物间，已打扫干净，留给甘科伟住。

甘科伟把行李放下，心里暗暗庆幸，至少不用露宿街头了。正想着，小蕙从楼上下来，对甘科伟说：“晚上我做饭，你想吃什么？”

“你们吃什么，我就吃什么，不用太客气，我又不是客人。”

“你不是客人，但你的那位校花肯定就是我们的客人了，你下午去把她约到家里来，我给你们做几道拿手菜。”

“不用了，我们高中毕业之后就没有再见面。她是城里人，我是乡下人，我们不会再来往了。”

“不会吧，全校都知道你们两个是‘金童玉女’，这又不是什么秘密。”

“时过境迁，我们的身份、处境、经济状况都相差太大。我不能影响人家的好前程。”

“哟哟，几天不见，会武功的甘科伟现在成了懦夫，真令我刮目相看啊。”

“怎么说话呢？年纪不大，知道的倒不少。”

“要不要我去给校花报个信，说你来我家了？”

“别，千万别。我来县城是找工作的，不要影响人家。”

“你请我去，我还不一定去呢。我告诉你，那么漂亮的女孩，你再不主动联络，迟早会被别的男孩抢去了。如果真是那样，你就等着后悔一辈子吧。哼！”

小蕙说完后出门去了。甘科伟心里却不是滋味，心想：黄婧婧，你还好吗？你在哪里？

甘科伟心里一想到黄婧婧，就涌出一股暖流。他想起两人在扶中读书的青涩时光，无拘无束，没有门第观念，没有贫富之分，彼此交往轻松愉快。但那已经远去，也许再也回不来了。甘科伟心想，我现在连在哪里打工都还没落实，哪里还有资格和她继续发展下去呢？我得先找到工作再说。

甘科伟走出邮局宿舍，来到扶绥大街上。虽说在这里上了三年高中，但除了偶尔到表叔家吃顿饭，甘科伟很少到县城中心逛街。县城虽小，却比渠旧镇热闹多了，人们行色匆匆，都有自己的事做，只有他一个人一片茫然，不知去哪里找工作。

整整一个下午，甘科伟孤零零地流连于街头巷尾。眼看天色将晚，甘科伟准备先回家，明日再做打算。

“救命啊！救命啊！”就在甘科伟准备回家的时候，百货大楼附近忽然传来一个女子的呼救声。

甘科伟瞬间止住脚步，尽管还不知道发生了什么事，但如此惊恐的声音让甘科伟立即警觉起来。他回头看见一个女子踉踉跄跄从百货大楼那边奔过来，两个男子在后面追赶。

“救我！”那女子看见甘科伟，就像看到了救命稻草，不由分说一把抱住他，可怜地哀求道。

“你先放下手，有什么事，你慢慢说。”突如其来的状况让甘科伟的整个身心迅速进入防御状态。他看那女子模样清秀，应该是学生。他心想，可能是男女情爱之类的纠纷。他曾见过这样的事。

甘科伟一边安慰女子，一边将身体挡在她的前面，不动声色，静静地看着从后面追来的两个人。

当那两个男子气喘吁吁跑到跟前时，甘科伟发现这两人身材偏瘦，从精气神来看，像社会上的小混混。

甘科伟说：“你们两个男人为什么要追一个女孩子，有什么事不能好好说吗？”

“滚开！你是什么人？别挡爷的道。”

“哟，口气不小。人家女孩子请我帮忙，你们说，我该怎么办？”

“你小子多管闲事！再不让开，我俩就不客气了！”

甘科伟看这架势，觉得眼前这两人可能要动手了。早年，甘科伟跟随大伯甘俄标练武时，大伯曾告诉甘科伟，面对两人进攻时，一定要以静制动，切不可自乱阵脚，应找准机会，对准一人发力，以求各个击破。

但是，大伯又曾警告他，除非迫不得已，宁可自己吃亏挨打，也不要随便出手对付不会功夫之人，因为一旦施展功夫，对方将无还手的机会。

现在自己还不知道这一女两男之间到底发生了什么事，暂时还不能出手，先把情况了解清楚再说。

甘科伟伸出双手，制止他们继续靠近，说道："两位先静一静，别冲动。这女孩请我救她，我作为一个男人，这事我得管。因此，有什么事，大家说清楚，该谁的责任，就由谁来承担，但是如果大家动手，恐怕什么事都解决不了，你们说呢？"

甘科伟冷静、沉着的样子让面前的两个男人一时没了主意，因为他们不知道这个管闲事的男人是什么来路，但是看样子又只是个毛头小子，两人便心有不甘。

"你是什么人？乳臭未干，多管闲事，滚开！"其中一个男人突然一拳朝甘科伟挥来。

甘科伟见面前闪来拳头，并没有避让，而是全身绷紧，迎了上去。拳头重重地打在甘科伟身上，甘科伟只晃了一晃，没有倒下。

紧接着，第二拳又来了，直接打在甘科伟的眼角上。甘科伟用手抹了抹眼角，没有还手。

看到甘科伟仍然站在那里，没有一丝让开的意思，面前的男人被激怒了，第三拳打在了甘科伟的嘴角。瞬间，鲜血从嘴里流了出来。但是，甘科伟仍然没有让开。他转过身，问那女子："有纸巾吗？"紧接着，又小声地问："他们是什么人？"

女子慌忙翻包掏出纸巾，一边给甘科伟擦血，一边说："他们是'粉仔'。"

甘科伟知道“粉仔”是当地对吸毒者的一种称呼。其实，甘科伟已经从两人的神情与身体状态中，判断出他们可能吸食了“白粉”，果然不出所料。

甘科伟接过纸巾，说：“我自己来。”他擦干嘴角的血，看了看眼前的两个男人，话也不说，然后转身对女子说：“我们走。”

像熟人似的，甘科伟用一只手扶着女子的后背，向前走去。

甘科伟打不还手，又径自离去，完全惹怒了这两个男人。他俩恼羞成怒，发疯一样扑上来。

甘科伟早已听到身后的脚步声，心想，这回该教训一下他们了。他稍一转身，一个高鞭腿（武术术语，腿部技法），两人惨叫一声，瞬间趴在地上。

甘科伟头也不回，带着女子继续往前走。

趴在地上的两人完全蒙了，心想，这是遇上了功夫高手啊。瞧这情形，人家打不还手，那是江湖规矩，不打无还手之力的人。就凭人家刚才这一记漂亮的高鞭腿，再来几个人也不是他的对手。两人负伤离去。

走了一段路，甘科伟回头看了一下，没见那两人了，就对女子说：“他们没跟上来，你可以自己走了。”

女子迟疑了一下，为难地说：“大哥，我害怕，请你送我回家吧。我怕他们找我麻烦。”

甘科伟问道：“你和他们到底是什么关系？你明知道他们是‘粉仔’，怎么还和他们来往？”

女子说：“我怎么可能和他们来往？这一切都是我哥哥惹的祸。你就送我回家吧，我一个人害怕。不远的，穿过一条街就到了。”

甘科伟想了想，既然不远，那就再送她一程。一个女孩子要对付两个男人，放手不管不是他甘科伟的行事风格。反正今天也挨打了，不妨好事做到底，送她到家。

两人穿过一条街，来到一个僻静陈旧的院落，一扇破门随意敞开着。女子对甘科伟说："大哥，我想请你进去坐一会儿。"

"天色不早了，我得回去。"甘科伟说。

"大哥，你就进来坐吧，我怕那两个人还会找上门来。你看，我一个女孩子根本应付不了啊！"

"他们知道你家在这里？"

"这不是我的房子，是我租来的。"

"就你一个人住在这里？"

"我还有个哥哥。"

"他人呢？"

"我哥跑了，刚才那两人就是来找他的。我趁他们不注意才溜出去的，他们一直在后面追我。"

本来，甘科伟并不想掺和到他们的纠纷中去。可是，他已经不知不觉卷入了事件当中。就眼前的情形，一个弱小女子被两个大男人追赶，他能坐视不管吗？甘科伟心想，要是那两个男子再来，她一个女子如何应付？如果此时，他把弱者置之不顾，一走了之，又岂是男子汉所为？

甘科伟心想，不管有多困难，这事他得管到底。

"请坐，我去给你倒水。"女子找来一张椅子，搬到甘科伟面前。

"你和那两个男人之间，到底发生了什么事？"甘科伟问道。

"大哥，这事说来话长。你先坐下，我把事情的经过说给你听。"

甘科伟坐下来。女子倒了一杯水，放在甘科伟的面前。她讲述了事情的前因后果。

“我姓莫，老家在柳桥镇。”女子说。

甘科伟一听到柳桥镇，心里一下子就明白了。在扶绥，没有人不知道柳桥镇。柳桥镇位于扶绥县西南部，与崇左市江州区、宁明县和上思县接壤，国道322线穿镇而过。柳桥镇是边境毒品从凭祥、宁明运往南宁的通道。那里人口分布比较分散，人员构成比较复杂。

特殊的地理位置让柳桥镇成为扶绥县毒品犯罪比较严重的地区，吸毒、贩毒人员比较集中。

女子名叫莫子英，现在在县城的一家食品厂打工，她的哥哥就是柳桥镇的一个“粉仔”。莫子英坐在甘科伟对面，讲述了她与哥哥的一段经历。

（三）莫氏兄妹

莫子英的哥哥叫莫子良。在20世纪90年代，莫子良与社会上认识的几个朋友前往广东，开始了打工生涯。一开始，莫子良在东莞的一家鞋厂打工，因工资不高，便辞职和几个朋友合伙开了个装修和焊接铁棚的小作坊。虽然工作比较辛苦，但每个月都有800~1000元的收入，生活不成问题，还略有一点积余。然而，毒品的出现彻底搅乱了莫子良原本平静的生活。

莫子良第一次沾染毒品是由于自己的无知。在打工期间，由于饮食极不规律，经常饥一餐饱一顿，莫子良患上了胃病，胃痛的状况时有发生。

看到莫子良因胃病疼痛难忍的样子，同宿舍的一个广东人小胡拿出一粒绿豆大小的药丸，对莫子良说：“这是治胃痛的药，冲开水服下试试看。”

莫子良痛苦之际，哪里还管这到底是什么药，整颗吞了下去。

果然，过了一会儿，莫子良没那么痛了。小胡对莫子良说：“这药是从朋友那儿拿的，比较贵。你还想要的话，就找我。”

这是一种特殊的“药丸”，莫子良吃了几次之后，觉得胃痛症状有所缓解。但是，他已经开始上瘾了。第一天和第二天没什么事，但第三天，莫子良产生了强烈的对药丸的渴求，这时他才明白，自己吃的药丸原来是毒品，而自己已经上瘾了，他急不可耐地向小胡再次购买。

尽管莫子良知道自己被小胡下了套，变成了瘾君子，但他无法抵制这种诱惑。莫子良再也无心工作，每天脑子里就想着吸毒，追求那种吸毒后飘飘欲仙的快感。

很快，莫子良打工几年挣下来的近万元血汗钱，全部花在了毒品身上，变成了袅袅轻烟，燃烧殆尽。

更麻烦的是，因为吸毒，莫子良已无法继续工作。因为毒瘾发作时的反应很大，同事们一看这种情况，就知道他是个“粉仔”，大家像躲瘟神似的远离他、疏远他。

在无数鄙视的目光中，身无分文的莫子良只好收拾了几件破旧的衣物，拖着瘦弱的身子从东莞返回老家柳桥镇。

回到柳桥镇之后，莫子良经常出现的种种不正常的身体状况，让家里人很快意识到他吸毒了，因为镇上的吸毒者基本上都有类似的症状。滥吸毒品除了损害身体，还会导致精神问题，甚至会影响容貌。最常见的有突然消瘦、面部凹陷、出现暗疮、面部皮肤溃烂等。在精神方面，表现为呆滞、昏睡、易怒、烦躁不安、忧虑等症状，还会出现自杀倾向。

莫子良除了身体消瘦等状况，还产生了自杀的念头。因为回到老家之后，他很快发现自己被孤立了。村里、乡里和镇上的人很快就知道他在吸毒。他那种萎靡颓废的样子，走到哪里都会被人冷眼相看。

身体遭受毒品的摧残已让莫子良痛不欲生，街坊四邻和路人对他投来的鄙夷目光，更像无数寒光利剑向他刺来，让他浑身疼痛。莫子良知道，他已无法在柳桥镇继续生活下去。可不在这里生活，又能去哪里呢？

莫子良的父母是老实巴交的农民，靠几亩薄田维持一家温饱。妹妹莫子英初中毕业后，在县城一家私营食品厂打工，工资不高，仅能维持温饱。

长期吸毒需要毒资，莫子良已经没有任何经济来源。他感觉自己已经到了穷途末路，生无可恋。某次，毒瘾发作后，莫子良频频以头撞树，但还是不管用，干脆一头栽入村中河流，想一死了之，彻底解脱。

河里的水并不深，莫子良走到河中间也只淹到脖子。他会游泳，沉到水底，很快又浮上来。这时他才发现，想死并没那么容易。毒瘾发作的莫子良求生不得，求死不能，只能绝望地在水里上下浮沉，不停折腾。

一个瘾君子到了这个地步，灵魂已不属于自己。此时为了得到毒品，不要说让他喊爹喊娘，就算让他去杀人放火，他也毫不犹豫。

莫子良在水里折腾的时候，河岸上有个人蹲在那里抽烟，像在看马戏团表演，没有一点出手相救的意思。

莫子良绝望地从水里走向岸边。他看到岸边那人一边抽烟，一边若无其事地看自己的笑话，立即走到近前，愤怒地问："看什么看！"

那人不理他，不慌不忙拿出一个小纸包，轻轻展开，原来是香烟锡箔纸包的一小包白粉。莫子良一看，眼睛发亮，立即跪倒，哀求道："求求你，给我一口吧。我叫你爹叫你娘，你给我一口吧。"

那人冷冷地说："你连钱都没有，怎么吃得起白粉？我这里有条路，就看你走不走。要想天天有白粉吃，好办，那就天天给我去卖。"

莫子良说："我也想，可我没钱做本。"

"没关系，你从我这里拿货，我赊给你。"

莫子良没想到遇上了"大恩人"，为了得到眼前的那口白粉，此刻叫他做什么，他都会答应。

莫子良吸了白粉，心里总算舒坦多了。这个"大恩人"真名不明，只说叫他亚龙即可。

从此，亚龙带着莫子良来到扶绥县城，在一些 KTV 等娱乐场所兜售 K 粉（氯胺酮）、"麻姑"（麻古）、"海螺姑娘"（海洛因）等毒品，走上了以贩养吸的道路。除了卖白粉，莫子良还贩卖冰毒（化学名为甲基苯丙胺，一种人工合成的兴奋剂）。但是，随着扶绥公安机关对毒品犯罪的严厉打击，这些贩毒马仔的日子越来越不好过。

很快，莫子良手上的货卖不出去，自己吸毒却停不下来，他把亚龙赊给他的毒品全部吸食了，造成了12万元的亏空。这对身无分文的莫子良来说，无疑是个天大的窟窿。就这样，亚龙不断派手下人前来追索毒资。

莫子良与妹妹莫子英一同住在扶绥县城的一户出租房内。因为要拆迁，租金很便宜，这里成了兄妹两人的落脚点。

莫子良还不起亚龙的毒资，开始躲债。可扶绥县城就这么大，又能逃到哪里呢？

亚龙的两个马仔，一个叫马三，一个叫黑头，数次上门找莫子良，都未见到人影。亚龙就骂他俩没用，一个大活人居然找不到。马三说："亚龙哥，找了几次都找不到莫子良，这家伙存心躲着我们，再去找也没用。"

"照你这么说，这12万元要我自认倒霉？"亚龙问。

"亚龙哥，您放心，您的12万元，我保证一定能找回来。"马三说。

"你有什么妙招？"亚龙问。

"亚龙哥，莫子良找不到，可他家里还有个妹妹莫子英，两人住在一起。那莫子英十七八岁，水灵灵的，何止12万元？"马三说。

"算你小子还有点小聪明。"亚龙觉得，看莫子良目前那样，12万的欠债，要想追回已经很难了。既然他有这样一个水灵的小妹，不如拿她来抵债。这样想着，亚龙就带着马三与黑头来到莫子良和莫子英的出租屋。

三人强行闯入屋内，没有找到莫子良。但是，他们看到了莫子英。

莫子英惊恐万状，问道："你们要干什么？"

亚龙说："你哥欠我12万元，他现在到处躲，找不到他，我们只好来找你。"

莫子英说："冤有头，债有主。我没欠你的钱，你找我干吗？"

亚龙盯着莫子英看了又看，就像一只老鹰盯着一只瑟瑟发抖的小白兔，眼里流露出淫邪的目光。他决定不再去找莫子良，他要把莫子英带走。

亚龙悄悄对马三和黑头说："你们两个把她看紧了。等到天黑，莫子良还不回来，就直接把她带回去。"

亚龙吩咐两人后，看了看莫子英，满意地走了。

莫子英被马三和黑头看守着。她想，自己必须想办法离开。如果太晚，他们就会趁天黑绑架我，一旦落入魔掌，想脱身就难了。

"你们以为扶绥县城是无法无天的地方吗？你们难道不知道，你们现在是在限制我的人身自由吗？你们已经在犯罪了！为那点欠款，把自己弄进牢里去，就不值了。"莫子英忽然觉得他们吸毒、贩毒本来就是见不得人的事，现在又想打她的主意，不如高声揭穿他们。

可马三和黑头都不理她。莫子英知道，强行离开是不行的，只能沉着应变，伺机甩掉这两人。

"你们不是要找我哥吗？他知道你们在找他，所以是不会回来的。但我知道一个地方，他可能在那里。"莫子英缓了一下语气说。

"在哪里？"马三狐疑地看着眼前的女子，问道。

“我又不是城里人，怎么知道那个地方叫什么。但我记得那里，我可以带你们去一趟，如果人不在，那我也没有办法。”

“既然这样，你带我们去找你哥。找到了，大家平安无事。如果找不到，我们亚龙哥说了，就拿你来抵债。”马三说。

莫子英什么话也没说，急匆匆地带着马三和黑头离开了出租屋。

为防止莫子英逃跑，马山和黑头一左一右跟着。

走到大街上，莫子英只往人多的地方走。就这样走到了人流密集的百货大楼附近。

莫子英觉得脱身的时机已到，立即大声疾呼：“救命啊！有人贩子，救命啊！”

马三和黑头立刻想控制住莫子英，但莫子英拼死挣扎。眼看就要被马三和黑头抓住，莫子英见前面有个小伙子，就像落水者抓住了一根稻草，立即躲在了甘科伟身后。

“大哥救我！”莫子英紧紧抓住了甘科伟的胳膊。

正在街上四处找工作的甘科伟，就这样莫名其妙地卷入一场危险的纷争。

甘科伟心想，父母曾反复叮嘱，外出务工时不要多管闲事。可眼前的情形，两个大男人要抓一个女孩子，如果说这个女孩子做错了什么事，就自然有公安局、派出所处理，也轮不到这两个男人用武力来解决。

甘科伟本来不想管这事，可看到莫子英楚楚可怜的样子，尤其是她那哀求的目光，一股英雄豪气油然而生，他救下了这个女孩，并把她送到了出租屋。

（四）功夫较量

甘科伟了解了大致情况后，对莫子英说："你放心，有我在这儿，他们不敢把你怎么样，我就等着会会他们。这事不解决，我今天走了，他们以后还会来找你。"

这世上还有如此仗义之人，涉世未深又饱受惊吓的莫子英不由得对眼前的小伙子充满感激。这种感觉就像冬日里艳阳高照，莫子英心里暖暖的。莫子英从房间里拿出一盒沙糕，说："大哥，请你吃沙糕。"

甘科伟看到沙糕，闻到了香味，却疑惑不解。沙糕是扶绥人过年时才能吃到的小食品。可现在没过年，怎么会有沙糕呢?

莫子英看到甘科伟迟疑的样子，说："大哥，你放心吃吧，我在食品厂上班，现在厂里准备生产沙糕。这是老板让我们带回来让大家尝尝的，试试口味。以前只有过年才有得卖，现在我们厂准备一年四季都生产。"

甘科伟闻到沙糕香，才觉得肚子有些饿。往年父亲只有在过年时才会到街上买几盒沙糕，回到家里，七个人分着吃，每个人能分到两块，大人只吃一块，留下另一块给孩子。甘科伟也只吃一块，大家都把省下的沙糕留给两个弟弟。但是，沙糕的糯香味却一直留在甘科伟的记忆中。

甘科伟也没客气，拿出一块沙糕来吃。中间是芝麻馅的，喷香，于是甘科伟接连吃了两块。

莫子英问："大哥，耽误你这么久，你单位会不会扣工资？"

甘科伟说："我在等录取通知书呢。目前还在找工作，也不知道单位在哪里。”

莫子英说：“真巧，我们食品厂老板正在招人呢。如果你不嫌弃，就到我们食品厂来上班吧。”

甘科伟惊讶地说：“好啊，只是我刚高中毕业，也没什么技能，不知能做什么，时间也不会太长，只能做两个月的临时工。”

莫子英说：“这个食品厂是我家柳桥镇西长村的一个远亲开的，我去和他说说，应该没问题的。你把名字、年龄都写给我，明天上午 8 点过来，我带你去。”

甘科伟就写了张纸条交给莫子英。莫子英把纸条收好，脸上露出笑意，好像终于有了报答恩人的机会。

两人正说着话，大门忽然被踢开，原来是亚龙带着马三和黑头进来了。

马三指着甘科伟对亚龙说：“龙哥，就是这小子，有两下子功夫，我和黑头都不是他的对手。”

看到来者不善，甘科伟立即站起来，做好应对。

亚龙戴着墨镜，盯着甘科伟看了又看，又绕着他转了一圈，上下打量着，然后又摇摇头，用手指着马三和黑头的脸，说：“你们两个，就他这样，你们两个就怂了？”说完，啪啪给两人一人一巴掌，骂道：“让你俩长长记性！”

马三和黑头觉得冤，说：“大哥，这小子真不是一般人，我俩加在一起也不是他的对手。不信，您试试？”

亚龙用手点了点两人的脸，什么话也不说，摘下墨镜，扔给马三，又脱去衣服，扔给黑头，说：“功夫不行，就回去练，少在这里丢人现眼。看我的！”

脱去上衣的亚龙，露出胸大肌和臂上的肱三头肌，在甘科伟的眼前，左边展示一下，右边展示一下。双臂上的两条青龙，纹路繁密而醒目，颇能震慑人。

看亚龙这架势，甘科伟觉得自己要与他有一次较量了，于是高度戒备，做好了格斗的准备，随时提防着亚龙的突然袭击。甘科伟说：“有什么话，我们院子里说。”

在场的人便都来到院子里。但意外的是，亚龙把肌肉亮出来之后，并未动手，而是像一块竖立的木桩，直挺挺地向前扑倒，然后做起了俯卧撑。马三在旁边数着：“1，2，……100！”

亚龙的俯卧撑做到 100 个的时候才停下，然后站起来，憋得满脸通红，气喘吁吁，也不说话，只傲慢地看着甘科伟，面无表情，轻轻用嘴努向地面，意思是，下面轮到你了。

面对亚龙的“实力”表演，甘科伟有点想笑。事实上，普通人能做四五十个俯卧撑已经相当不错，一次做 100 个算很厉害了，但对于练家子来说，100 个俯卧撑也只是及格的标准，没什么好炫耀的，更不用说亚龙还弄得满脸通红、上气不接下气的样子。

甘科伟觉得好笑的原因还在于亚龙选了一个愚笨的办法来较量。因为他的体重远远超过了甘科伟，这么重的身体做俯卧撑，肯定要吃亏。甘科伟那时的身材比较瘦弱，身上没多少肌肉，但他练俯卧撑已有 10 多年，一次尽全力可做到约 150 个。

现在，面对亚龙的挑衅，甘科伟毫不示弱，但他觉得没必要做 100 个俯卧撑。他单臂着地，连续做了 50 个俯卧撑，站起来后，面不改色气不喘，对亚龙说：“还需要再做 50 个吗？”

亚龙这才发现，眼前不起眼的小伙子果然是个练家子，实在不可小觑。他说："你有种就跟我走，我们重新找个地方比，你敢吗？"

莫子英见状，立即阻止甘科伟，说："甘大哥，你不能跟他们走。"

甘科伟对她笑笑："没事，放心吧。我今天得把这事了结了。"接着，甘科伟又对亚龙说："我可以跟你们走，不过，我有个条件。冤有头，债有主，她哥哥欠了你的债，你只管去跟她哥要，你们如此为难一个弱女子，不是什么男人风范。我今天可以跟你们走，不管是单打独斗，还是你们群殴我一人，由你们定。不过，从此以后，不管任何时候，不可以再找她的麻烦。你答应了，我马上跟你们走，不管去哪。"

亚龙脸色越发难看，心想，眼前这小子也太狂妄了，不好好教训一下，他就不知道天高地厚。亚龙看了看甘科伟，说："行，我答应你。"又转身对莫子英说："我可以不找你，但你去告诉你哥，躲到哪里都没用，我放了你，但我不会放过他！"

"你们的事与我无关。"莫子英怒道，又转身拉着甘科伟说，"大哥，他们人多，你不能去！"

甘科伟安慰她说："我没事，放心吧！你明天记得和老板说一下，我等你的消息。"说着，他轻轻地拍拍莫子英的肩，让她别怕。

甘科伟跟在亚龙三人后面，走出院子。院门外停着一辆小面包车，车门打开了，甘科伟没有任何犹豫就直接上了车。

莫子英跟到院门外，面包车已绝尘远去，她的一颗心立即悬起来，心神不宁，手足无措。

（五）黑暗的魔洞

面包车的后排，甘科伟被马三和黑头夹在中间，而亚龙负责开车。亚龙说：“蒙上！”

马三立即拿出一个黑头套，对甘科伟说：“兄弟，对不住了，我们得按规矩办事。”

甘科伟立即拒绝说：“你们带我去哪里，我跟你们去就行，戴头套干吗？我不戴！”马三见状，并不强求。但是亚龙发话了：“你可以不戴头套，但你别怪我们去找那个小妹，戴与不戴，你自己看着办，我们不强求。”

听了这话，甘科伟没有出声，心想，算你们狠。马三见状，立即将头套给甘科伟戴上。

甘科伟感觉，面包车并不像在县城里行驶，而是开出了城外。

事实上，甘科伟的判断是对的。大约20分钟后，车子停了，马三把甘科伟拉下车，摘下他的头套。

按照甘科伟的预想，这几个人无非是想把他带到某个旷野，大家决斗一场，分出胜负了事。

但是，当甘科伟睁开眼睛的那一刻，心里不由得咯噔一下，眼前的一切让他惊呆了。他心想，这是什么鬼地方？

甘科伟不知道自己置身何处，但可以肯定的是，自己是在一个山洞里面，洞穴两侧分别燃烧着一柱柱松明，光线并不明亮，每处松明下站着一个人。洞穴最里面像个戏台，上面坐着一个人，灯光昏暗，看不清那个人的脸。

看这个山洞的情形，有人不断进出，里面应该还有不少空间，但每隔一段就有人把守，似乎里面藏着不可告人的秘密。

亚龙跑到台阶前，说："强哥，就是这个人打伤了我的两个兄弟。现在，我把他带来了，由您处置。"

强哥高高在上的样子颇威严。他并不说话，只是挥了挥手，然后两个站在松明下的壮汉走了过来，把甘科伟围在中间。

甘科伟很快明白，决斗即将开始。他观察了一下四周，洞口并不是很大，有专人把守，从那儿出去似乎不太可能。这么多人围着自己，一场恶战在所难免。拼蛮力肯定不行，只能智斗。

甘科伟高声说："且慢！这位强哥，我们无冤无仇，有什么不愉快，你先说说，该怎么解决就怎么解决。"

强哥看了看甘科伟，久久没出声。亚龙说："不要废话！你打伤了我的两个兄弟，妨碍我们收债，你不是找死吗？"

甘科伟说："我不管你们的闲事。但是，你们几个大男人欺负一个弱女子，这不算男人作为。我与那女子素不相识，之所以出手相救，就是想让你们知道，男人不可以这样欺负女人！"

亚龙说："照你这么说，你是打抱不平？"

甘科伟正色道："没错。本人就喜欢抑强扶弱，打抱不平。"

亚龙问道："打抱不平，那要看看你有什么能耐！你看见没有？这里是个山洞，洞口有人把守，我们这里有十来个兄弟。你想过没有，你出得去吗？"

甘科伟反问道："那你们是否想过，我如果出不去，对你们有什么好处？背上一条人命，你们愿意吗？"

"少废话，既然来了，就没你说话的份。我们不打死你，但先把你打个半死再说。"亚龙答，立马对站在旁边的两个壮汉说，

“给我上！”

那两个人似乎早就不耐烦了，其中一人说道：“两个人揍这么一个小子，无疑是杀鸡用牛刀，那也太没面子了。阿昆，你且慢，让我一个人来收拾他，我只用一只手，就像捏死一只蚂蚁一样，把他捏碎。”

阿昆说：“阿贵，他能把马三、黑头打伤，很可能有些手段，你要小心。”

阿贵说：“你少长他人威风，看我的！”

阿贵说到做到，只用一只手向甘科伟挥来。甘科伟的策略是保存实力，避免体力消耗，不主动进攻，凭借灵巧的走位进行防守。

从体形上来说，甘科伟绝不是阿昆和阿贵的对手。但是，甘科伟的身体很灵活，他的猴拳、醉拳等已经用得十分熟练。此类拳种的技法讲究搏击与格斗时的灵活性。

甘科伟看了一下，阿贵的个子高出自己半头，要想赢，可以先麻痹他，然后出其不意进行袭击。

阿贵挥舞着一只手，不停袭击甘科伟。那只手虽然笨拙，但很有力量，每使出一拳，就像一记铁锤向甘科伟砸来。甘科伟见状，很灵活地躲闪避让。几个回合下来，阿贵发现，一只手根本发挥不了作用，不知不觉违背自己夸下的海口，开始双拳并击。

这样一来，甘科伟面临着雨点般拳头的袭击。但是，那些拳头并没有落在他身上。甘科伟施展的腾挪功夫让人眼花缭乱。又几个回合过去，甘科伟突然闪至阿贵的背后，趁其不备，一个“猴子上树”，从后面跳上阿贵的后背，双腿夹住他的腰，以肘锁喉。阿贵被牢牢控制，动弹不得。

阿昆见状，大叫道："快放手！有种冲我来！"

甘科伟如果再使点劲，阿贵很有可能就此毙命。他不想把事情搞大，立即松开了臂肘，阿贵几乎要晕死过去。

这时，一直未说话的强哥忽然拍掌称好，说："机敏，灵活，真是好身手！"强哥走下台阶，来到甘科伟的身边，上下打量了一下，继续说："不错，看你如此年轻，又有如此好身手，将来前程一定无可限量。要不要考虑加入我们的团队，做我的保镖，我们一起发大财？"

甘科伟从莫子英那里对这伙人有一些了解，再看看眼前的情形，可以初步判断，这是一伙贩毒分子。他想到了在渠旧镇上亲眼看见那个吸毒的酒楼老板跳楼留下的血迹，又想到无辜的莫子英因哥哥吸毒、贩毒受到连累，差点落入虎口，现在这群人又将他绑架至此。这一刻，甘科伟对这伙毒贩恨之入骨。

甘科伟说："我不可能做你的保镖。第一，你不够资格；第二，你就不怕有一天，我暗藏杀机，把你给做了？"

强哥哈哈大笑，说："你倒是直言不讳，很坦诚。我要你做我的保镖，你说我不够资格。那请问一下，你觉得什么样的人才够资格呢？"

甘科伟说："只要是辛勤劳动、遵纪守法的人，我都愿意做他们的保镖。"

强哥的脸色很难看，说："此话怎讲？你的意思是说，我不是一个辛勤劳动、遵纪守法的人？我告诉你，我们是合法的木材公司，我们每年都按章纳税、合法经营，你想看我们的营业执照吗？"

甘科伟说："既然如此，你们为何躲藏在山洞里？马三和黑头为何去为难一个弱女子？你们又为何把我劫持至此？这不是犯法又是什么？我倒想听你解释一下。”

强哥冷笑道：“好像没人规定不准我进入这个山洞。我喜欢这里，冬暖夏凉，你不觉得这样的山洞很适合修身养性吗？明代有个大哲学家王阳明，他在龙场悟道，不就是在山洞里吗？我对山洞有着特殊的嗜好。你看，我在这里读《王阳明传》，收获很大啊。”

说着，强哥把桌上的一本《王阳明传》拿在手上，对甘科伟晃了晃。

甘科伟早在高中时就从学校的图书馆借过这本书，说道：“既然如此喜欢王阳明，那我问你，他在天泉桥上留下的‘心学四诀’是什么？”

强哥一时没听明白，什么天泉桥？

甘科伟说：“如果你不知道天泉桥，那么《王阳明传》对你来说就是个摆设。你甚至都不知道什么是‘知行合一’。那我可以告诉你，‘知善知恶是良知，为善去恶是格物’。”

强哥根本不明白甘科伟在说什么，很是恼怒，觉得眼前这个年轻人不知天高地厚，得狠狠教训一下。他说：“我听说你一人打伤了我的两个兄弟。你有这等本事，也算是个人才，我这里缺个保镖，这才让他们把你拉到这里。没想到，你敬酒不吃吃罚酒。”说到这里，强哥哼了一声，气冲冲回到原来的座位。

甘科伟问道：“一个人堂堂正正，又没做什么亏心事，为什么需要保镖？”

阿昆站在一旁，对甘科伟说：“你小子果然有两下子。你过来，我们玩玩。”说着，摆开了架势。

甘科伟一看阿昆摆架势的样子，心想，这人有点麻烦。阿昆是摔跤手，喜欢近攻，专门缠人。也就是说，功夫再好的人，都怕与摔跤手交锋，因为摔跤手有一股蛮力，又有技巧，一旦被摔跤手缠住，要想脱身非常困难。

果然，两人一交手，甘科伟就感到对方的那双手像蟹螯一样，总在寻找机会，试图抓住自己的衣服。

甘科伟想，千万不能让他抓到衣服。怎么办呢？甘科伟立即想出个办法——脱。脱掉上衣，甘科伟整个上身光溜溜的，于是阿昆急得像无头苍蝇一样，无处下手。尽管如此，阿昆并不气馁，而是暗中寻找甘科伟的破绽。

让甘科伟没想到的是，阿昆见久未抓到他，不由得恼羞成怒，使出绝招“饿虎扑羊”，直接向甘科伟扑过去。

甘科伟没想到阿昆会来这么一招，本想逃脱，可两只脚被阿昆紧紧抓住。阿昆迅速站起来，双手抓着甘科伟的两只脚。甘科伟面部朝下，双手着地。就这样，阿昆牢牢地控制了甘科伟。

如果甘科伟的身体朝上，他可以瞬间仰起，袭击阿昆的头部，但现在他面部朝下，要想反击，十分困难，情况变得十分危急。

为防止甘科伟反击，阿昆抓着甘科伟的双脚，突然飞转起来。

阿昆在原地转圈，甘科伟悬在空中，感觉身体在飞旋，同时，他的脑子也在急速思考自己要如何摆脱目前的危险境地。

阿昆越转越快，然后松开双手，把甘科伟甩向洞口。

此时的甘科伟已经头晕眼花，被阿昆甩出之后，强有力的惯性让他无法控制自己。他像一条被抛向空中的鱼，不由自主地向洞口飞去。

（六）危急时刻

当甘科伟与阿贵在洞中进行决斗的时候，洞口悄无声息地进来了一个人。他的模样很奇怪，与洞里的其他人不一样，身上套着围裙，像个厨师。他进来后看见阿贵与一个年轻人较量，觉得好奇，就倚在不远的石柱上，点燃一根烟，看起了热闹。当他看到年轻人把阿贵制服，又听到了年轻人与强哥说话的语气，心想，真是乳臭未干，贸然进洞，这不是找死吗?

果不其然，眼前的年轻人遇上了摔跤手阿昆，情况不太乐观。

几个回合下来，甘科伟一直在不停地躲闪。阿昆身强体壮，甘科伟的高鞭腿打在阿昆身上，阿昆也无所谓。阿昆的肌肉结实，硬得像罗汉。

现在，阿昆完全控制住甘科伟，使出浑身的力气拎起甘科伟来旋转，企图将甘科伟抛出洞口。

甘科伟这样被抛出，肯定会撞向石壁，结果可想而知，头破血流不说，生还的可能性也很渺茫。

就在甘科伟快要撞向石壁的那一刻，在旁边看热闹的厨师大叫："别过来，你别撞我啊！别、别……"

厨师一脸惊恐地看着向他飞来的甘科伟，只来得及高呼一声"救命啊"，就瞬间倒地，甘科伟刚好扑倒在他身上。

甘科伟睁眼一看，头皮擦到了石壁，用手一摸，起了个大包。

厨师迅速推开甘科伟，哆嗦着站起来，惊慌失措地说道："妈呀，吓死我了！"

强哥在台上问道："老蒙，你来这里做什么？"

老蒙说："强哥，晚饭已做好，可以开饭了。刚才这小子把我撞倒，这下子跌得不轻。我这腰……疼死我了。阿昆，你来扶扶我。"

阿昆走过来，扶住老蒙，说："老蒙，你这身子骨也太不经折腾了，还没怎么的，腰就闪了？"

老蒙说："就是，你扶着我，让我歇一会儿。"

甘科伟吃惊地看着老蒙，脑子里灵光一闪，迅速思考自己的处境。就在刚才，在甘科伟快要撞到石壁的那一瞬间，老蒙用一手强劲的鹰爪不经意地把甘科伟牢牢抓住，用自己的身体做了缓冲，救了甘科伟。就在两人倒地的那一刻，老蒙在甘科伟的耳边迅速说了一句："马上撤出山洞！"

甘科伟立刻明白是怎么一回事。他看到老蒙把阿昆缠住，用身体挡在自己和阿昆之间。老蒙刚才的语气十分急切，他希望甘科伟快点逃出山洞。

但是，甘科伟没有听从老蒙的要求。他从老蒙的神态与言语中猜到今晚可能要有大事发生。由于他没有按照老蒙的要求立即撤离，老蒙不由得愤怒又焦急地望向他。

甘科伟之所以没有离开，是因为他觉得自己的事情还没有结束。如果贸然离去，那这伙人还会去找莫子英。可是，眼前的这个老蒙究竟是什么人呢？

正在甘科伟犹豫之际，突然，10多个警察举着枪从洞口冲进来，大声喝道："我们是警察！不许动！所有人抱头，蹲下！"

一时间，整个山洞里被警方的照明灯照得透亮。强哥一看不妙，只想逃窜。几个警察一拥而上，把他死死按倒在地。

警察以迅雷不及掩耳之势控制住局面。虽然阿昆有摔跤功夫，但是在强大的警力面前，他知道任何反抗都是徒劳的，只得乖乖束手就擒。

甘科伟和老蒙也被警察带上了车。警笛长鸣，警灯闪烁，5 辆警车装着 10 多个犯罪分子，离开了山洞，呼啸而去。

原来，这是扶绥警方策划的一次扫毒行动。长期以来，以强哥为首的犯罪团伙以做木材生意为幌子，暗中从云南等地大规模贩运毒品，然后利用这种隐蔽的山洞，将海洛因过秤，以每小包海洛因 0.15 克进行分拣包装，再以每克 260 元的价格，批发到城区的各个娱乐场所进行销售，赚取非法所得。

老蒙是扶绥警方打入毒贩内部的卧底，在准备行动的时候，遇到了被劫持进来的甘科伟。通过观察，老蒙见这小伙子为人正直，聪明机智，明显不是贩毒团伙的，就决定先救他出去。当老蒙看到甘科伟飞过来就要撞到石壁的时候，他稍一侧身，死死拽住了甘科伟，然后仰面倒地，造成被撞倒的假象。

在两人倒地的那一瞬间，老蒙告诉甘科伟，让他立即冲出洞口逃出去。

甘科伟并未领情。他想的是，尽管洞门有人把守，但逃离山洞对他来说并非难事。然而，如果就此离去，这伙人一定会再去找莫子英，那折腾了一个下午，还有什么意义呢？

后来，在扶绥县公安局的一间办公室里，有个叫韦陶的女警官向老蒙和甘科伟了解情况。甘科伟就把事情的前后经过说了一遍。

甘科伟说："今天如果不是蒙警官，我可能已经没命了。谢谢蒙警官！"

老蒙说："功夫不错。但是你一定要记住，毒贩都是亡命之徒，单凭你一个人的力量是很难斗得过他们的。以后遇到什么事，一定要联系警方，依靠组织来解决问题，这才是正确的选择。”

韦陶很好奇甘科伟居然会武功，问：“甘同学报了哪个学校？”

甘科伟说：“我想当警察，就报了警校。”

韦陶很高兴地说：“警校好啊，真有眼光！那是我的母校，我去年才毕业。”

甘科伟一听，兴奋地说：“太好了，我们将成为校友呢。你快说说警校，让我过过瘾。”

韦陶说：“警校就是警校，没的说。你看，学校用了三年时间，把我这样一个弱女子变成了一个女汉子。要不，咱俩比试比试？”

甘科伟摇摇头，没说话。韦陶来气了：“我知道你心里想什么。我是女人，你就不跟我斗？”

甘科伟连忙辩解：“我可没这么说。”

韦陶说：“那好，老蒙，你做裁判，今天没比出胜负，你们两个都不能出门。”

“不关我事。你们继续玩，我撤了。”老蒙连忙说，并夺门而逃。

甘科伟说：“韦警官，我认输，我肚子饿了，还没吃饭呢。我得回家。”

韦陶说：“今天饶了你。记住，警校毕业了回扶绥来，为家乡人民服务。”

甘科伟心里想，我做梦都想早点为人民服务，可我得先去把学费挣了再说。心里这么想着，但终究没说出口。他告别韦陶，离开了扶绥县公安局。

（七）打工奇遇

次日早上，甘科伟准时来到莫子英的出租屋，他看到莫子英已经在门口等他了。

莫子英关切地问道："甘大哥，昨天他们没为难你吧？"

甘科伟说："那伙人被警察一锅端了。你看到莫子良的话，让他戒掉毒品，重新做人。否则，一辈子躲躲藏藏，人不人鬼不鬼的。"

莫子英说："甘大哥，我一定会劝他的。我们走吧。"

莫子英所说的食品厂实际上只是个家庭式的作坊，一共10多个工人。刚到厂门口，就闻到一股浓浓的桃酥香。厂长是莫子英的远房表哥，姓赵。赵老板看了看莫子英递过来的纸条，又打量了甘科伟一番，说："既然是子英介绍来的，那就留下。"

甘科伟说："赵老板，我打工的时间会比较短，不到两个月，因为我9月份还要去上学。"

赵老板说："我这里的活都是按天算的。厂里的一些女工也和你一样，趁假期来这里挣点学费。"

甘科伟觉得赵老板不错，通情达理，一下子对他产生了好感，忙说："谢谢赵老板！有什么需要使力气的活就交给我，这事我在行。"

赵老板说："目前，我正有件难事，在扶绥街上，飞车抢劫的事件时有发生。我这些食品虽然不是很贵重，但如果被人抢去一两件，重做一次要等很长时间，这样我就无法跟客户交代。因此，你的工作就是送货兼保镖。我们厂小，还没买小货车，只有一辆三轮车，由你送货上门，工钱每天30元，每十天结一次账，加班另有奖金。"

甘科伟想，一个月下来，也有约 1000 元工资，现在一时半会也找不到其他工作，不如先干着，便答应了。

就这样，甘科伟在扶绥县城开始了用三轮车送货的生涯。他每天早出晚归，把当天要送的货装满三轮车，一家一家送过去，再把每家临近过期或过了期的食品捎回来。无论是早上还是晚上，甘科伟的三轮车上都堆满了货。

食品厂大多是女工，甘科伟的到来，吸引了她们火辣辣的目光。厂里有个赵会计，胖胖的，是赵老板的女儿，最近有事没事就来找甘科伟对账。

赵会计表现出的柔情蜜意，甘科伟不是木头，岂能不知。但他心中已经有了黄婧婧，别的女孩攻势再猛烈，他都不会有任何动摇。可赵会计却不依不饶，大有不获胜不收兵的决心。

有一天，甘科伟到会计室来结算 10 天的工钱，赵会计很兴奋，又是倒茶，又是让座，嘴里连连说："甘大哥辛苦了！"

甘科伟说："赵会计，先把工钱结一下，等会儿我还要去送货。"

赵会计温柔地说："甘大哥，那么急干吗？先喝口水，让我慢慢跟你算。"

赵会计翻开账本，找到甘科伟的考勤与工作记录，一边按着计算器，一边说："甘大哥，你一天也没缺勤，有全勤奖 50 元。"

甘科伟盘算了一下，10 天下来，300 元工钱，再加上全勤奖 50 元、加班费等，一共可以拿到 400 多元。他觉得这些日子自己天天早晚拉货送货，汗流浃背，虽然辛苦，但每干一天，开学的学费就又多了一线希望。

赵会计说："甘大哥，我知道你在打工挣学费，这多不容易啊。"

甘科伟心想，你快点好不好，我还要去干活呢。可赵会计把这极简单的工资表，翻来覆去算了几遍，然后才数钱，慢吞吞将钱放进一个信封，交给甘科伟，说：“拿着，你挺不容易的，有什么困难的话，直接找我。我有钱，我可以帮你的。”

甘科伟接过信封，看到桃花满面的赵会计，只说了声“谢谢”，然后打开信封，拿出钱数了数，说：“赵会计，你给多了，我的工钱不到600元，是不是算错了？”

赵会计说：“另外200元是我给你的。看你那么辛苦挣钱，我想帮你一把。”

甘科伟说：“你的好意，我心领了，但这钱我不能要。我是缺钱，但我得靠自己的努力去挣。”说着，抽出200元放在了赵会计的桌上，干脆利落地转身而去。

赵会计见状，十分不悦，恨恨地说：“好心被当成了驴肝肺，不识好歹。”望着甘科伟离去的背影，赵会计心里恨得咬牙切齿，心想，你等着。

甘科伟第二次来领工资的时候，赵会计变得冷若冰霜，话也不说，算好账目，扔给甘科伟一个信封。

甘科伟打开一看，比上次少了50元。他问道：“赵会计，怎么少了50元？”

赵会计冷笑一声，说：“全勤奖扣了。”

甘科伟辩解说：“我每天都出勤，为什么要扣了呢？”

赵会计爱理不理，一边喝着茶，一边慢条斯理地拿出账本，翻开来看，说他某天早上上班迟到。

甘科伟反驳说：“那天我是因为先去客户那里取货才来晚了，

这不算迟到。”

“我不管你是什么原因，反正你迟到了。”

“我迟到，是因为厂里的事，这不能算迟到。”

“不算迟到也可以，你求我，我就给你全勤奖。”

“我为什么要求你？这是我应得的奖金。”

…… ……

两人的争吵引来了赵老板。他问了一下情况，对甘科伟说：“你到我办公室来一下。”

赵老板说：“她是我的独女，从小娇生惯养。她看上了你，这大家都知道。可我明白，你是个志向高远的人，现在虽然还在为学费的事发愁，但需要多少，你开个口，我可以帮你，拿个一两万块钱，这对我来说不难。”

甘科伟说：“赵老板，谢谢你的好意，但我的学费，我想靠自己挣。”

赵老板点点头，说：“有志气，难怪我那丫头看上你。这是你应得的全勤奖，你拿着，别和她一般见识。她是喜欢你才生气的。遇到困难时，你来找我，我帮你。”

甘科伟接过赵老板手上的50元，继续干活去了。赵老板遗憾地自言自语：“多好的小伙，可惜人家眼界高，看不上我女儿，唉……”

拿到了工资，甘科伟就骑着三轮车沿街送货去了。这满满一车货让甘科伟觉得沉重，而且他的录取通知书迟迟没有消息。不过，甘科伟并不担心，因为一本的分数报大专，基本上没有悬念。

前面是一处上坡路。甘科伟下车，将三轮车的背带套在肩上，他要用最大的力气把满车的货拉到坡顶。

烈日高照，甘科伟浑身湿透了。但他知道，现在每向前迈出一步，就向大学的大门又靠近了一步。他望着前面的坡道，越往前行，三轮车仿佛变得越沉重，肩上的背带深深地勒进了他的肉里。他像一头拉车的牛，埋首缓步前进。

忽然间，三轮车仿佛得了魔力一样，变轻了。甘科伟反应过来：后面有人在推车。他想，不管是谁，一鼓作气，先拉到坡顶再说。

到了坡顶，甘科伟停下来，他准备感谢人家。回头一看，四目相对。瞬间，甘科伟的心沸腾了，出现在眼前的正是他日夜思念的黄婧婧。

“到了扶绥也不跟我联系，为什么？”黄婧婧有些恼怒地问。

“我想联系的，可每天做工，一身臭汗，怎么联系？”

“我刚去了一趟学校，看到了你的录取通知书，就一起拿回来，正准备回去跟你联系。没想到在这儿碰到你。祝贺你，你上警校的愿望实现了。”

甘科伟接过录取通知书，问道：“你的呢，你在哪里上学？”

黄婧婧说：“你还会想到问我的事？我有没有被录取，去哪里上学，与你有关吗？放假这么多天，到了扶绥也不吱一声，你还会关心我？”

甘科伟急切地握着黄婧婧的手，心中仿佛有千言万语，却又不知从何说起。他说：“婧婧，我心里一直想着你！”

黄婧婧挣脱甘科伟的手，委屈得要哭，说：“你骗人。到了扶绥都不让我知道，不理你了！”说完，转身离去。

甘科伟有口难言，望着黄婧婧的背影，想到她刚才说的话“一起拿回来”，说明她也拿到录取通知书了。甘科伟心里稍稍宽慰了。

黄婧婧填报了哪里的大学，什么专业，甘科伟一概不知，也没继续打听。他相信，凭黄婧婧那么高的分数，还有她的家庭情况，一定没什么问题的。

终于，在开学之前，甘科伟的学费、生活费等，经过父亲和自己的努力，东拼西凑，总算备齐了。

2000年8月底，开学前一天，甘科伟特地去理发，剪成了板寸头，因为新生入学手册上对男生的头发长度做了规定。之后，他就带着几件简单行李，告别家人，花了6元钱买了一张火车票，从渠旧镇来到了南宁。

第四章　警校时光

（一）初到南宁

南宁的秋天依然很炎热。考上大学的学子陆续来到这座被誉为“绿城”的首府。甘科伟走出火车站，立即看到了醒目的接待点。警校的接待点虽然很小，但大家的着装都是学校的警服，在一大堆接待点里十分醒目。看得出来，警校为了迎接新生花了不少心思，来接待新生的都是高大威猛的师兄和英姿飒爽的师姐，他们走起路来都是昂首挺胸，一看就知道训练有素，光是阵势就让人感到骄傲。

师兄告诉甘科伟，旁边有警校的校车接送，需要等学生坐满了才能开。

甘科伟一打听，从火车站到广西公安管理干部学院，大约有 5.5 千米。甘科伟想起到扶中上学的情形，现在，他决定照老规矩，徒步走到警校，既能熟悉环境，也能锻炼体能。他听说，开学之后首先要军训，而教官极其严格，各种体能科目加在一起简直是魔鬼训练，甚至有些同学扛不住退学了。他心想，这也不能怪教官，要想当警察，在体能上不过关，将来与犯罪分子真刀实枪干起来，那可不是闹着玩的。

抱着增加体能的想法，甘科伟背着行李，从南宁火车站出发，走到了长湖路上的广西公安管理干部学院。到了学校后，他马上到报名点报名，再去后勤科领取作训服、被子等生活用品。

根据学长提供的经验，新被子一定要放在席子下面，睡觉时身子正好压着，此举的目的在于把被子压薄，因为军训中有一项技能，必须人人都要会做，那就是用被子叠“豆腐块”。

甘科伟离开渠旧之前剪的头发被认定为不合格，要到学校内部理发店重新修理。

来到理发店，里面挤满了新来的学生，但理发师动作十分利索，用推子沿着头部形状推一遍，两分钟搞定。这个发型与光头的区别是留下了两三毫米的发根，这是警校最标准的发型，全校统一。甘科伟的头发也被重新推了一遍。很快，大家在发型上保持了统一的标准。

与一般大学不同，警校没有院部、系部、班级之分，班主任称为队长，区队相当于班级，班长称作区队长。

甘科伟入学之后，分配在2000级四中队七区，学号是200007336，专业是刑事技术。

队长（即班主任）叫许乃雄，专门研究防卫与控制技术。

开学之后，传说中十分恐怖的魔鬼军训正式开始了。

（二）开学第一课

第二天清晨6点30分，学校的起床号吹响，同学们迅速在操场上集合完毕，马上开始训练。“摸爬滚打凌云壮志扬警威，风雨无阻赤胆忠诚铸警魂”，广西公安管理干部学院的操场上，这两句宣传标语十分醒目，让初来乍到的新生们热血沸腾，精神为之一振。

许队长首先把一位教官介绍给大家：“黄教官是武警部队的优秀战士。从今天起，这一个月的军训就由他负责。”

“立正，向右看齐！向前看，稍息！”黄教官目光如鹰，声音洪亮。

他的目光逐一扫过每个同学，继续说：“军训的目的是锻炼我们的体能，因为我们学校的任务就是培养合格的人民警察。如果你的体能跟不上，我会劝你退学，因为将来当上警察，你随时都有可能与罪犯进行搏斗。我们知道，很多罪犯穷凶极恶，尤其是贩毒分子，他们当中的很多人都是亡命之徒。他们深知，一旦被警察抓住，必然难逃法网。因此，他们会拼死与警察进行搏斗。这时，如果你的体能、搏击技术稍有不足，就很有可能遭遇不测。这方面的事例，相信你们看过很多，我就不细说了。”

黄教官停了一下，看了看全班同学，见大家都在认真听讲，继续说道：“从这一刻起，你们必须无条件听从我的命令。我让你们动，你们就动；没有我的命令，你们即使被雷劈了，也不可以动。也许将来你们会担任局长或者厅长，但是现在你们只是个兵，必须服从教官命令。今天先训练站军姿，我们也叫作站桩功，意思是，你站在那里，要像木桩一样纹丝不动。作为人民警察，站有站相，坐有坐相。立正！我先给大家示范。”

黄教官个子并不高，但走路带风，示范动作标准规范，一看就知道训练有素。

军训的第一个项目是站桩功，要求：挺胸直背，双腿并紧，双手垂直下垂，紧贴裤缝线。可谓挺直双膝顶不屈，夹紧双臂拉不开。如果只是站姿，或许并不算难。困难的是要在无任何遮蔽的烈日下，纹丝不动持续站立一小时。其间，黄教官不停地来回巡视着每个学生。

“双臂夹紧！一拉就开，你在逛街呢？”

“挺胸抬头！你是警察，不是犯人！”

北方的9月已经进入秋天，而南宁仍然处在高温之中，日常气温在36℃左右。

初入警校的同学在如火的骄阳下站立，一动不动。几分钟后，大家的作训服就湿透了。从未进行任何训练的新生，大部分体能较差，不到半小时，就有五六个学生晕倒了。晕倒的学生被抬到树荫下休息。

黄教官来到甘科伟的身边，端详半天，又摸了摸甘科伟的臂膀。突然，黄教官出其不意，伸出一掌，使出一招“黑虎掏心”，向甘科伟的胸前袭去。

行家一伸手，便知有没有。甘科伟眼看那一掌就要打到自己，本能地想还击。可他又一想，刚才黄教官说过，没有命令，雷打不动。此时他是教官，我是学生，既然他要打，就让他打吧，我眼睛都不会眨一下。

但是，黄教官那一掌并未打到甘科伟的身上，而是轻轻地拍了拍甘科伟的肩，轻声说：“果然是练家子。我喜欢！”

所有同学都把自己绷成了木桩，没有人敢随便动一下。大家的汗水顺着脸颊、胸口和腿部直往下淌，即便如此，也没有人动手去擦汗。大家已分不清脸上是汗水还是泪水，还是二者皆有。

黄教官走到一个同学后面，突然顶了他的膝弯，那个同学一下子蹲了下来。黄教官说：“罚做俯卧撑 50 个。下次记住将腿部绷紧！”

不知什么时候刮来一阵风，甘科伟眼里好像进了沙子，奇痒难忍。怎么办？看到黄教官已经从自己面前走过，甘科伟就悄悄地抬起手揉了一下眼睛。本以为动作不大，没想到黄教官的眼睛像长在后脑勺上一样，他把甘科伟的一举一动看得一清二楚，拿着皮带对甘科伟说：“你，出列！跑 1000 米。”

甘科伟辩解说：“教官，我眼里有沙，痒。”

“2000 米！”还没等甘科伟解释完，黄教官声色俱厉地命令道。

甘科伟知道，再说下去就要变 3000 米了，不如不说，跑就是了。甘科伟刚转过身，黄教官又说：“站住，站桩功的要求是雷打不动，今天你动了，你就不合格。跑完 2000 米回来继续站，把时间补回来。记住，你将来是警察，上级的要求，你必须无条件服从，就从现在开始。”

站桩功要“雷打不动”，这是要求，自己没做到，说明在意志力掌控方面，自己还有欠缺的地方。甘科伟认识到自己的不足之处，在烈日下挥汗如雨跑完 2000 米。就这样，第一堂军训课让甘科伟刻骨铭心。

在甘科伟认真跑步时，黄教官也在暗中观察。他觉得甘科伟体能不错，又能知错必改，是当警察的好苗子，不由得对这名新生另眼相看。

站桩功作为军警的基本功，又连续练了四天。终于，站立一小时下来已经没有人晕倒了，这魔鬼般的第一关总算过去了。

接下来要训练的是倒功。倒功是警察摔擒术中的一个基本动作，其目的是锻炼格斗中跌倒后的自我保护能力，分为卧倒、扑倒、侧倒。很多同学一开始不适应这门功夫，还会感到畏惧。甘科伟却是轻车熟路，动作做起来标准、规范。这些动作都是武术中醉拳的基本功，甘科伟不但已经掌握，而且早就融入实战中。

黄教官见甘科伟的动作十分标准，就安排他辅导其他学生。一时间，同学们都知道了，班上有个会武功的同学，叫甘科伟。

练完倒功之后，大家开始练习队列的各种动作，左右转、齐步走、正步走、跑步走、下蹲、跨立、敬礼等。这些动作比起站桩功要琐碎得多，细微到手指的握拢，以及拇指、食指的位置。

练正步走时，大家在小腿上绑沙袋，一条腿上绑一个，男生 2 千克，女生 1.5 千克。随着教官的口令“一，二，一，停！”，大家在同一个高度定格，然后保持不动。

绑沙袋练过正步走之后，大家要解了沙袋再练。有个同学可能很紧张，老出错，正步走的时候总是迈左腿出左手，迈右腿出右手，样子很滑稽。黄教官只能让他出列单独训练。

有时，学生要跟着教官喊口号。男生没问题，女生就遇到困难了，因为她们平常都是细声细语的。黄教官对她们说：“你们看过街边骂人的妇女吗？你们应该有那样的气势，使劲喊，要像她们那样喊出来。”

军训还有个整理内务的项目。床单、鞋子、水盆、牙刷、杯子、毛巾、热水壶、衣帽架等，要方向一致，整齐有序。不过这些都不算难，最难的一关是将被子叠成“豆腐块”。

在操场上，黄教官做起了叠被子的示范。他将一床被子抖了一下，几下子就把它整理得妥妥帖帖，成了标准的“豆腐块”，让同学们惊叹不已。然后，黄教官问大家一个问题：“大家想过没有，我们为什么要叠‘豆腐块’？”

同学们畅所欲言。有人说可以培养一个人的耐心；有人说每个“豆腐块”就代表一个内务的方阵，必须整齐划一接受检阅；有人说，这样可以养成遵守纪律、服从领导统一指挥的习惯。

黄教官点名让甘科伟回答：“甘同学，你也说说。”

甘科伟说：“可以考验我们的思维。叠‘豆腐块’，就是领导交代的一项任务，看我们有什么办法来完成。”

黄教官说：“大家都说得不错，但甘同学的回答是我听过最好的答案。从现在开始，不管你用什么方法，我只要‘豆腐块’。”

同学们各显神通。有人往被子上洒水，想让被子变沉；有人猛踩被子，想把松软的棉花踩平实；还有人找来块木板，不停地把被子压扁、压平。

甘科伟看到大家最后的效果都不太理想。他心里明白，万事皆有技巧。被子能叠成“豆腐块”，应该也有方法可循。经过反复折叠、细心观察，甘科伟终于发现了其中的秘密。

原来，通常叠被子都是竖三折、横四折，但很少有人注意到，除通常的折、压、提、拉外，在纵向叠三折时，里面那一折要多折入 5 厘米。掌握这个关键之后，再把被子整平、抠角、修形，就能呈现出美观的“豆腐块”了。

凡事皆有门道。甘科伟在军训活动中，逐渐养成了一种思维，那就是在做事和解决问题的过程中，学会开动脑筋，寻找规律，所以在后来军训的各个项目和各种体能训练中，甘科伟都取得了优异的成绩。

时间过得很快，转眼之间，国庆节就要到了。

（三）“毛坯警察”

朝阳广场是南宁市最繁华的商业中心，也是市民日常休闲娱乐的场所。每逢节假日，这里人如潮涌，各类违法犯罪分子也在这里蠢蠢欲动。为保证朝阳广场秩序井然，防止交通、治安等各类事件发生，警校的同学们接到任务——协助片区民警上街值勤，参加治安巡逻工作。

2000 年的国庆节，学校选派包括甘科伟在内的 40 名同学，脱去迷彩服，换上了警校的校服，在民警的带领下，进行了“合作假日实习”活动，负责朝阳广场附近主要路段的商场、医院、火车站等场所的治安巡逻。

警校的同学们现在还只是学员，自称“毛坯警察”，没有执法权。由于警校的校服和正式警服十分相似，老百姓会误以为他们也是警察。每当学员们进入公共场合，市民碰到鸡毛蒜皮的小事都会找他们。这时大家得耐心倾听，然后想办法帮助市民解决问题。

整个上午，甘科伟和同学小莫在拥挤的人群中一直没有停歇过，问路的、丢身份证的、找小孩的、老人走失的、钱包被偷的……两人被问得头晕目眩，这与想象中的值勤工作有天壤之别。两人不禁想，难道以后当警察整天就做这些琐碎的事？

来朝阳广场值勤之前，甘科伟和小莫都摩拳擦掌，以为会发生点什么事，给两人一个表现机会。可想象中的突发情况并未发生，这大半天下来，连歹徒的影子也没看见。

带队的吴指导员看出了甘科伟和小莫的心思，拍了拍两人的肩，问道："有没有觉得当警察有时挺没意思的？我们走到哪儿都像个移动咨询台，有人连找个洗手间也要问警察。"

甘科伟说："报告指导员，人民警察为人民！"

吴指导员说："很好。群众之所以找我们，是因为对我们的无比信任，只要有我们在，他们心里就有安全感，就像有了靠山。我们常说'有困难，找警察'。无论群众有什么事，只要找到我们，我们就一定要学会倾听，耐心、细致地解答或提供帮助。凶恶的歹徒毕竟是极少数，一旦发现，我们绝不手软。大部分时间，我们警察所要做的就是帮助百姓解决那些平凡而琐碎的事情。当警察，散打、搏击这些功夫是必须具备的，这是硬功。同时，也要学会帮助百姓解决日常生活中所遇到的矛盾与困难，这是'软功夫'。不在基层磨砺几年，这'软功夫'是学不会的。"

甘科伟与小莫听了指导员的一番话，才知道警察的工作和他们想象中的不一样。看来，要练就这身"软功夫"，还是得踏踏实实深入群众，为群众排忧解难。

下午，甘科伟和小莫到当地派出所报到。大家由所长分配任务，两两一组分散值勤。甘科伟和民警蓝警官去辖区内一家大型医院的移动警务室值勤，小莫和另外的民警去别的片区。

甘科伟随着蓝警官来到医院警务室，一下子就闻到了浓烈的药水味。蓝警官说：“我们这个警务室，简直就像个医务室，药水味很浓。不过，你闻一会儿，也就闻不到了。”原来，警务室旁边就是中药房。

蓝警官40多岁了，她对甘科伟说：“我们的工作主要是巡逻。医院里除了医疗纠纷，最大的麻烦就是有很多醉汉、小偷。因此，我们平常要在门诊、收费处等地方多转转。有我们在，小偷就不敢放肆。”

甘科伟称蓝警官为“蓝老师”。她每隔半小时就带着甘科伟到医院各处转一圈，然后很淡定地回到警务室喝一杯茶，看一会儿报纸。对甘科伟来说，待在警务室的这段时间最难熬，因为警务室空间狭窄，于是他就自己到医院各处转转。

一次，甘科伟感到有一道目光正悄悄地打量着自己。他随意走了一圈，再回头看，那道目光还在。那是一个20岁左右的女孩，一直盯着他看。甘科伟很不自在，但又不知道该怎么办。他刚想离开，那女孩一伸手，向他招呼了一下，径直走了过来。

甘科伟停下脚步，看着那个女孩走近，说：“请问，你有什么事吗？”

女孩嗲声嗲气地说：“警察同志——”

甘科伟浑身汗毛直竖，问：“你有什么事吗？”

“警察同志，我有点麻烦，想请你帮忙。”

“你说吧，要我帮什么忙？”

“我现在好害怕……”

“有我在，你别怕。你慢慢说，怕什么？”

“我想去做人流，好害怕……”

甘科伟一听，非常尴尬，马上对她说："别、别，我让一名女警官来陪你吧。"

甘科伟逃也似的回到了警务室。蓝警官问："你这慌慌张张的，遇到什么事了？"

甘科伟说："外面有个女孩有情况，请您去问问她。"

蓝警官来到门外，问明情况。原来，女孩姓姚，她打工时认识了一个男友，后来同居了。然而，男友没多久就抛弃了她。没想到，在男友离开后，小姚发现自己怀孕了。打工没挣到钱，小姚没办法养活小孩，就想打掉。可小姚心里很害怕，希望有人能帮帮自己，看到墙上写着宣传标语"有困难，找警察"，就想找警察帮忙。一转身，还真的有个"警察"出现在眼前，她觉得找到了救星，立即上前，想让甘科伟帮忙。

蓝警官对甘科伟苦笑了一下，说："没办法，我们在这里工作，什么事都能遇到。你先在这里照应着，我带她去。"

甘科伟坐在警务室，暗暗松了一口气。他心想，真是什么事都找警察了，希望别再遇到这样尴尬的事。

医院除了警务室，还有自己的保安。大门口的保安有两个人，一人在休息室，另一人手握防暴叉，头戴钢盔，站在医院门口执勤。他看到甘科伟，问："你是新来的？"

甘科伟答："我是来实习的。"

两人正说着话，医院大厅里传来一阵骚动。甘科伟和保安立即赶过去，看看究竟发生了什么事。走近一看，有人酗酒滋事。在大厅咨询台前，一个 30 多岁的醉汉嘴里叼着烟，一只手揪住护士的胸襟，另一只手拿着水果刀在护士的脸上比画着，把护士吓得瑟瑟发抖。

保安拿着叉子说：“放手，你别胡来！”

甘科伟对保安说：“你维持秩序，叫大家离远一点，这里交给我。”甘科伟一看，醉汉手上有刀，在护士的脸上、颈部来回晃动，危及护士的生命，必须立即制止醉汉。甘科伟想，强行制服醉汉可能会出现意外，只能智取。

甘科伟：“你醉了，别胡来！”

醉汉：“我、我没醉。你是警察，你别过来。”

甘科伟：“你说没醉，还能喝吗？”

醉汉：“我再喝一瓶也没问题。”

甘科伟：“那好，你把刀子给我，我请你喝酒。”

醉汉：“你请我？好，我把刀子给你，你请我喝酒。”

醉汉哆嗦着把刀子递给了甘科伟，然后放开护士，一把抱住甘科伟：“你请我喝酒，你就是我的好兄弟。”

甘科伟刚把刀子收起来，醉汉冷不丁“哇”的一声，全部吐在甘科伟的身上。一时间，一股浓烈的酒味混着呕吐物的味道熏得甘科伟几乎要晕过去。

这时，蓝警官得到消息赶了过来，她以敏捷的身手把醉汉控制住，然后叫来保安，并让医院工作人员马上联系醉汉的家属。

蓝警官对甘科伟说：“可惜了你这身校服。快脱下来，到水池边洗洗。你今天处理得不错。我们的工作有时不能硬来，要学会智取，这才是上策。”

甘科伟到水池边洗了衣服，把它放在警务室里，但一直晾到下班还没有干透，最后只能把湿衣服穿回身上，和蓝警官一起离开了警务室。

（四）散打队长

甘科伟在警校时有个同班同学名叫蓝凯，当时是区队长（即班长），两人一直是要好的朋友。

时隔十几年，蓝凯已是南宁市公安局情报支队的一名警察。他在回忆警校那段生活时，满是怀念之情。他说："在警校的那些日子是我们人生中的黄金时光，经过三年的打磨，我们由'毛坯警察'蜕变为合格的人民警察。在学校里，甘科伟是散打与搏击高手，功夫了得众所周知。他从小跟着大伯练就了一身功夫，这也是其他同学无法与他对抗的原因。有一年，我们学校成立了散打队，谁来当队长？办法很简单，上台打对抗赛，谁赢谁当。最终，甘科伟当选为学校散打队队长。当了队长之后，他经常率领学校的散打队参加各种比赛，为学校争得了不少荣誉，这是我对当年警校生活印象最深刻的一件事。"

一名功夫过硬的散打队员需要有非常扎实的基本功。除了学校的体能训练，甘科伟还主动增加了日常的训练量，比如跑步，只要有空，他就来到操场跑上几千米，仿佛不知疲劳。

有一年冬天，甘科伟随全班同学出早操。队长许乃雄老师无意中看见甘科伟的脚上还穿着凉鞋。当时，许老师并没有说什么，等早操课结束后，他特地把甘科伟单独留了下来。

许老师问："怎么穿凉鞋训练呢？"

"报告许队长，运动鞋洗了，没干。"

真实的情况是，甘科伟只有一双运动鞋。自从上了警校，要参加各种高强度的训练，他就一直穿着唯一的运动鞋。一学期下来，鞋子早已破烂不堪。他很想再买一双新的运动鞋，可他知道家里的经济情况，供他上学已属不易，实在拿不出钱来再给他买双新鞋。无奈之下，甘科伟只好穿凉鞋。这唯一的凉鞋也经不起折腾，刚训练几天就开裂了。甘科伟正在担心，凉鞋穿坏了怎么办。

在学校里，同学们出现的各种情况，许老师看得多了。甘科伟的实际情况，许老师一目了然。这么优秀的学生，生活上如此贫困，他有责任向学生处反映，以争取学校奖学金和助学金的帮助。

第二天早上，晨雾朦胧。许老师看到甘科伟还是穿着凉鞋出操，就把甘科伟叫到一边，从背后悄悄拿出一个塑料袋，说："这里有一双运动鞋，一个校外的人送给你的，说是你的朋友，拿着。"

甘科伟问："老师，他是谁，叫什么名字？"

许老师说："人家啥也没说。我现在命令你拿着！别辜负了人家的一片好心。"

甘科伟犹豫着，把鞋拿在手里，心里很纳闷，这位雪中送炭的朋友会是谁呢？

许老师说："早操之后，你到我的办公室来一下，现在有一项重要的任务交给你。"

甘科伟虽然不知道许老师说的重要任务是什么，但无非是安保值勤之类的，也就没有多想。穿上运动鞋，甘科伟感觉脚上暖暖的，轻松自如，健步如飞。

许乃雄老师所说的重要任务，是让甘科伟率领警校的散打队进行强化训练，准备参加农历三月初三即将在武鸣举办的"三月三"武术散打比赛。

许老师说："据我所知，广西民族学院（今广西民族大学）体育部的吴老师已经率领民院武术散打队参加过数次比赛，而我们学校一次也没参加。校领导决定，这次让你带队，每天进行两小时的强化训练。因为是初次参赛，对各个参赛队、各种比赛规则都不了解，只要能够进入决赛，我们的目的就达到了。以后，我们学校在各种重大赛事上都要亮亮相，提高知名度。”

甘科伟领了任务，从此开始了高强度的散打训练。为了保证质量，学校特地聘请武警广西总队散打教练袁老师担任指导老师，训练内容主要包括身体素质训练（如力量、速度、耐力、爆发力等），技术训练（如步法、拳腿法、摔法），攻防技术训练（如对抗、实战等）。

武鸣陆斡镇被誉为“广西武术散打的发源地”。在古代，壮族地区的民间武术活动一直很活跃。新中国成立前，广西民众习武蔚然成风，邕宁、横县、武鸣、上林各县拳馆林立，培养护院、保镖等。1985年，武鸣陆斡镇那羊村的拳师们自发举办了首届“三月三”散打擂台赛，从此擂台赛成为武鸣“三月三”活动的重要内容。由于规模不断扩大，擂台赛地点移至武鸣县城，而这项赛事也成了全区规模最大的武术盛会。

“三月三”期间的武鸣县（今南宁市武鸣区）到处充满了节日的喜庆。引人瞩目的武术散打比赛吸引了广西区内众多参赛队，无数热情的观众从不同城乡涌来。广西各地市县武术协会、武术散打学校、散打搏击俱乐部、武警广西总队武术散打队、广西武术散打队等专业团队悉数前来参赛，广西一些大中专院校如广西民族学院、柳州师范高等专科学校（今广西科技师范学院）等也组队参赛。

甘科伟率领的广西公安管理干部学院散打队首次参赛，参赛队员有警校的老大哥黄治宇、同一宿舍的好兄弟唐中辉。“三月三”

散打擂台赛采用三局两胜的赛制。比赛当天，武鸣县总工会的灯光球场里座无虚席，60 公斤级比赛正在进行。

红方是广西公安管理干部学院的甘科伟，黑方是柳州师范高等专科学校的队员。双方学校都派出了女生啦啦队前来助阵。

灯光球场上的散打擂台高 80 厘米，长、宽各 8 米，台下四周铺有高 30 厘米、宽 2 米的保护垫。

在一片如潮的欢呼声中，红黑双方上场，奋力搏击。

很快，甘科伟发现了问题。他的对手是一个摔跤高手，善于抱摔，一直在寻找机会贴近自己。甘科伟擅长高鞭腿，平常也没有过多进行针对抱摔的训练。现在，对方像膏药似的黏着他，拉不开距离，非常被动。

黄治宇、唐中辉等选手在台下为甘科伟加油。袁教练不停地高喊："拉开距离！"

一时间，擂台上硝烟弥漫，龙争虎斗。经过紧张的较量之后，黑方队员更胜一筹，将甘科伟重重地抱摔在地。

甘科伟躺在地上。这已经是第二次读秒了。

按照比赛规则，读秒三次就直接判对方胜。裁判员蹲在甘科伟身边开始读秒："1，2，3……"

意识有些模糊的甘科伟只听到裁判在读秒。

突然，甘科伟的耳边响起一个非常熟悉的声音："科伟，站起来！"

这声音好熟悉啊，在哪儿听过？在扶中，是她！对，就是她！

甘科伟抬头一看，觉得眼前一亮，就像做梦一样，昔日的"女神"像彩虹般出现在面前。她怎么会在这里？

“女神”在此，千万不能倒下！甘科伟已来不及多想了，在读秒快要结束的时候，一个鲤鱼打挺，用力一跃而起，浑身热血沸腾，体内如同注入了一股强劲的神秘力量，连续两次将对手踹出台外。红方胜！全场爆发出雷鸣般的喝彩。

比赛结束之后，黄婧婧找到了甘科伟，问道：“我不找你，你就永远不找我了？”

甘科伟目不转睛地看着黄婧婧，发现她越来越漂亮了。甘科伟回过神来却又百思不得其解，问黄婧婧：“你没去外地上学？”

黄婧婧说：“奇怪，我为什么要去外地？父母在扶绥，你又在南宁，我去外地干吗？”

甘科伟问道：“那你上哪个学校？又怎么会在这里？”

黄婧婧说：“我选择了民院。这次‘三月三’散打比赛，由民院体育部的吴教练带队参加，我是民院啦啦队的成员。没想到在这遇上你。被人打得很惨吧？看你，眼角都肿了，我去给你拿点药。”

甘科伟一把拉住黄婧婧：“别走！”

黄婧婧被甘科伟拉着手，浑身一颤，心怦怦直跳，感觉整个人都被他牢牢握着似的。瞬间，一股暖流传遍全身。这是一种幸福的、很奇妙的感觉。

甘科伟紧紧握住黄婧婧的手，怕她跑了，再也找不见。

甘科伟说：“对散打队员来说，这点伤算什么，不碍事。”

黄婧婧悄悄地说：“快放手，啦啦队的同学们都看见了。”

甘科伟说：“我怕一松手，你又不知跑哪儿去了。”

黄婧婧说：“我哪儿也不去，一直都在。可是你呢，这么久了，也不跟我联系。我去哪里了，你也不关心一下？”

甘科伟沉默了一会儿，说道："我何尝不想去找你？我经常都梦见你，醒来满脑子都是你的样子。你知道的，学校里不允许谈恋爱。"

黄婧婧说："谁和你谈恋爱了，同学之间的正常交往不可以吗？你和警花们一起跑步，有说有笑的，不也没事吗？"

甘科伟很惊讶："你来过我们学校？"

黄婧婧一时说漏了嘴，只得说："有次路过看到的。"

甘科伟望着脚上的鞋子，心想，肯定是黄婧婧买的，除了她，没有人这么关心我。

甘科伟说："我知道是你买的鞋。好穿，暖和。"

黄婧婧没答他的话，停了一下，说："在扶中的那段时光多好啊，无拘无束，自由交往。现在上了大学，反而不自由了，这规矩那规矩的，见个面都这么难。"

甘科伟说："婧婧，不用担心。再过半年，我实习结束就毕业了，到那时，我们见面还不容易？不用你来，我去找你就是了，天天缠着你。"

黄婧婧一直希望甘科伟主动找她、联系她，可他并没有，这让她有些生气。当然，她也理解甘科伟为什么没找她。两个家庭的贫富悬殊让他产生自卑感，不敢靠近她。可是，黄婧婧却很想见到他。好几次，黄婧婧专程去到警校，但由于纪律严格，门卫一直没让她进入校门。她只好站在校门旁边，远远地看着操场，寻找甘科伟的身影。

那一天，黄婧婧买了鞋，来到警校门口，门卫不让进，最后只好由门卫转交。

黄婧婧说："擂台赛这么残酷，见好就收吧，没必要那么拼命。"

甘科伟说："我毕业之后要当警察，现在正是练功的时候。我还了解到，如果有特长，警队会优先录用。大学这三年里，我正好把功夫练扎实了，将来进入警队的把握就大些。"

两个久别的同学相遇在武鸣，黄婧婧的温暖点燃了甘科伟爱的火花。他暗暗做出一个决定：从此追随在黄婧婧身边，再也不让她独自离开了。

最后，广西武术散打队在擂台赛中夺冠。他们都是职业选手，几乎无人能敌。比赛组委会也发现了这个情况，经过商议后决定，广西武术散打队从此不再组队参赛。

此次擂台赛，甘科伟进入了决赛，顺利完成了许队长交办的任务。虽然在决赛中没有获得名次，但他重遇心中的"女神"，也是非常大的收获。

第五章　青山之恋

（一）勇救人质

日月如梭，甘科伟大三第一学期已接近尾声。他一直忙于学习和训练，已经好长时间没见到黄婧婧了。

又一个周末来临。在手机还没有普及的那个时代，学校宿舍楼每层有一部电话机，晚自习过后定时开放。这部电话机瞬间成了大家的宠儿。大家焦急地排着长队，仿佛有千言万语要在电话里诉说。

甘科伟来到学校空旷的操场上，抬头望天，只见星光点点，万里无云。甘科伟已初步掌握了看天气的方法，这项技能让他在后来的工作中受益匪浅。“星星稀，好天气；星星明，来日晴”，明天是晴天无疑。

甘科伟向许老师请了一天假（广西公安管理干部学院规定假日外出也必须请假）。他特别想见黄婧婧，并没有什么要紧的事，就是想见到她。现在电话机前排队的人那么多，他总觉得别人讲话讲太久了，担心轮到他时剩的时间肯定不够。甘科伟不由得心急如焚。

终于轮到甘科伟通电话了，他迅速拨通了黄婧婧那边的电话。由于黄婧婧那边打电话的人也很多，所以甘科伟打过去总是占线，拨了好几次才接通。

“婧婧，明天周日，有空吗？我请了一天假。”甘科伟问道。

“有空啊，想去哪儿？”

“去青秀山吧，听他们说很不错，来南宁这么久，还没去过呢。”

“我也没去过，你来接我。”

“那明天上午 9 点钟，我们在民院公交站台见。”

甘科伟本想多说几句，可看到后面还有人在排队，想了想还是算了，大家都着急，别耽误人家的时间。

第二天，甘科伟早早出发，从长湖路乘车沿着大学路一直向西，来到南宁西郊的民院公交站台。也许是心太急，甘科伟来得太早了。他在站台附近等啊，转啊。终于，那个熟悉的身影款款而至，出现在他焦急的目光里。

黄婧婧穿着天蓝色碎花衬衫，下面搭配一条薄荷色雪纺半身裙，头发梳成一条长长的马尾辫，轻盈地走在早晨的阳光里，笑靥如花。

甘科伟感到一缕清新的气息扑面而来，那个扶中的天真、稚气的少女现在已脱胎换骨，变成优雅而迷人的时尚女孩了。

黄婧婧看到甘科伟满脸惊喜的样子，心里很高兴，问道：“盯着我看干吗？又不是没见过。”

甘科伟说：“这么漂亮，确实没见过。”

黄婧婧听了喜笑颜开。恋爱之中的人是很容易满足的，一点点赞美就可以让人高兴半天。

从民院到青秀山，需要坐西乡塘专线车至朝阳广场，然后再转车。公交车从民院出发，沿着朝阳广场向东驶去。车里基本上都是大学生，大家欢声笑语，充满青春的气息，市民们都称这条专线车为“青春快车”。很快，朝阳广场到了。

朝阳广场人流密集，是小偷频繁出没的地方。甘科伟和黄婧婧在朝阳广场公交车站等车，准备前往青秀山。甘科伟锐利的目光四处搜寻，希望能抓到小偷。

他没有发现小偷，却意外发现了一场混乱。

朝阳广场的一棵大榕树下，不知道发生了什么事，很多人惊慌失措地四处奔跑躲藏。甘科伟立即判断，可能是突发事件。他对黄婧婧说：“你在这里等我，我去看看。”

不等黄婧婧说话，甘科伟立即拨开人群向榕树下冲过去。

眼前的一幕让甘科伟惊呆了——

榕树下，一名中年男子挥舞着一把尖刀，像发疯一样不停地叫喊，又像着魔似的追逐着四周的人。有个环卫女工跑慢了一步，被他一把揪住。那个男子晃着尖刀指着四周的人，神情激动地说：“你们闪开！都别过来！”

面对此类突发事件，教官在给同学们上课时，特别强调了几点：

（1）一定要在保障人质安全的前提下有效制服劫持者。

（2）尽量保证不伤及无辜。

（3）警察不能有伤亡。

在此类案件中，警方与劫持者始终处于一种公开对峙的状态，处置过程和结果引人注目，特别要小心谨慎。在处置过程中，劫持者随时可能铤而走险伤害人质，这是警方最忌惮的。

甘科伟的大脑迅速运转，他在思考着如何对付这个嚣张的歹徒。从表面来看，无论是身高还是体形，劫持者都不是他的对手，因此，甘科伟决定找机会靠近歹徒，以便找准时机徒手夺刀。

围观群众纷纷逃离现场，甘科伟却胸有成竹地走向劫持者。他举着双手，一步一步向前靠近，对劫持者说："这位大哥，你别激动，有话慢慢说。"

劫持者神情狂躁，面目狰狞。他用尖刀抵着环卫女工的脖颈，对甘科伟大声吼道："你别过来！你别过来！我要杀了她！"

甘科伟迅速判断，此人与环卫女工应该没有过节，只是随机劫持。

甘科伟说："她只是个环卫女工，你为什么要杀她？她惹你了吗？"

劫持者表现出惊恐不安的神情，他说："她要杀我，她拿着扫帚一直在后面追杀我！"

根据劫持者的言行和精神状态，甘科伟初步判断此人很可能是精神病患者，人质随时都有可能遭遇不测，必须立即把人质解救出来。

但是，甘科伟很快发现，劫持者并不是精神病患者，而是一个吸毒者，因为他语言表达混乱，语无伦次，一会儿说有人要害他，一会儿问周围的人谁有 K 粉。

"你们谁有 K 粉？快点，你们给我 K 粉，我就放了她！"

此时，劫持者完全处于癫狂状态。毒瘾发作后，他感觉全身上下有无数只小虫子在爬，然后感觉它们开始钻入皮肤，穿过肉直至骨头。他恨不得把皮肉抠烂，把骨头砸碎，揪出那些虫子。

甘科伟急速思考着如何在确保人质安全的前提下，快速制服劫持者。

劫持者的尖刀紧紧抵住女工，她的颈部已经开始流血。强攻不行，只能智取。甘科伟举着双手，走到劫持者跟前，安抚他的情绪。

甘科伟说："这位大哥，我没有K粉，但我有'海螺姑娘'（毒品黑话，即海洛因）。我愿意用'海螺姑娘'和你换女工。"

劫持者一听行话，两眼放光，满脸惊喜，问："你真的有吗？我不信，你给我看看！"

甘科伟说："我现在给你看？你不怕警察，可我害怕。你把女工放了，我带你去一个地方。"

劫持者犹豫了一下，说："我不信，你骗我怎么办？"

甘科伟说："很简单，你放开女工后，把刀架在我的脖子上，我来当人质。"

劫持者还在犹豫不决。甘科伟说："你快点，警察就要来了，如果把你抓起来，就是有再多的'海螺姑娘'，你都碰不到。快放了女工，我带你离开。"

果然，远处传来了警车的鸣笛声。

越来越刺耳的警笛引起了劫持者巨大的恐惧，内心对毒品的强烈渴望已经让他完全丧失了警惕。他迅速放开女工，把刀抵在甘科伟的脖子上，急吼吼地说："快走！"

甘科伟看到女工安全离开，心里就有了底。徒手夺刀的功夫，甘科伟在警校已经练过很多回。现在，冰冷的尖刀架在他的脖子上，他没有任何畏惧。眼看警车越来越近，劫持者害怕了，催促甘科伟快走。

甘科伟伸出双手，握住劫持者的手腕，只用了一个擒拿动作，轻轻反向用力，那把架在他脖子上的尖刀便掉在地上。然后，他顺势一扭，将劫持者压倒在地。

甘科伟徒手制服劫持者的动作干净利落，周围群众看得清清楚楚，大家为他的机智和勇敢热烈鼓掌。

劫持者惊恐地问："你是谁？你是警察？"

甘科伟说："很遗憾，我还不是警察。"

"那你为什么骗我？求求你快放了我吧！我要是被警察抓去，得关好多年啊！我家里还有个老妈妈。"

甘科伟看到劫持者绝望的眼神，特别是听他说家里还有老母亲时，心里很不是滋味。那一刻，甘科伟甚至想放了他。可是他吸毒、劫持人质，已经犯罪，必须将他绳之以法。而且，如果放了他，万一他犯毒瘾时再次劫持他人，危害更大。

甘科伟说："你已经触犯法律，没人帮得了你。进去之后，好好戒毒，好好表现，一切还来得及。"劫持者被迅速赶来的警察带上了警车。

甘科伟发现，前来处置现场的警察当中，还有和自己一起值过勤的蓝警官，其他警察都称她"蓝所长"。蓝所长也看到了甘科伟。甘科伟把制服劫犯的经过详细向蓝所长做了汇报。蓝所长握着甘科伟的手说："干得真不错，希望你毕业后能分到我们所来。"

得到蓝所长的赞许，甘科伟很开心。

甘科伟和劫持者对峙的时候，黄婧婧在旁边一直悬着心。

当劫持者把刀架在甘科伟脖子上时，黄婧婧很想冲过去，但她转念一想，甘科伟从小练就一身功夫，自己要相信他的能力。如果贸然前去，必然会分散他的注意力，反而会影响他发挥。自己唯一能做的，就是立即帮甘科伟报警。

现在，人质安全了，劫持者已经被警车带走，黄婧婧急忙跑上前去，拉着甘科伟的手问道："科伟，真是吓死我了，你没受伤吧？"

甘科伟安抚她说："一个吸毒者根本不会对我构成威胁。我没事，放心吧。"

"以后如果遇到亡命之徒，还是要当心。"

"我会的。赶快去青秀山吧，别让刚才的事影响了我们的心情。"

（二）青山颂

甘科伟和黄婧婧在朝阳广场换乘公交车之后，向青秀山驶去。

青秀山位于南宁城东南，这里林木茂盛青翠，山势秀拔。据说古代有位僧人在山顶植松树数千株，清风吹来，林涛阵阵。游览其间，心旷神怡。青山松涛，在古代为邕州八景之一。每至节假日，这里游人如织，许多南宁市民到此休闲娱乐，也有不少年轻人到此谈情说爱。

走在甘科伟身边的黄婧婧觉得心里很踏实。她看到了甘科伟身上临危不惧的英雄气概。刚才制服劫持者的一幕，让甘科伟在黄婧婧心中的形象一下子高大起来。这是她和甘科伟第一次单独约会，甜蜜和喜悦溢满心田，黄婧婧觉得满世界都是阳光。她看到路边的朱槿红艳艳地开了，初夏的阳光里，鸟语花香，满眼都是欢快和喜悦。

黄婧婧情不自禁地挽起甘科伟的臂膀。

甘科伟带黄婧婧来青秀山，却不只是为了踏青，他还在寻找一个地方。

“科伟，看你找了半天，你在找什么？”

“我想找一块纪念碑。”

“有什么典故吗？”

“我们指导员讲过一次，他说，如果有机会到了青秀山，一定要参观一下广西学生军抗日烈士纪念碑。”

“我怎么没听说过？”

“指导员说的。我既然来了，就找找看。”

说着，两个年轻人沿着山道向山顶走去。途中，遇到一位60多岁的长者，甘科伟问道：“阿伯，请问学生军纪念碑在哪儿？”

长者略带好奇地看着甘科伟，说：“这么巧，我也到那里去。你俩跟着我走就行了。”

后来他们了解到，这位长者是广西学生军研究会成员龙老师。原来，龙老师是这里的义务讲解员。只要是休息日，他都会来到这里，给参观的群众讲解广西学生军那段鲜为人知、可歌可泣的历史。

在龙老师的带领下，10分钟左右，三人来到了风光瑰丽的青秀山南麓。一座巍峨的巨碑昂首苍穹，挺立在青松翠柏之中，显得庄严雄伟，碑身上镂刻着一行硕大的金字：广西学生军抗日烈士纪念碑。碑身采用花岗岩建造，顶上盖琉璃瓦，碑高20米，碑体镶嵌着广西学生军开展抗日救亡运动的浮雕。

龙老师带着甘科伟和黄婧婧参观之后，在附近的石凳坐下。当他了解到眼前这两个青年都是大学生时，很高兴，说：“你们生活在这个时代，多么幸福。”这座丰碑告诉后人，60多年前，在八桂大地上，曾经发生过一段广西青年学生荡气回肠的故事，他们投笔从戎，抗日卫国，写下了一段可歌可泣的历史篇章——

1936年6月，共产党人谢和赓向新桂系领导人李宗仁、白崇禧建议：“组织学生军，开展抗日宣传和防蒋防奸工作。”

白崇禧采纳了这一建议，号召广西初中以上的青年学生参加学生军。各地初中、高中以及广西师专等学校的学生，爱国热情高涨，踊跃来到南宁报名参军。后来共招收学生军700余人，其中女生60余人。全体学生组成一个大队，大队长由白崇禧的得意门生、中央陆军军官学校南宁一分校大队长、战术教官周竞少校担任，政治指导员由共产党人谢和赓担任，军部设在南宁一中。

广西学生军经过军训之后，先后分赴湘桂边界、粤桂边界、黔桂边界等地从事抗日救国运动。学生军舍身报国，与日军浴血奋战，直至壮烈殉国。

1939年12月底，有学生军4人，以省督导团三团第二支队的名义，在邕宁八尺江各乡组织近千人的游击队，联合正规军，攻打驻守在蒲庙镇的日军。后日军撤退，该镇光复。

在南宁石埠，有学生军4个班60多人，单独袭击驻守在石埠的日军，战斗激烈，双方伤亡惨重。

1939年，昆仑关战役前后，一支学生军小分队一共7人，在宾阳一个叫“莫陈”的村庄，同日军相遇，最后寡不敌众，被日军包围在一片竹林里，全体学生无一投降，壮烈殉国。其中，有个学生于生命的最后时刻，掏出匕首，在粗壮的毛竹上，刻下了遗志：“终有一天将我们的旗帜飘扬在富士山头！”

战斗结束后，日军搜查现场，发现了这棵刻字的毛竹，顿生崇敬之意，将竹竿锯下，把刻有三行字的竹筒带回日本，设案供奉。26年后，即1966年，日本收藏者将竹筒遗书原物归还，现藏在台北。至此，国人才知道广西学生军这一段壮烈成仁的事迹。

广西学生军前后招收三批。“皖南事变”之后，才正式宣布解散学生军。

龙老师讲完这段历史，四周一片寂静，唯松涛阵阵，经久不息，像在诉说着那段壮烈的岁月。

广西学生军的故事，在甘科伟心中引起了强烈的震荡，一股热血汹涌冲击着他的心田。甘科伟双手紧握，心中对广西学生军充满无比的敬意，感慨他们不愧是八桂好儿女！他暗暗发誓，一定要以广西学生军的精神为榜样，报效祖国。

而他身边的黄婧婧也为广西学生军抗日殉国的事迹而感动，她早已忍不住泪流满面。

龙老师说：“你们都是大学生，虽然时代不同了，但不管你们将来做什么，努力工作就是中华儿女报效国家很好的行动。”

末了，三人来到纪念碑前，向先烈们深深鞠躬致敬。

（三）回到渠旧镇

2003年1月20日，大寒那天，天空有些阴沉，阴冷的空气让人感受到丝丝寒意。南宁各大院校已经开始放寒假，学子们也都陆续离开南宁踏上返乡之路。甘科伟和黄婧婧约好，返乡一路同行。

本来，黄婧婧可以乘坐 617 次快车回扶绥。617 次快车每天只有一趟，上午 8 点从南宁出发，一个小时就到家了。但是，她想和甘科伟一起走。不知为什么，黄婧婧越来越依恋甘科伟了。有他在身边，黄婧婧心里就觉得踏实、安全，他不在身边，就感到失落。

于是黄婧婧选择和甘科伟一起坐 811 次火车回家，这趟车上午 11 点从南宁开出，12 点半到达扶绥。这样，两个人就有一个半小时的时间待在一起。

火车出发了。811 次是慢车，每个小站都要停靠，乘客并不多。

甘科伟和黄婧婧相对而坐。绿皮火车从南宁出发之后，一直向西驶去。

这条铁路经过美丽的丘陵山地，一望无际的甘蔗林与香蕉林起伏绵延，山谷里竹林翠绿，干栏隐现。遥望远处，峰峦含烟。

这时，车厢里正播放罗大佑的《恋曲 1990》。歌声响起，甘科伟和黄婧婧相视而笑。两人对这首歌记忆太深了，高中毕业晚会上，甘科伟就是唱了这首歌送给黄婧婧。时间过得多快，一晃，两人离开扶中已近三年。在黄婧婧眼里，这三年，甘科伟从一个青涩的高中生变成了英俊的男人，现在，自己总想时时和他在一起。可寒假那么久，什么时候才能再看到他呢？黄婧婧心中涌起一缕愁绪。

“乌溜溜的黑眼珠和你的笑脸，怎么也难忘记你容颜的转变。轻飘飘的旧时光就这么溜走，转头回去看看时已匆匆数年……”

在甘科伟眼里，这三年，黄婧婧也有了很大的变化，身材更加窈窕，那双美丽的眼睛依旧清澈如水，浑身散发着青春女性的迷人气息。

甘科伟说："这次寒假之后，我就不再回学校上课了，最后一学期是毕业实习。"

黄婧婧听了，心里有些慌，她怕甘科伟离开。上学时，虽然她在城西，他在城东，但彼此心里有底，要想见面，也就是打个电话、赶趟公交车的事。可现在，时间怎么过得那么快？他会去哪里？我怎么办？我去哪里找到他呢？

黄婧婧："这么说，从现在开始，你就算是完成学业，正式投入时代的洪流了？"

甘科伟说："是啊，在邕江里搏击风浪已经不过瘾了。准备到时代的洪流里练练身手，早点融入社会，早点适应，也好早点工作。你也一样啊，再有一年，也得融入时代的洪流。"

"可我好像还没做好准备。"黄婧婧说。

"没关系的，有我在时代洪流里等你，你还怕什么。怀疑我的水性？"

"我才不想下水呢。"黄婧婧又问，"你去哪里毕业实习？"

"学校已经为我联系好了，你猜猜看。"

"那么多单位，我怎么猜得到。"

"给你一个提示，那个地方和你靠得很近。"

黄婧婧一听，很惊喜，一下子开心地笑了："是吗？让我想想，是城北（今西乡塘区）分局吗？"

甘科伟笑着摇摇头："不是。"

黄婧婧说："那一定是永新（今西乡塘区）分局。"

甘科伟还是摇摇头："不是。再给你一个提示，我实习的地方就在你身边。"

黄婧婧说："这不可能啊，和我靠得近的就是这两个分局。"

甘科伟说："我不卖关子了，我毕业实习的地方就在扶绥县公安局。"

黄婧婧几乎不敢相信，她抑制不住内心的激动，一下子握住甘科伟的手："真的吗，这是真的吗？"

甘科伟说："学校的介绍信都开好了，要求我在寒假结束后就去报到。考虑到春节期间很多民警都回家过节，局里肯定缺少人手，我安排好家里的事情，过两天就去报到。"

黄婧婧兴奋地说："那就是说，我们过几天又可以见面了？"

甘科伟："没错。说不定，你以后会天天看到我在街头巡逻呢。"

黄婧婧在那一瞬间忍不住想流泪。她不想让甘科伟离开自己。现在，他整个假期都在自己的身边，这怎能不让她激动呢？

很快，扶绥站到了。甘科伟送黄婧婧下火车，两人依依惜别。黄婧婧没有立即离开，留在站台上目送着甘科伟，看着绿皮火车继续向西驶去。

从扶绥经过渠黎、大陵两个小站就到渠旧镇了。大学三年，为节省路费，甘科伟很少回渠旧。现在，甘党标、甘莲香见到儿子回来，很高兴，就像遇到了喜事，立即上街买菜买肉。甘科伟让他们不要麻烦。

甘党标说："你在南宁读书很少回来，我们一家难得团聚。生活费有时没凑足给你，不知道你这些年在外面受了多少苦。"

甘科伟说："你看我不是好好的吗？"

甘科伟回家之后，见到奶奶、姑姑的精神都还不错，两个双胞胎弟弟科兴、科旺也长成小伙子了。一家人的生活虽然不富裕，但热热闹闹的，很温馨。由于父母都下岗了，他们就在家门口腾出一间小房，开了间杂货铺，这已成了一家人的经济来源。有时，甘党标也到山上去挖些野蜂蜜到菜市上去卖，以补贴家用。

甘科伟告诉父母，从现在开始自己进入实习阶段，过几天就到扶绥县公安局报到。

甘党标问："不等过完春节再去实习吗？"

甘科伟解释道："春节期间最缺警力，我想早点去，多些实践的机会。而且，实习单位还会发补贴呢，虽然不多，但吃饭已经没问题了。"

甘党标说："你已经成年了，一些事情就由你自己做主。你做什么事，我们都不会担心。倒是你的两个弟弟，调皮贪玩，要是能有你的一半成熟就好了。"

晚上吃饭时，一家七口人聚在一起。甘党标特地抱出一坛米酒，给每人倒了一杯，说："我们家平常也没什么聚会。今天科伟回来，过两天又要出去实习，他这个春节就在外面过了，这顿饭就当作年夜饭吧。"

弟弟科旺有点不高兴，说："老爸，你好偏心哦。平常从来没见你做这么多菜，大哥一回来，你就鸡鸭鱼的，整这么一大桌。"

甘党标说："你大哥难得回来一次，你就这么啰唆，好好吃你的饭。"

妈妈问甘科伟："你到了扶绥，住哪里呢？"

甘科伟说："总能找到地方的，说不定实习单位有住的地方呢。"

甘党标说："还是住你表叔家吧，反正只有几个月的时间，我饭后给你表叔打个电话，让他弄间房子给你。"

甘科伟说："我自己去跟他们说就可以了。"

甘党标说："我是长辈，这事还得我去说才行。你去扶绥时，记得给表叔他们带两只土鸡。"

（四）扶绥人家

饭后，甘科伟迫不及待地把自己的实习安排打电话告诉了黄婧婧，说等他到了扶绥，安顿下来后再和她联系。

黄婧婧回到扶绥家中，父母忽然感到女儿与以往相比有了明显的变化。都说女大十八变，21 岁的黄婧婧早已不再是那个羞涩的小女生了，眼前的女儿青春洋溢，大方开朗，脸上荡漾着幸福，而且明显注重打扮了，穿上新衣服之后，总会在镜子前转来转去。还有，家里的电话开始多起来。每次电话铃响，黄婧婧总是说"我来"，然后小跑着去接。

有一次，又来了电话。这次是爸爸老黄接的，喊道："婧婧，你的电话。"

黄婧婧急忙过来，接过电话，捂着话筒，示意老黄离开，然后转过身对着话筒有说有笑的，笑得那么开心。在她的背后，父母用诧异的目光看着她。

父母都是过来人，他们明白女儿可能恋爱了。

黄婧婧打完电话，一转身，忽然看到父母都在看她，而且眼里充满疑惑。

"你们干吗这样看着我？"黄婧婧问。

老黄小心试探：“打电话来的是谁啊？”

“我的一个同学。”

“是男同学？”

“你们偷听我的电话？”黄婧婧有点生气。

“大小姐，别忘了是我接的电话。”老黄说。

“老爸，你知道了还问。我还有事，先回房去了。”

望着女儿的背影，妈妈老杨对老黄说：“这一天终于要来了。看目前的情形，是有人要来和我们抢宝贝女儿了。你看她高兴的样子，哪里还把我们放在眼里。”

“俗话说，女大不中留，留来留去留成仇。女儿长得那么漂亮，大学里又有那么多的男生，没人追她才奇怪呢。”

“说得也是。也不知道那个男生是什么情况。”

“这你不用担心。女儿眼光那么高，找的人不会差到哪儿去。我们要相信女儿的眼光。”

“要不，你哪天问问她，那个男生是哪里的。”

“现在还不是时候吧。看样子，他们也没交往多长时间。时间长了，她自然会告诉我们。”

“时间长了可不行，万一遇到坏人骗她呢？我们就这么一个宝贝女儿，可千万别遇上坏人。”

“坏人骗她？怎么可能。我们女儿冰雪聪明，不会有事的。”

“你们工商局不是新来了几个小伙子吗？你看看有没有合适的，多观察观察。”

“这事还是让婧婧自己做主吧。”

老黄和老杨在家里讨论半天，一时也拿不定主意。不过，他们也想通了，女儿已经长大了，找男朋友的事，她有自己的标准和判断，由她去吧。

某个周日，老黄在家休息，他看到黄婧婧接了电话之后，稍稍打扮一下，招呼一声，就匆忙出去了。

老黄和老杨分析，黄婧婧应该是和那个小伙子约会去了。春节临近，小伙子应该不是外地的，也许家在南宁或者崇左，都是个把小时的车程，来去方便。

老黄尽管嘴上说着爱情的事让女儿做主，但女儿毕竟没有任何社会经验，他心里还有些不放心。

老黄两口子在家里等了半天，坐立不安。后来，终于看到黄婧婧容光焕发地从外面进来，老杨急切地问："去见你那个同学了？"

"是啊，见见老同学，有什么不对吗？"黄婧婧也不想隐瞒。

"是男同学？"

"怎么，不能见男同学？"

老黄说："能见，当然能见。我和你妈的意思是，如果是谈恋爱的男同学，可以稍稍告诉我们一点关于他的信息，我们也可以帮你参考参考。"

黄婧婧有些着急："老爸老妈，八字还没一撇呢。到时候我自然会告诉你们。看你们闲得慌，这儿有瓜子，你们慢慢嗑。"

黄婧婧从包里拿出两袋红瓜子，往茶几上一放，转身回房去了。

两口子感到有些奇怪，女儿什么时候喜欢嗑瓜子了？她以前不是为了保护牙齿，拒绝嗑瓜子的吗？难道这瓜子是那个男同学带给她的礼物？

老黄和老杨一人拿起一袋瓜子，一看外包装，上面写着几个字：

扶绥特产，渠旧红瓜子。

原来，渠旧镇的红瓜子在扶绥县是极有名的特产。其与众不同之处在于，渠旧籽瓜是在渠旧红沙泥地种植的。这种籽瓜的瓜子，粒大饱满，片大厚实，很容易嗑食。市场上正宗的渠旧红瓜子常常供不应求，已成为渠旧镇的著名产品，扶绥人都知道。

老黄夫妻俩一边嗑着红瓜子，一边想着送瓜子的那个人。虽然还不知道那个男同学长什么样、家里是什么情况，但这两袋红瓜子却很诱人，籽大好嗑，齿颊留香。

红瓜子确实是甘科伟从渠旧带来送给黄婧婧的。甘科伟到了扶绥之后，首先去了表叔家，把父亲让他带来的两只土鸡交给表叔。表叔前天接到电话后，也早为甘科伟收拾好了一间房。接下来，直到毕业之前，甘科伟都要在这里生活。住宿的地方安顿好了，甘科伟就去扶绥县公安局报到了。

公安局领导对甘科伟放弃寒假提前参加实习的干劲表示肯定，同时表示欢迎，特别对他愿意放弃春节与家人团聚的机会，积极参与扶绥“平安春节”活动的行为表示高度赞赏。

根据实际情况，县局领导决定派甘科伟去新宁镇城厢派出所实习，第二天就可以正式上班。新宁镇由原新宁镇和扶南乡撤并而成，设立时间不长，居民结构比较复杂。

一切安顿好，已到下午。甘科伟立即打电话给黄婧婧，两人约好在县百货商店前见面。

扶绥县城并不大，几乎没有什么标志性建筑，当时最高的大楼就数县供电局办公大楼和县农行大楼。偌大的县城也没什么超市、购物中心，只有县百货商店。县百货商店虽然只有两层，却是扶绥百姓心中的购物天堂，是扶绥最热闹的地方。它是国营单位，价格公道，县里、乡镇的百姓都愿意来这里购物。甘科伟在百货商店附近的公用电话亭打电话给黄婧婧，告诉她约会的地点。

不久，在熙攘的人群中，甘科伟一眼便看到了黄婧婧的身影。她真美啊，穿了件米黄色的风衣，披着一头柔美的长发。黄婧婧在阳光下走着，那长发一飘一荡的，晃着甘科伟的眼睛。

黄婧婧也看到甘科伟了，立即跑过去。那一刻，黄婧婧很想拥抱他一下，可是，看到他穿着警校的校服，就忍住了。见面之后，黄婧婧问甘科伟实习的情况。

甘科伟说："明天去城厢派出所正式上班。"

黄婧婧说："那我们有一个下午的时间在一起了。"

扶绥县城并不大，但是对于情窦初开的恋人来说，只要在一起，走到哪里都是快乐的。

黄婧婧笑着说："为了扶绥人民的平安，你放弃休假，我要代表扶绥人民慰劳慰劳你这位'毛坯警察'。走，我带你去吃扶绥小吃。"

甘科伟说："黄同学，你别忘了，我也是扶绥人民好不好？"

扶绥县城虽小，但是各种特色小吃却让人目不暇接，其中最著名的就是扶绥酸粥。

酸粥，原本是扶绥百姓的家常小食，现在已成为扶绥人款待贵宾必备的一道美食，当地壮语称为"洒渗"。酸粥越白越稠，质量越好。其制作原理与酸奶相似，吃起来香酸扑鼻，很开胃。当地人说酸粥好吃到"饿得扶墙进去，撑得扶墙出来"。

这是甘科伟和黄婧婧第一次在扶绥街头吃酸粥。多少年后，黄婧婧仍然难以忘记这温情的一幕。她永远记得，那个冬天，她和自己喜欢的男生流连在扶绥街头，阳光是那样温暖，一切是那么快乐，再偏僻再落后的小县城，在她眼里都有动人的风光，遍地都是人间的好景色。

（五）小城年景

甘科伟在城厢派出所实习的时候，一开始，所长马临邨并没有给他安排任务。因为快过年了，所里的民警们都在忙碌，忙着做各种业务报表、年终总结等。甘科伟想，大家都在填报表写总结，自己一时也帮不上忙，但打扫办公室这样的事还是可以做的，那就先从扫地开始实习吧。

甘科伟脱去外套，撸起袖子，准备大干一场。他拿起扫帚，仔细打扫派出所的小院落，然后用水管冲刷地面。一个上午过去了，派出所内的环境焕然一新。中午休息时，甘科伟又开始忙活办公室内的卫生，仔细擦抹窗户玻璃，将各类文件摆放整齐。

下午，马所长走进办公室，只见各处都被甘科伟打扫得一尘不染，办公区域的物品摆放得整齐有序。马所长觉得这个叫甘科伟的小伙子做事勤快、认真，最主要的是头脑灵活。其实，这是马所长在试甘科伟的反应能力，看看在没有布置任务的情况下，他会怎么想、怎么做。

以前也有警校学生来实习，通常情况下，马所长在第一天都不会安排任务，而是让他们在所里四处溜达，先让他们熟悉环境，更重要的是看看他们怎么度过这一天。有的学生到处看看、逛逛，或者外出逛街，有的学生很机灵，不停地给各个办公室烧水沏茶、扫地，或者主动询问是否需要帮忙，比如打印文件、查找资料等。像甘科伟这样“大动干戈”进行全面清洁卫生的学生，马所长还是第一次遇到，这给马所长留下了很好的印象。

下午下班之前，马所长把一位资深民警介绍给甘科伟做指导老师。甘科伟抬头一看，高兴地笑道：“蒙警官，您在这里啊？”

马所长说：“甘同学，按我们这里的规矩，你应该叫他蒙师父。”

甘科伟站在老蒙的面前，恭恭敬敬地叫了一声：“师父！”

老蒙看见甘科伟，先是一愣，然后想起山洞里的那段往事。心想，时间过得真快啊，没想到这小子都来实习了。老蒙说：“我们两个很有缘分啊。当时我就看出你小子不一般，独闯狼窝，这得多大的胆子。”

受到蒙师父的夸奖，甘科伟有点不好意思，说：“师父，如果没有您出手相救，我可能早就不在了。您是我的恩人。”

甘科伟后来了解到，在一次追捕毒贩的行动中，老蒙中了一枪，万幸没伤到致命部位。老蒙身体恢复后，领导考虑到他的身体情况，就把他调到了巡逻队。一开始，老蒙不太愿意，觉得有点浪费自己的武功，不过还是无条件服从领导的决定。

从此，甘科伟进入了蒙警官的巡逻队，开始了实习。老蒙看到甘科伟主动打扫卫生，做事情一丝不苟，打从心底里喜欢这个小伙子。

那时候的巡逻方式主要是步行。甘科伟和老蒙一边走一边聊天。老蒙说：“干我们这一行，就四个字：脚踏实地。我们的工作就是巡街。在自己的片区，无论风吹日晒，我们都得走遍大街小巷的每个角落。从某种意义上来说，这工作相当枯燥、乏味。

“但是，我们是警察，无论走到哪里，只要有我们在，百姓就有安全感，不法分子也会收敛，不敢公然违法。因此，我们这项‘脚踏实地’的工作又非同寻常。”

“师父，您这样走路巡逻，平均下来，每天要走多少千米呢？”甘科伟问道。

“不一定，因为我有时也会骑自行车巡逻。不过我更喜欢走路，因为可以更好地锻炼身体。你看，我将近 50 岁了，却没有一点肚腩，这全是走路的结果。每天徒步巡逻将近 10 千米。这两年，鞋都不知磨破多少双了。”老蒙说。

“那我也要向您学习，天天走路。”

“多走路是对的。但你和我不一样。我看你很聪明，你学的是什么专业？”

“我学的是刑事技术。”

“以后正式工作了，你不可能跟我一样做巡警走街串巷。希望你将来争取做新一代的福尔摩斯，也为我们扶绥人争光。”

“我一定记住师父的鼓励。但不管以后我做什么工作，我都会牢牢记住您教给我的四个字：脚踏实地。”

老蒙点点头，心想，这小子将来必有大出息。

春节来临，扶绥县城弥漫着节日的气氛。新华街两旁都是一些低矮的小商铺，这是扶绥县城比较热闹的地方，置办年货的人们从四面八方涌来。马路两边摆满了小摊，有卖衣服的、卖布料的、卖锅碗瓢盆的、卖糕点的、卖花的、卖红灯笼的等。卖对联的在路边两棵树之间拉上绳子，现场书写对联，然后挂在绳子上，红红的一片，空气里满是过年的味道。

城厢派出所几乎是全员上岗。所长说："每年过春节，群众手里有钱，也舍得花，这个时候一些不法分子就开始蠢蠢欲动。他们一有动作，我们也得跟着忙，这时，我们尤其要提高警惕。辖区内的重点防火单位和防火设施也在我们的巡查范围之内，一定要做到万无一失。我们的目标只有一个，无论我们付出多少努力，都要让百姓过上一个安全的春节。"

甘科伟这时才明白，在节假日，民警们反而比平时更加忙碌，不但不会放假，还要增加人手。

老蒙说："从警 20 多年，我已经记不清有多少个春节没有陪家人一起过了。谁让我们是警察呢。老百姓现在最熟悉的一句话就是'有困难，找警察'，只要群众需要，我们就会及时出现在他们面前。"

除夕那天下午，甘科伟随师父上街巡逻。忽然，甘科伟看到黄婧婧正微笑着向他走来，边走边说："科伟，你等一下。"

甘科伟也向黄婧婧招了招手，等她来到近前，介绍说："这是我师父，蒙警官。"

黄婧婧微笑着打招呼："蒙警官好！"

甘科伟又向师父介绍黄婧婧："这是黄婧婧，我的中学同学。"

老蒙一下子就看出两人的关系。他笑着说："这么漂亮，是女朋友吧。你们先聊，我在前面等你。"

老蒙拍了拍甘科伟，意思是：姑娘不错，好好把握。

甘科伟有点着急，因为他正在工作，忙问黄婧婧："你找我？"

"你不找我，我就来找你了。"黄婧婧说。

"我正在工作，要不等我下班再说？"

"你什么时候下班？晚上到我家去吃年夜饭？"

“不行啊，我们不能离岗，晚上所里请我们吃年夜饭呢。”

“本来是想让你去见我父母的。看你这么忙，那就等下一次吧。”黄婧婧上下打量着甘科伟，见他穿得很单薄，心疼地说，“穿这么少，夜里那么冷，把身体冻坏怎么办？”

甘科伟说：“我有那么弱不禁风吗？”

黄婧婧二话没说，立即把身上的一条米黄色围巾解下来，系在甘科伟的脖子上。

黄婧婧退后两步看了看甘科伟，说：“不错，颜色和你的这身制服还是蛮配的。”

甘科伟说：“真的配吗？”

“很配啊。”说完，黄婧婧忽然明白了什么，嗔道，“不理你了，快找你师父去吧。新年快乐！”

“新年快乐！”望着黄婧婧离去的背影，甘科伟摸了摸身上的围巾，心里暖洋洋的。

夜幕降临，扶绥的天空不时绽放出朵朵绚丽的烟花，鞭炮声也渐渐密集起来，所有人都沉浸在节日的欢乐之中。此时此刻，甘科伟和他的师父，以及其他民警依然坚守在自己的岗位上。当然，派出所也为节日值班的民警们准备了一大桌丰盛的年夜饭。没有美酒，没有鞭炮，但他们也其乐融融，因为全城人快乐就是他们的快乐。

（六）初次登门

寒假过后，黄婧婧将前往南宁继续学业。她念的是本科，还有一年多的时间才毕业。甘科伟也开始了最后一学期的毕业实习。在离开扶绥之前，黄婧婧想让父母见一见甘科伟。

当她把想法告诉甘科伟时，甘科伟有些犹豫，因为他面临着一个难题，学校已经不包分配了，如果想进入公安局工作，就还得进行公务员考试。黄婧婧说："这你不用担心。当年高考都没怕过，考公务员有什么难的？我将来也要考呢。"

"第一次见你父母，不知为什么，心里总有些忐忑。"

"有那么难吗，不过是请你吃顿饭。来扶绥这么久，就当去看看我这个老同学。"

"行。我就当去看望老同学。"

一个休息日，甘科伟换上便装，买了一袋水果，来到黄婧婧的家。

老黄第一次见到甘科伟，心里暗暗叫好，暗叹女儿的眼光不错。小伙子一表人才，言谈举止落落大方。黄婧婧的母亲也打量了甘科伟好半天，满脸都是喜悦。

黄婧婧从父母的表情看出他们对甘科伟暂时还是很满意的。

黄婧婧父母坐在长沙发上，甘科伟端坐在对面，黄婧婧为他们沏茶。

"听婧婧说，你在警校读书，现在正在扶绥实习？"老黄问。

"是的，黄叔叔，实习结束之后，我还得进行公务员考试。"

"你一直想当警察？"

"我大伯是警察，我从小跟大伯生活，耳濡目染，当警察的志向从小就扎根在我心里了。坦白地说，我从小就有一种英雄情结。"

"英雄情结？你喜欢哪位英雄呢？"

"我喜欢电影《英雄虎胆》中的曾泰，他卧底虎穴，智勇双全。"

“那个电影很有名啊，讲的就是我们十万大山的剿匪故事。我记得电影放映的时候，万人空巷，轰动一时。”

“我们学校的同学也喜欢看。”

“科伟，你志存高远，这点难能可贵。可是，你知不知道当警察很危险啊？据统计，全国每年都有警察牺牲。”

“任何工作或多或少都存在危险。这些天在派出所实习，有时在晚上巡逻时，看到街头巷尾秩序井然，没有酒鬼，没有人打架，也没有违法行为，只有温暖的万家灯火时，我就觉得一切付出都值得。”

“你家在哪里呢，家里还有些什么人？”

“我家在渠旧镇。家里人员比较多，有年迈的奶奶、长期瘫痪的姑姑和我爸妈，还有一对双胞胎弟弟。”

“那你们家的生活来源呢？”

“我爸妈在镇上打零工，另外家中有间小杂货店，基本上靠这些。我家里人口多，收入微薄，这也是我想尽快毕业的重要原因。”

“你爸妈支持你当警察吗？”

“我爸是党员，他一直都很支持我。他从小就告诉我，做男人要有担当，遇到困难时，要学会挺身而出。”

父母与甘科伟这一问一答，让黄婧婧很不高兴。黄婧婧打断老黄的话：“爸，科伟是来看我的，你怎么像在审犯人似的。”

可能意识到了什么，老黄不再问话。老杨接着说：“我听婧婧说你们一直是同学，关系不错，正常交往也没什么。但你们还年轻，应该以学业为重，趁年轻的时候多学点知识。”

“妈，我们在学校听老师说教都听烦了。你又来这一套，烦不烦啊。”黄婧婧说。

“难道我说错了吗？”老杨问。

甘科伟对黄婧婧说：“长辈的话都是经验之谈，自有其道理，听听没坏处。聊天嘛，不就是有什么就说什么吗？”

“就是啊，不用这么拘束。”老杨说。

后来，天色阴沉，似乎要下雨，甘科伟便起身告辞。

黄婧婧刚送甘科伟到门口，就被母亲拉回去了。黄婧婧生气地说：“妈，我送送同学都不行吗？”

老杨也生气地说：“我是让你回去拿把伞给他，天要下雨了，你让人家淋雨吗？”

黄婧婧这才转身拿了伞给甘科伟。两人挥手道别。

大雨倾盆，甘科伟在黄婧婧家门口站了一会儿，却隐约听到黄婧婧在屋里说：“……我喜欢他的诚实，他是个有责任心、有担当的男人。人们总是说门当户对，讲究什么郎才女貌，可这些外在的条件与爱情没有半毛钱的关系。”

老黄说：“我的公主，你从小到大，我们哪一样不是依了你的心愿。我们也只是在帮你把把关，最后还得由你自己做主。我们可不想包办婚姻。”

黄婧婧说：“什么时代了，你们包办得了吗？”

雨越下越大。甘科伟冒着大雨离开了黄婧婧家。他理解黄婧婧父母对女儿的爱护与不舍，这是人之常情，而黄婧婧的一番话也让他百感交集。甘科伟暗暗发誓：这样情深义重的女子，我一定要好好爱护她、保护她，让她幸福！

甘科伟感到脸上湿湿的，不知是雨水，还是感动的热泪。

后来，黄婧婧结束了寒假，继续前往南宁求学，开始大三下半学期的学习。甘科伟继续在扶绥实习。

除了上路巡逻，平常抓到窃贼，蒙警官也会让甘科伟在一旁协助，让他学习一下怎么做笔录。这是派出所警察最基本的一项技能。甘科伟在学校学过相关的内容，也上过模拟课，大家轮流审讯。甘科伟原以为模拟过很多次了，审问窃贼不会很难，没想到，到了实际运用的时候却总是不得要领，有时甚至无从下手。

有一次，一家服装店铺的老板送来一个女窃贼，蒙警官让甘科伟审讯。没想到这女贼是个老油条，一看甘科伟是个新手，完全没把他放在眼里。几个回合下来，甘科伟开始冒汗，觉得对付这样的老油条很吃力。

“你一共偷了几件衣服？”

“警官，我是干这一行的，我身上的衣服都是偷来的。要不我脱下来，你数数有多少件？”说着，女贼就要解衣服。

原本对审讯信心满满的甘科伟，在这个女贼面前，忽然慌了手脚：“住手！你可别乱来！”

这时，甘科伟才明白，很多课堂上学过的知识在实际运用的时候根本不是那么回事。正在这时，蒙警官来了。

很快，在蒙警官面前，女贼服软了。她交代了在试衣间里的违法行为。她表面上是试衣，实际上是把要偷的衣服穿在里面。老蒙告诉甘科伟，学校里所学到的只是理论知识，而实际做笔录时则需要生活经验和审讯技巧。这里面还牵涉相当多的心理学知识，在审讯的语气、方式上也有很多讲究。

有一段时间，老蒙和甘科伟巡逻时，常常会接到群众报警，说自己的包被抢了。可等他俩赶到案发现场时，犯罪分子早已溜之大吉。

老蒙迅速将警情向马所长汇报。公安部门决定开展一次“黄雀行动”，狠狠打击犯罪分子的嚣张气焰，还百姓以安宁。

（七）智取飞车党

2003 年，扶绥县的街头出现了恐怖的“飞车党”，他们以摩托车为作案工具，对街上过往行人实施抢劫。一时间，扶绥百姓上街购物，不敢带包，也不敢戴首饰，人心惶惶。

一天晚上，一王姓女子在扶绥冰岛啤酒城附近被飞车贼抢走一个皮包。王姓女子报案后，老蒙和甘科伟一路追击，环城寻找了一大圈，也没看到劫匪的踪影。

事隔不久，一李姓女子下夜班后骑自行车回家，路经一条小巷时，两名男子驾着摩托车突然从她身后擦肩而过，放在车头车篮的小皮包瞬间被抢走。借着微弱的路灯，李女士看到了飞车贼摩托车的车牌号码。

一天，马女士正匆忙沿着松江街步行回家。她肩背一个挎包，包里除了新买的手机、化妆品外，还有男朋友刚买给她的铂金订婚戒指。马女士正沉浸在幸福之中，没想到，身后两只恶狼正紧紧地盯着她。

那是一辆两轮摩托车，车上两人看到匆忙赶路的马女士后，立即加速驶向马女士身边。摩托车后面一人伸手抢包。

马女士反应敏捷，发现有人抢包后，立即拽住，死死不放。马女士一个趔趄倒在地上，由于摩托车的惯性，她被拖行了几米，衣服都磨破了。由于包里的东西十分贵重，马女士始终不肯松手。情急之中，她向街上的行人大声呼救："抢包了！劫匪抢包了！"

马女士声嘶力竭的喊声引来了街上的许多行人。两个劫匪一看，人越来越多，形势不妙，这才松开手仓皇而逃。在周围群众的帮助下，马女士立即向城厢派出所报案。

在短短的半个月内，扶绥县城就发生飞车抢包案共6起。这些犯罪分子胆大妄为，专门盯着独行的女子作案，在一个地方作案后，下次又在另一个地方作案，行踪不定。

频繁出现的飞车抢劫案引起了市民的恐慌，而犯罪分子还在逍遥法外，群众的意见很大。

扶绥公安部门震怒。在全县开展的"黄雀行动"动员大会上，新上任的公安局熊局长拍案而起，说："飞车党明火执仗、肆无忌惮地公开抢劫，这是对我们公安人员赤裸裸的挑衅，已严重危害百姓的正常生活，给扶绥的形象造成了极其恶劣的影响。此害不除，就是我们公安部门的耻辱！为遏制不法分子的嚣张气焰，县公安局决定开展专项打击飞车党的'黄雀行动'，铲除飞车党，还人民一个安宁的生活环境。"

为此，扶绥县公安局发布命令，任命城厢派出所所长马临郡为刑侦大队大队长，专门负责实施"黄雀行动"。

甘科伟看到大家都在积极行动，准备抓捕罪犯，自己却没有被安排任务。如此难得的实习机会，一旦错过，岂不可惜？他心里很着急，找到老蒙，说："师父，这次行动不带上我吗？"

老蒙说："你现在的身份还是学生，不是警察，我们的行动任务是抓捕罪犯，需要短兵相接，相当危险。等你毕业了，当上警察，抓捕行动有的是。”

甘科伟请求道：“师父，我虽然是实习生，但我在学校里受过严格训练，而且我也有格斗功夫，您就让我参加吧。好不容易等到一回重大行动，我不想错过。”

“如果真的不想错过，那就先过了我这一关。”甘科伟正说着话，背后传来一个女人的声音，他回头一看，很惊讶，问道，“韦警官，怎么是你啊？”

门口进来了两名女警，其中一名是韦陶。将近三年没见，韦警官变得更英姿飒爽，走到甘科伟面前，说：“不错啊，都快从警校毕业了，上次没较量，这次你可不要害怕哦。”

甘科伟说：“韦警官，您来这里是？”

韦警官说：“别废话，接招！”说着，她对着甘科伟的胸前就是一拳。

甘科伟全身运气，不还击，也不避让，任她那一拳袭来。

韦陶的一拳重重地砸在甘科伟的身上，甘科伟只晃了一晃。韦陶见状，十分恼怒，双拳并举，想制服甘科伟。甘科伟还是没有还击，他采取避让的办法，开始进行闪躲。韦陶发力半天，始终没有找到甘科伟的破绽。

几招下来，甘科伟看出韦陶的搏击术已经练得很不错了。不过，他还是很快就发现了韦陶的不足。韦陶练的是南拳。南拳的特点是猛烈，上盘进攻，下盘如松，女子很少练这种拳法，而韦陶却练了，可见她在练习一种激烈的搏击术。这就好比女子体育，女乒专找男乒练，女排专找男排比。这种训练法事半功倍。

韦陶一直想找甘科伟比试一番，实际上是想检验目前的训练效果。甘科伟觉得自己有必要提醒她一下，别只注重上盘的进攻，下盘也不能大意，否则，对手会趁她不备时，袭击下盘。

甘科伟看到韦陶不断进攻，一侧身，用腿轻轻一勾韦陶的脚。韦陶未曾提防，瞬间失去平衡，整个身子向后仰去。

甘科伟见状，一个箭步，挡在韦陶后面，这才没让她摔倒。

韦陶见状，连忙推开甘科伟，说："你赢了！"

这时，刑侦大队大队长马临郇正好来到派出所，看到这一幕，称赞道："两人功夫都不错。"

甘科伟对马队长说："大队长，我想报名参加'黄雀行动'。请您批准。"

马队长跟老蒙商量了一下，考虑到甘科伟的实战能力，就同意了甘科伟的要求。马队长说："韦陶刚调到禁毒支队工作，这次是来支援我们的'黄雀行动'的。老蒙、小甘、韦陶、小余，你们四人组成一个行动小分队，负责在抢劫次数较多的松江路蹲点工作。由老蒙任小组长，一切行动听老蒙安排。"

老蒙与其他三位小组成员立即商量采取什么办法与飞车党正面接触。

这时，韦陶自告奋勇："我想了个办法，我穿便装、背挎包，深夜时在松江路行走当诱饵，你们三个人隐蔽伏击。"

甘科伟说："你这样做太危险了。我有个建议，你们两位女警化装上街，一前一后，这样的目的是前后有个照应。我和蒙师父分别在你们身边伏击，一有动静，一起出动。"

老蒙觉得这个办法可行，就同意了。他让大家立即准备，先去松江路熟悉街道，晚上 10 点正式行动。

扶绥县的松江路是条十分繁华的街道。劫匪却多次在这条大道上飞车抢包，十分嚣张。

甘科伟来到松江路，来来回回走了四五趟。天黑之后，他又走了一遍，发现沿途有几处路灯损坏，还未维修。甘科伟觉得，这些路段应该是劫匪最有可能的作案地点，他们可能会先跟踪，然后在黑暗的路段下手。

甘科伟的判断是正确的。行动开始之后，韦陶和小余背着包，在松江路上悠闲地走着。小余在前，后面相距 50 米就是韦陶。到了晚上 11 点半，有一辆摩托车慢悠悠地开过来，一人开车，另一人坐在后面东张西望。

摩托车开至韦陶身边，后座上的人突然伸手想要抢包。韦陶早有防备，利用她的南拳功夫，一拳砸在劫匪身上，并大声呼喊："抢劫了！抢包了！"

劫匪见这女子身手不凡，知道情况不妙，急切地对开车的人说道："不好，快走，有埋伏！"

开车那人一加油门，就想离开。听到呼声后，甘科伟、老蒙和小余立即现身，增援韦陶。可是，摩托车开得太快了。眼看着劫匪就要溜走，甘科伟知道，一旦他们跑了，要抓回来就很难了。

摩托车从眼前呼啸而过，甘科伟在心中狠狠地告诉自己，抓住他们！

甘科伟一个箭步，飞身扑向摩托车，死死拽住后面的人，一跃而上，也坐到了后座上。这样一来，摩托车上一共坐了三个人。甘科伟急速思考着如何让摩托车停下来。

甘科伟想到，首先要把中间的人推下车。甘科伟用力把中间的劫匪抱起，往地上一推。接下来，甘科伟试图抢夺摩托车的控制权，但他发现很难成功，劫匪把摩托车控制得死死的。甘科伟忽然想到一个方法。他在劫匪的腰间用力点了一下，劫匪一臂酥麻，随后失去对摩托车的控制，车子撞向路边的大树。

摩托车倒在地上，甘科伟一个擒拿动作就将劫匪控制起来。不一会儿，老蒙、韦陶、小余赶过来了。

经审讯，两名嫌疑人系吸毒人员，已飞车抢劫 20 多起。

老蒙说："科伟，你的胆子也太大了，你这样做，万一让自己摔伤了怎么办？"

甘科伟说："师父，如果不摔打摔打，以后怎么当警察呢？"

甘科伟飞车擒匪的故事就这样在扶绥县传开了。

在蒙警官的精心帮助和耐心指导下，经过 5 个月的基层锻炼，甘科伟终于完成了毕业实习。他回到学校之后，以优异的成绩顺利取得了广西公安管理干部学院的毕业证书。接下来，他准备参加公务员考试。

甘科伟距离心中的警察之梦只有一步之遥了。

（八）民歌节之夜

2003 年 5 月，席卷全国的"非典"疫情开始波及南宁。一名从外地返回南宁的农民工被确诊为南宁市首例"非典"病人后，其父也随之被确诊患上"非典"，这给南宁市带来了极大的震动。紧接着，广西公务员考试被迫延迟。

广西公务员考试一直推迟到 9 月 6 日才进行。那天，甘科伟参加了南宁市的笔试。

10 月，甘科伟顺利通过公务员考试，被分配到南宁市公安局巡警支队工作。

从此，甘科伟拥有了属于自己的警号：104050。他从一名“毛坯警察”，经过不断打磨锤炼，终于实现了自己的梦想，正式成为一名光荣的人民警察。

甘科伟穿上警服，站在镜子前，望着头顶上闪闪发光的金色盾牌，一时间雄心壮志充斥心间。他默默地鼓励自己：努力！加油！又认认真真地给自己敬了一个礼。从此，正式开启一段新的人生。

2003 年 11 月 7 日至 11 日南宁国际民歌艺术节举办期间，甘科伟跟随巡警支队的战友们承担了繁重的安保工作。他和巡警老田分在一个组，他们戏称自己是“甘甜（田）组”。

甘田组每天的工作和任务都不一样，视各个场所警力配置情况而定。第一天，两人被分配到区展览馆，那里有个展销会需要维持治安。

第二天，甘田组来到良凤江公园大门口，这里位于去扶绥、宁明的二级公路边，客车、货车、私家车、摩托车、自行车，还有公园免费大巴带来的熙熙攘攘的游人。由于人员太多，公园门口乱成一片。甘科伟和老田在这里帮助交警维持秩序，疏散人流。

此外，母亲找不到娃的，娃找不到母亲的，问路的，丢了钱包的，人们遇到问题都来找警察。一天下来，甘科伟的耳朵里、脑子里都是汽车的鸣笛声和人们的喧哗声。这时，他才体会到当交警也不容易。

11 月 7 日傍晚，甘田组被安排在民歌艺术节开幕式会场附近执勤，主要任务是封锁道路。

执勤的路口就在距会场百米远的地方。甘科伟看到，面前的车队鱼贯而入，车上坐着即将在晚会上演出的明星，只要他稍微留心，就可以透过车窗看到那些著名歌星。他所知道的就有宋祖英、刘欢、韩红、蔡琴、腾格尔、谭晶、李玟等大牌歌手。但是，越是在这个时候，越不能分神，巡逻组必须确保这些演出人员的行车安全。

晚上 8 点整，2003 年南宁国际民歌艺术节开幕式文艺晚会正式开始。

此时，甘田巡逻组依然守在路口，警惕地注视着道路的交通情况。

晚会现场的歌声一阵阵传来，如韩红的《我的祖国》、腾格尔的《鸿雁》等，无不耳熟能详。老田对甘科伟说："现在没什么事，你可以进入会场看看，我们不用买票的。"

甘科伟说："我们在外面听听就好。"

老田说："你的纪律性不错，当警察就是要这样，我们是在执行任务，任何时候都要遵守纪律。"

两人站在路口聊天。老田告诉甘科伟，他有个女儿，正在读大一，听说他值勤，一直要老田带她进会场。"我说没买票咋进去呢，票老早就买不到了。"

女儿说："你是警察，带个人进会场，有那么难吗？"

老田说："当然不难。但是当着那么多人的面，我带着一个没票的人进会场，你说，我这警察的脸往哪儿搁？"

甘科伟听了，对老田肃然起敬。一直到晚会结束，两人都没有进入会场一步，虽然他们都有便利的条件。

几天下来，甘科伟的执勤任务顺利完成，并且得到了 60 元的补贴。他想去看看黄婧婧，请她吃一顿饭。

到了广西民族学院之后，甘科伟打通了黄婧婧的电话。黄婧婧说："你刚参加工作，钱先留着。我请你去食堂吃。我们食堂的饭菜很不错。"

民院食堂的菜品确实很丰富。甘科伟说："你们的饭菜要比我们警校的好，品种也多。"

"那是在锻炼你们。将来要是在野外生存，吃的东西要比你们食堂的饭菜差多了。知足吧。"

"我从小在家乡的山里转，知道野外有什么。要是我到野外生存，肯定比在学校吃得丰富。"

"怎么会呢？你倒是说说看。"

"野外的各种菌类太多了，那个鲜美的味道没法形容。当然，你得认识各种野菌，不然可能会中毒。"

"真馋人，快别说了，好好吃饭。"

在食堂吃过午饭，黄婧婧送甘科伟出校门。两人并肩走在茂密的林荫小道上。

黄婧婧在经济与管理学院学的是工商管理。黄婧婧说："真快，还有一年，我也毕业了。"

"现在都不包分配，还是考公务员吧。我有资料，都是现成的。"

"那好，你下一次帮我带过来，我早点准备考试。"

两人走到东大门，那里是大学东路与相思湖路的十字路口。黄婧婧看着路中的一名女交警，问甘科伟："你看，那名女交警，身体那么娇小，指挥交通却轻松自如，那些大货车、大卡车在她面前多么听话。她哪儿来那么大的能量呢？"

甘科伟说："她们很不容易，能当上交警的女人，都是过关斩将过来的，令人敬佩。"

甘科伟可能没有注意到，黄婧婧听到他说的话时嘴角露出一丝不易察觉的笑意。

甘科伟万万没有想到，身边这个和自己并肩而走的美丽女子，她的整个身心已经被他从小立志从警的精神感动。她觉得眼前这个男人身上透射出许多值得她学习的优秀品质，仿佛有一种魔力吸引着她。

潜移默化中，黄婧婧对未来的人生也有了自己的打算。当时，就算甘科伟再聪明，他也不会料到，有朝一日，自己身边这位看似柔弱的女子竟然当了交警，并且成长为交警大队的政治指导员。

再后来，在公安部对广西警察进行的一次业务技能考核中，黄婧婧已经练就了一身功夫，她展示的格斗擒拿、两秒钟拔枪射中靶心等技能，让考官赞叹不已。

那时，黄婧婧才 23 岁。

（九）南宁英雄巷

2004 年元旦。为了让广大市民更了解巡警的执法权力和执法范围，新年第一天，南宁市的巡警走上街头，开展一系列亲民、便民的宣传活动。

这一天的朝阳广场人如潮涌，巨大的红色横幅挂在路边，上面是五个大字：警民鱼水情。一些巡警在免费帮助市民理发、测量血压等，还有一些巡警在接受市民们的各种咨询。

甘科伟拿着一沓红色的宣传袋，微笑着递给过往群众：“新年好！在新的一年里请您继续支持巡警的工作。”宣传袋里装着新年贺岁信和《南宁市人民警察巡察条例》。

有位大妈接过甘科伟递过来的宣传资料，笑道：“今天这么多巡警，朝阳广场应该是‘天下无贼’了。我们更希望这里天天无贼。”

甘科伟说：“大妈，朝阳广场这一片有巡警24小时值班巡逻。另外，还有很多便衣警察在这里。有什么困难，或者需要什么帮助，您可以随时和我们巡警联系。袋子里有我们的警民联系电话。”

大妈笑眯眯地看着甘科伟说：“真的？无论我们有什么困难，你们都会帮忙？”

甘科伟说：“当然，我们是警察。有困难，找警察嘛。”

大妈看着甘科伟，越看越喜欢，说：“小伙子啊，你多大啦？成家了没有？我女儿今年20岁，她要求高，要模样英俊的小伙子才肯谈……”

大妈还想说什么，甘科伟把一袋材料塞给大妈，逃也似的离开了。

上午10点30分，巡警支队张政委带着队员来到南宁市福利院，看望这里的孤寡老人和孩子们。大家把300多份慰问品送到老人和孩子的手上。随后，甘科伟和同事们卷起袖子，开始打扫院内卫生。

巡警们忙得满头大汗。那些孤寡老人看在眼里，想到警察在百忙中惦记着他们，过来和他们促膝谈心，个个热泪盈眶。女警们来到福利院的儿童区，给孩子们带来了玩具、饼干和糖果等，她们和孩子们一起做游戏、唱儿歌。这些孤独的孩子已很久没感受到这样的温暖了。

巡警用实际行动塑造了亲民形象。在警民共创平安路的活动中，甘科伟和同事们频繁地在闹市街头巡逻。他们或分队步行，或驾驶警车来回巡视。此前，民主路拆迁、扩建修路给巡逻工作带来了一定难度，但越是困难的地方，甘科伟和同事们越是坚守在岗位上。

甘科伟利用巡逻时间到民主路沿街的单位、店铺了解情况，进行沟通，并绘制了警区概况图，把沿街各商铺的信息整理成档案，还与当地派出所取得联系，随时掌握治安状况。

有一次，甘科伟巡逻至友爱南路与民主路的十字路口。忽然，一个市民急切地向甘科伟求助："警官，有人偷了我的一部手机。"

甘科伟问："人呢？"

市民说："往东边跑了，穿黑色T恤，左臂上有文身。"

接警后，甘科伟立即向附近的同事请求增援，然后转身，加速向东追去。

甘科伟一直追到古城路口，看到有个黑色的身影在向东奔跑。

在民主路上，甘科伟紧追不舍，过往行人纷纷给他让路。很快，甘科伟距离那个黑影越来越近。

到了民主路小学门前，甘科伟大喝一声："站住！"

那嫌疑人回头一看只有一名警察，并不买账，继续向东逃窜。很快，前面出现一条巷子，巷口有一棵巨大的龙眼树。嫌疑人一转身，从龙眼树下钻入巷中。

人们常说，有些事是冥冥之中注定的。那个嫌疑人进入了这条小巷，就像进入了一张网，插翅难逃。

嫌疑人根本没想到，这条很不起眼的小巷是一处神奇的地方。这条小巷在当地市民心中已被神化，出现了各种传说，其中流传最广的是，做过坏事的人不能进入这条小巷，只要进去了，要么走路摔跟头，要么被抓。

嫌疑人进入小巷中，甘科伟在后面追赶，同事小潘接到甘科伟的支援请求后，立即从巷子另一头的建政路赶过来，两名巡警一头一尾，把嫌疑人堵死在巷子中。

甘科伟说：“跑？你能跑到哪儿去？怎么不跑了？继续跑啊！”

嫌疑人负隅顽抗，掏出弹簧刀，不让两名巡警靠近。

甘科伟出其不意，一个飞脚踢掉嫌疑人手上的刀。接着，两名巡警轻而易举控制了嫌疑人。对于巡警来说，处理这样的突发情况是家常便饭。

甘科伟和小潘把嫌疑人控制起来。两人不经意间一抬头，看见巷子的墙壁上有几个字，不由大吃一惊。

原来，这条小巷看似寻常，却是名震南宁警界的“英雄巷”，当地居民也称之为“劳军巷”。此巷极普通，比较偏僻，也很狭窄，宽约 3 米，但在南宁警界却很有名。

8 年前，在这条小巷发生了一桩悲壮的故事。

这条小巷原本默默无闻，东侧是机械工业厅大院，西侧是民主路小学。因北接民主路，南通建政路，当地居民都称这条小巷为“民建巷”。

1996 年 9 月 14 日，晚上 11 点左右，南宁市公安局永新分局刑侦大队缉毒警察劳军，在外执行任务后回家，途经民主路小学附近时，看到一名歹徒抢劫一名女青年的皮包。歹徒得手后，趁着黑暗逃入了民建巷。

当时，劳军身着便服，未携带任何武器，但他毫不犹豫，不顾个人安危，骑着摩托车，从民主路冲进小巷。

在追至巷内 50 多米的地方，劳军将歹徒撞翻在地，然后跳下车，与歹徒搏斗。劳军很快将歹徒制服在地。

突然，歹徒竭力挣脱，从身上拿出一把不锈钢折刀，凶狠地向劳军刺来。劳军赤手空拳，毫不畏惧，与歹徒搏斗。

最后，劳军不幸被歹徒刺中胸部。歹徒连刺三刀后，匆忙逃跑。

劳军捂着伤口，继续追击歹徒。

后来，人们发现，劳军负伤追击歹徒时，鲜血流在小巷的路面上，留下了一条 30 多米长的血迹。

因流血过多，劳军壮烈牺牲，时年 27 岁。

劳军倒下后，身上的 BB 机不停地呼叫。家里的亲人一直在等他回家。可是，任由亲人怎么呼唤，劳军也回不来了。

1996 年 9 月 17 日，南宁市公安局将杀害劳军的凶手抓捕归案。

这是一段南宁警界口口相传的英雄故事。在劳军牺牲的地方，经常有人摆放鲜花，燃烧香烛，墙壁上写着：劳军烈士永存！

甘科伟和同事小潘制服窃贼后，才发现这里就是劳军烈士牺牲的地方。两位巡警并排站立，取下警帽，恭敬地向英雄牺牲处三鞠躬。

第六章　金光农场

（一）初到农场

在南宁市公安局巡警支队工作半年后，2004年4月，甘科伟被调到永新分局（今西乡塘分局）。

在安排岗位时，分局最偏远的金光派出所需要一名民警。甘科伟毫不犹豫地对领导说："派我去金光吧，那里和我的家乡扶绥比较近。我是扶绥人，听得懂那里的方言，方便工作的开展。"

分局的覃政委看到这个年轻小伙子有股闯劲，心里高兴，不过还是先把金光派出所的实际情况如实告诉甘科伟，好让他有思想准备。

覃政委说："金光派出所位置偏僻，我们称之为'边地'，那里是南宁市最边远的一个派出所，所里条件艰苦，各种配套设施暂时还跟不上。实话告诉你，那里就是个乡村派出所，你到那里去，生活和工作各方面，可能要吃很多苦。"

甘科伟说："我愿意到最艰苦的地方去锻炼。"

覃政委看到甘科伟的态度很坚决，对他十分欣赏。覃政委一下子就记住了这个小伙子，同意了甘科伟的请求："金光金光，是金子总会发光的。到了金光之后，肯定会遇到许多意想不到的困难，但你要时刻记住，我们是人民警察，有困难就要想办法去克服。"

"请领导放心！再大的困难我也会克服的！"甘科伟向覃政委敬礼辞行。

带着永新分局的介绍信，甘科伟来到位于南宁市最西部的金光派出所报到。甘科伟尽管在心里早就做好准备，但当来到金光派出所时，他才发现眼前的一切比想象中还要简陋。

金光派出所距离南宁市区 60 多千米，交通十分不便。每天上下午各有一趟中巴车从北大客运站（注：该站 2013 年停用，搬迁至西乡塘客运站）开往金光农场。从南宁出发，首先要从大学路至石埠镇，然后沿 324 国道，途经金陵镇扶照收费站（注：此站于 2016 年 1 月撤销），再前往金光派出所。

这条路路况奇差，连简易的乡村公路都不如，每有车过，黄尘翻滚，灰土飞扬。

甘科伟在北大客运站买了票，上了中巴车，经过两个多小时的颠簸，辗转来到金光农场。

金光派出所民警韦春强来到车站迎接甘科伟。两人见面后，韦春强幽默地说："欢迎来到遍地金子的地方。"

甘科伟也笑着说："可不是嘛，我刚刚走过尘土飞扬的金光大道（注：街道名称）。"

韦春强接过甘科伟的行李，放到了一辆很破旧的警车上。韦春强说："这辆警车，你别看它很破，它可是我们所里唯一的四轮车。"

甘科伟感到疑惑，问："那你们平常巡逻怎么办呢？"

韦春强说："徒步啊，对了，所里还有自行车，那也是我们的交通工具。"

韦春强开着警车绕了半天，终于进入农场里的一间院子，大门口挂着两块牌子，一块牌子上写着"金光招待所"，另一块牌子上写着"金光派出所"。

甘科伟感到很疑惑。韦春强解释说："我们金光派出所没有自己的办公场所，于是租用金光农场招待所里的几间客房办公。所里的单身汉，每人一间宿舍，你是新来的，也给你准备了一间。"

"真是不错，比起警校里八人一间的宿舍，简直是天堂了。"

"你可别高兴得太早，办公室就在隔壁，也就是说，我们上班的时间是24小时，没日没夜的，一有警情，随叫随到。"

甘科伟说："下班了也没事，闲着也是闲着。"

金光派出所原本共有5名警务人员，加上甘科伟一共6人。所长黄芝棱集合全体民警，举行了简单的欢迎仪式，向甘科伟介绍了各位同事，重新划分了各人的管理片区。

金光农场创建于1955年，为大型国有企业，占地面积16万亩，以蔗糖产业为主。金光农场总部就像一个小社会，糖厂、饲料厂、淀粉厂、学校、医院、加油站、商店、农贸市场、办公大楼、幼儿园、招待所等应有尽有。

这里有来自宾阳、武鸣、合浦等地的人，还有许多本地的农民。农场里有百货商店、国营粉店，周边的小商贩又共同组成了一个小市场。其中，卖服装的商贩主要来自坛洛、金陵镇，卖猪肉的商贩主要以坛蓬村的人居多，卖鱼的人都是上中村的渔民。

金光农场外来人口众多，治安情况比较复杂。

第二天早上，甘科伟在招待所食堂用过早餐，想在上班之前去街上转转，熟悉一下周围环境。他穿上便衣，来到金光农贸市场。

农场职工的家属陆续来到市场买菜。他们不停地在各个摊位寻觅，货比三家，寻问价格，与菜贩们讨价还价，全然不知道在他们身后有一双骨碌碌的贼眼已盯上了他们的钱包。

警察寻找窃贼，窃贼寻找钱包。通常情况下，小偷的眼睛是十分灵活的，他们既要寻找钱包，也要提防便衣警察。对于小偷来说，早上的菜市场相对安全，因为便衣警察不会这么早巡逻。

甘科伟一双锐利的眼睛警惕地巡视着菜场里的每一个人。买菜的人行走的速度比较慢，走走停停，眼睛看着菜摊。窃贼却是东张西望，一旦发现目标，马上会环顾四周，然后尾随在目标身后，伺机下手。

一名中年妇女正在挑菜，她没发现，一个可疑男子趁其不备，已用长镊子悄悄从她的提包里夹走了钱包。就在这个男子准备逃跑时，双手被一个人死死抓住。甘科伟从腰间摘下手铐，麻利地把他铐上了。

男子并不甘心，问："你是谁，凭什么抓我？"

甘科伟把那名买菜的妇女叫过来，问她提包里是不是丢了什么东西。

妇女一翻提包，大惊道："我的钱包不见了。"

甘科伟从男子的怀里取出钱包，对妇女说："看看，这是不是你的？"

妇女一看，正是自己的钱包。她愤怒地质问男子："年纪轻轻，你怎么能做这种事？缺德不缺德？”边说还甩了两巴掌。

甘科伟连忙制止她，然后将两人带至派出所做笔录。

韦春强看到甘科伟铐了个人进来，就对那男子说：“怎么又是你？当真是老油条，屡教不改。”

男子哭丧着脸，说：“警官，你们的人我都认识啊，可这位警官却没见过。”

韦春强说：“我告诉你，我们还有很多警官你都没见过。你最好老实点。”

（二）乡村骑士

金光派出所里只有一辆警车。因为下乡办案时缺少必要的交通工具，甘科伟产生了购买一辆摩托车的想法。当然，他刚开始工作，买不起新车，只能考虑买辆二手车。也是凑巧，2002 年，南宁市颁布了禁摩令，于是很多摩托车车主开始处理自己的摩托车。

金光市场有一个二手摩托车店铺。周日，甘科伟和韦春强穿便装一起上街。甘科伟看中了一辆性能不错的二手五羊本田 125 摩托车。车铺金老板开价 5000 元。

韦春强帮甘科伟还价。他说：“老板，你抢钱啊？南宁已经开始禁摩，你这价也太高了，我看 3000 元差不多。”

“兄弟，我们也没什么赚头，这么好的车，若不是禁摩令，谁舍得卖啊。”

甘科伟说：“这样，各让一步，取中间价，4000 元。”

金老板说："看这位兄弟诚心想买，那就割爱。4000 元成交。"

甘科伟掏出钱包，发现还差1000元，对韦春强说："借我1000元，下个月发工资还你。"

韦春强掏出 1000 元给甘科伟，悄悄对他说："你也太老实了，明明 3000 元就可以拿下来的。"

甘科伟知道韦春强的意思。只要穿上警服，不要说 3000 元，就是 2000 元都能买。其实，韦春强也只是说说而已。两人都知道，身为警察，绝对不可以这么做，这是警察的原则和底线。

而事实呢，正如甘科伟预料的那样。

一天，甘科伟和韦春强又来到市场上巡逻，刚好走到二手车铺前。金老板认出这两名警官正是前不久来买车的年轻人，一时间不知道怎么办。心想，不知道他们今天过来是不是来找麻烦的。慌乱之中，金老板立即从车铺里拿出一个红包，对甘科伟说："警官，上次那车，您买贵了，这是退给您的 1000 元。"

甘科伟拒绝道："金老板，您不用这样，我们是人民警察。那辆车都办好手续了，不用退了。"

金老板言辞恳切，坚决要甘科伟收下红包："警官，我上次真不知道你俩是警察。你们在为人民服务，给你们优惠也是应该的。"

"我们警察有自己的原则。我们绝对不会收这钱，但我们需要您帮助我们做一件事。"甘科伟说。

"不要说一件事，为你们做十件事都愿意。"

"希望您遵纪守法经营，如果发现有来历不明的摩托车，请立即向我们派出所报告。"

"这个我一定做到。"

金老板望着两名民警离去的背影，一时感慨万分，心想，真是好警察。

甘科伟买了摩托车之后，下乡办案就方便多了。金光派出所周边都是乡村，村民以种植甘蔗为主。如果在一望无际的甘蔗林里穿梭，骑摩托车会比步行快很多。

为构建和谐的警民关系，在金光农场一些主要地段的墙上，都写着“有困难，找警察”的字样。群众也是事事找警察，在他们心中，警察就像“超人”一样。城市里还有消防员可以解决一些实际困难。在基层派出所，警察真的堪比“超人”，一旦群众遇到困难，事无巨细，民警都要想尽办法去解决。

在金光农场，百姓发现家里进了蛇也会报警。甘科伟接警后，立即开着摩托车飞驰赶到。他捕蛇经验很丰富，基本上不用工具，徒手就能捕捉。但是，有一种情况会比较麻烦，就是摘马蜂窝。

很多人可能会觉得奇怪，警察还要干这种事？没错，基层民警就得当“超人”。

一般来说，城市里摘取马蜂窝都是请消防员来帮忙，他们有专业的防护工具，很安全。基层派出所的民警不一样，群众报警说马蜂伤人了，请求摘马蜂窝。即使没有工具、没有防护服，也不能退却，因为警察就是要帮助人民群众解决各种问题。

甘科伟是挖掘地蜂的行家，但现在面对树上的马蜂窝，他感到束手无策。

没有专业防护服，甘科伟决定用雨衣改制一件，把摩托车的头盔、做家务的防滑手套都利用起来，用两层纱网做成头罩。这样做出来的防护服虽不美观，但防护效果不错。

除了这些琐碎的事，村民们一些常见的家长里短的纠纷也要找民警来解决。

那一段时间，甘科伟经常骑着摩托车下乡办案。

在金光农场的一些乡村小道上，一边是一望无际的甘蔗林，一边是奔驰的年轻民警，这一幕成为金光农场最美好的画面。

来金光派出所已经有一段时间了，甘科伟一直忙于基层警务，好长时间都没与黄婧婧联系。所里虽然也有电话，但那是公务用的，而且旁边有同事，说话也不太方便，所以他决定去买部手机。新手机太贵，甘科伟想了又想，还是舍不得买，就转到市场买了部二手诺基亚手机。

甘科伟想，有了手机，片区村民就能随时找到他，而且和黄婧婧联系也方便多了。

“婧婧，在干吗？”

“我看书呢，能干吗。你今天这么有空？没下乡办案？”

“哪有那么多案子。天下无贼不好吗？”

“你都好长时间没来看我了。”

“我明天休息，上午就去看你。”

“那好，到了之后打电话给我，我去校门口接你。”

次日上午，甘科伟换了一件崭新的白衬衫，精心打扮一番，开着摩托车离开金光农场。

时代在日新月异地发展，但从金光到南宁的324国道却一直尘土飞扬。这条路是二级公路，从南宁到金光只收费8元钱。那些希望省点钱的货运车辆都挤到这条道上来了。车辆一多，整条路雨天泥泞不堪，晴天尘土飞扬。

甘科伟花了两个多小时，终于从金光农场来到广西民族学院的大门前，看见早在等候的黄婧婧。

黄婧婧一头披肩长发，上身穿一件简单的束腰白色针织衫，下身穿一条淡蓝色的牛仔裤，楚楚动人，全身洋溢着青春的气息。

但是，黄婧婧没有认出甘科伟。甘科伟把摩托车停在她的面前，变着声音问："美女，坐摩的吗？"

黄婧婧还在东张西望："对不起，我在等人，不坐摩的。"

甘科伟摘去头盔，黄婧婧愣了一下，这才回过神来，拍了一下甘科伟："你这是怎么了？浑身像个泥人似的。你们那个金光派出所在泥地里吗？"

"我们派出所那里是一望无际的甘蔗林，干净得很呢，下次我带你去。"

"干吗要等下次？我们现在就去。"

"你明知道灰尘很多，还要去？"

"你都无所谓，我当然不在乎。出发吧。"

说着，黄婧婧直接跨到摩托车后座上，双手从后面紧紧抱着甘科伟。

多少年来，两个恋人第一次如此亲密接触。黄婧婧把头埋在甘科伟背上，她感受到他内心的喜悦与激动。

那一刻，甘科伟也陶醉了。他把头盔摘下来，戴在黄婧婧的头上。黄婧婧问："你怎么办？"

甘科伟说："你安全了，我也就安全了。"

黄婧婧说："那你开慢一点。"

从广西民族学院一直向西，过了扶照收费站不久，向南拐弯，就进入茫茫无际的甘蔗林了。

黄婧婧第一次看到大片的甘蔗林，觉得不可思议，感慨不已。

看到四下无人，黄婧婧情不自禁高声说：“啊，甘蔗林，我爱你！”

甘科伟说：“考你一下，还会背郭小川的《青纱帐——甘蔗林》吗？”

黄婧婧说：“谁不会，你忘记了？这可是我中学时代文艺演出时的保留节目。我先来一段——

这里却是南方，而不是遥远的北方；
北方的高粱地里没有这么甜、这么香！
这里却是甘蔗林，而不是北方的青纱帐；
北方的青纱帐里没有这么美、这么亮！”

甘科伟接着朗诵：

“北方的青纱帐哟，常常满怀凛冽的白霜；
南方的甘蔗林呢，只有大气的芬芳！
北方的青纱帐哟，常常充溢炮火的寒光；
南方的甘蔗林呢，只有朝雾的苍茫！”
……

黄婧婧说：“你忘词了吧？”

“惭愧，有点接不上来了。”甘科伟拉着黄婧婧的手说，“我们到甘蔗林里走走吧。”

那天下午，阳光特别温暖、特别明亮，整个甘蔗林里都是甜蜜的气息。

后来，同事韦春强问甘科伟：“奇怪，以前没见你啃过甘蔗，现在怎么喜欢吃甘蔗了？”

甘科伟说：“废话。我姓甘，当然喜欢吃甘蔗了。”

甘科伟脸上洋溢着甜蜜的笑意。韦春强却一头雾水，想不明白。

那是一段生长在无边无际甘蔗林里的爱情呀，还有什么比这更甜蜜呢。

（三）耕牛失窃案

甘科伟对信息研判的实践是从金光派出所开始的。

十几年前，电脑虽然已普及，但在边远的金光派出所，只有一台电脑。甘科伟利用业余时间，把辖区内的村屯、人员、农具和村道、乡道、路口等信息，全部录入电脑。这样除了方便管理外，还能用于分析与研判。

研判，简单来说，就是对已知信息的精确推理与判断，也称信息研判。今天，信息研判已经成为一门重要学科，在公安部门侦破案件中发挥着重要作用。甘科伟后来成为南宁公安系统首屈一指的信息研判专家，和他早年对信息研判的兴趣分不开。

金光派出所与甘科伟共事的韦春强警官回忆道：“甘科伟非常热爱计算机。他具有超前的创新意识，特别是在信息处理这一领域，他一直做得很好。他当年在金光派出所做的信息化处理工作，正是后来公安部要求的公安基础信息化的最初实践。”

根据金光派出所的片区划分，韦春强主要负责金光农场的治安工作，甘科伟管辖的片区则是700多人的金光糖厂，还有周边的坛蓬、草塘等乡村。

在收集信息的同时，甘科伟改变传统的工作方法，召集村委队（屯）长开座谈会，开展警务联动工作。村屯里如果发生什么事，队（屯）长要在第一时间上报，并要做好现场保护等工作。同时，甘科伟将自己的手机号码公布在自己管辖的片区，让村民能随时找到他。

甘科伟创建的警民合作新模式，给金光派出所带来了一股清新之风。由于工作效果特别好，后来领导在全所推广此模式。

甘科伟在金光派出所工作期间，处理过几起村民耕牛被盗事件。

草塘村这一带，因位置偏远，民风淳朴，路不拾遗。每户村民家中都有一头耕牛，用来犁地、拉货、运送甘蔗。可以说，耕牛就是一个家庭的经济支柱。草塘村的村民对耕牛也是关怀备至，晚上让耕牛吃饱喝足后，就系在牛棚里。牛棚比较简陋，基本上就是个棚子，有的连墙都没有。

一天，村民老何起了个大早，准备牵牛去运甘蔗。他来到牛棚时，大吃一惊，耕牛不见了。当时，老何并没有多想，只是认为耕牛可能跑到外面吃草去了。以前也曾发生过一次，牛绳没系紧，耕牛就走出去溜达。但溜达归溜达，吃饱喝足，耕牛还是会自己回来的。

老何到周围地里寻找，没见耕牛，再到村庄各处寻找，还是没找到。

耕牛是老何家的命根子，现在不见了，老何坐在村头号啕大哭。

村民们闻讯赶来，问明情况后，大家心里不踏实，纷纷回家查看牛棚，看看自家耕牛是否还在。

不一会儿，村民老莫家也传来悲凉的哭声："哪个天杀的，把我家牛偷走了！”

老莫是村里的低保户，妻子没有劳动能力，家徒四壁，这头耕牛是全家唯一的财产。

一夜之间，两头耕牛不见了，村里还从未发生过这种事。两户村民觉得哭解决不了任何问题，就请全村人帮忙，四处找牛。

村里人正准备收甘蔗，正是忙碌的时候，但找牛这事还是得帮，因为说不定哪天自家牛不见了，也要请人家帮忙寻找。于是整个村子的人都放下手里的活，到处找牛。

一天下来，全村人走遍了附近的山地、河沟、蔗田、树林，都没有发现耕牛的踪迹。天色已晚，怎么办？

一村人无计可施，商量之后，有人想了一个办法，那就是请“仙婆”，也许能问出点名堂。

在边远的农村，村民遇到重大事项，诸如婚丧嫁娶等，仍喜欢找“仙婆”算上一卦。

村民请来“仙婆”之后，好吃好喝招待，然后杀鸡取骨，让她进行占卜。

鸡骨卜是南方较常见的民间问卜方式。“仙婆”抽出鸡的胯骨，用牙签在上面一番捣鼓，喃喃自语。然后睁开眼睛，说：“你们的耕牛被牛魔王牵走了。”

老何与老莫问：“牵哪儿去了？我们的耕牛能找回来吗？”

“仙婆”说：“要知详情，每人付 50 元。”

当时 50 元对于村民来说，是一笔不小的开销。但是为了找回耕牛，两人咬咬牙，掏出钱来给“仙婆”。

“仙婆”接过两张 50 元，收下放好。这才悄悄告诉他们：“牛魔王去了哪里，这是天机，不能泄漏。但是，你们的牛是找不回来了。”

“仙婆”见好就收，拍拍屁股一走了之，只留下无奈的村民们。

怎么办？全村人再一商量，想到去派出所报警，或许还有一线希望。

当天晚上，老何与老莫来到金光派出所报案。

接警的是甘科伟。他认真听取了两名村民的陈述，迅速把案情向黄所长汇报。黄所长说：“群众的利益高于一切。耕牛是农民的命根子，我们要给村民们一个满意的交代。”

黄所长当即让甘科伟去查这起盗牛案。甘科伟领命，立即开着警车和两名村民一起来到草塘村，查看现场。

草塘村，昔日路不拾遗的村落，现在变得人心惶惶。村民们加固了自家的牛棚，有的村民甚至忍受着恶臭，搬到牛棚睡觉。

村民的紧张情绪给甘科伟带来不小的压力。他首先分析了当地的地理环境。村民介绍，以前草塘村因地处偏远，很少有外地人进来，丢失耕牛的事从未发生过。现在，草塘村通往外面的道路修通了，给一些不法分子带来可乘之机，他们开始瞄上这个淳朴的村庄。

村民家中本不富裕，也没什么好偷的，唯一值钱的只有耕牛，这就成了犯罪分子的首要目标。

甘科伟判断，草塘村是一个偏远的村庄，一般人并不熟悉村里的道路，也不知道村民的耕牛放在哪里。这说明，盗牛者对村里的情况有所了解。同时，本村人作案的可能性基本可以排除。那么，盗牛者一定来过村里，要么是走亲戚，要么是路过村庄。总之，此人肯定来村里探过路、踩过点。

时间紧迫。甘科伟请村主任把全村人召集起来开会，请大家回忆三件事：

第一，最近村里有没有人来串门走亲戚。

第二，最近有没有外地人来村里做过零工。

第三，最近有没有见过其他陌生人来过村里。

村民一边回忆，一边相互交流，确认最近没有外地的亲戚来串过门，也没有请外地人来做零工。

这时，有个村民突然想起一个情况："甘警官，前两天有个货郎骑着自行车来村里卖东西。村里人都知道。"

甘科伟一听，心里马上有了底。这个货郎具有作案嫌疑。

仅过了一夜，坛蓬村的一个村民大清早前来派出所报案，他们村也被人偷了两头耕牛。

甘科伟立即去到坛蓬村查看现场，发现情况和草塘村类似。甘科伟判断，两村的盗牛案可以并案处理，应该是同一伙人干的。更重要的是，坛蓬村的村民也反映，白天看到一个骑自行车的货郎到村里来过。

这样一来，这个货郎已成为重大嫌疑人。甘科伟立即将案情逐级上报，请求上级部门、永新分局给予支持。

很快，在分局刑警大队的快速行动下，货郎白某被抓获归案。一开始，白某百般抵赖，拒不承认盗牛的事实。警方从他身上搜出铁证——一本记录本，白某这才无话可说。

原来，嫌疑人白某利用"货郎"的身份，白天到各个村寨踩点，观察农户的牲畜喂养、看守情况，确定作案对象和行动路线。关于各个村寨的道路、路口、行走路线，以及哪家的耕牛最易得手等，他都用本子详细记录下来。

白某准备充分，所以作案时得手很快。他基本上都是在凌晨三四点悄悄来到村里，将农户家里的牛牵走，与前来接应的另一案犯共同把牛赶上车，到外地市场倒卖。好在时间不长，被偷的耕牛这几天都还在转手交易中，还没被屠宰，都顺利找回了。

甘科伟在协助分局的刑侦部门侦破金光耕牛被盗等案件表现出的卓越信息研判能力，很快引起了分局领导的重视，特别是参与侦破案件的分局刑警大队梁显修教导员，他对甘科伟的信息研判能力十分赞赏。当时，信息研判学科还处在起步阶段，但已在案件侦破过程中显示出重要性。

其时，永新分局刑侦大队，特别是刑侦中队，急需研判人才。梁显修教导员在得知甘科伟在大学里学的是刑事技术专业后，立即向分管刑侦工作的黄副局长汇报，请求调动甘科伟，将其作为信息研判的新生力量补充到刑侦中队。黄副局长看完甘科伟的情况介绍后，觉得这样的人才难得，从培养一支研判队伍的角度考虑，当即批准了梁显修的请求。

无论是黄副局长，还是梁教导员，都没有想到，他们调回来的，不只是一名智勇双全的优秀刑警，日后还成长为全国公安系统顶尖的信息研判专家。

甘科伟接到调令的第三天，准时来到南宁市公安局永新分局报到。

从此，甘科伟开始了惊心动魄的刑警生涯。

第七章　刑警出更

（一）初入刑侦队

2004年8月，甘科伟离开了生活和工作近半年的金光派出所，来到南宁市公安局永新分局报到，被分配在刑侦大队。

永新分局缺少刑事技术人才，甘科伟是分局考察和培养的重点对象。某天，被誉为“南宁名探”的刑侦大队副大队长覃力碰到甘科伟，就和他闲聊。

覃力看到眼前的小伙精明利落，知道他学的是刑事技术专业，又有散打功底，觉得他是做刑侦技术不可多得的人才，就拍了拍甘科伟的肩膀说：“素质不错，好好干，争取做新一代的福尔摩斯。”

刑侦技术这项特殊工作，不是什么人都可以干的，即使你进入了这个行当，若是在业务能力上稍有欠缺，也有可能被淘汰。因此，刑侦大队里侦查、技术等部门汇集了各路高手，他们都身怀绝技，破案时各显神通。

甘科伟要想进入刑侦大队，领导推荐只是进入刑侦大队的第一步，接下来，还有半年的考察期，合格则正式调入刑侦大队，不合格则退回原单位。

当时，永新区是南宁市最大的城区。永新分局刑侦大队位于今龙腾路与新阳路交叉口。这是一幢陈旧的六层办公楼，从外观上看空间十分狭窄。甘科伟的办公室位于二楼。没人会想到，如此简陋的楼房却是藏龙卧虎的地方，是永新区许多大案要案的指挥中心。

甘科伟来到刑侦大队，意想不到地在这里遇到了警校的同学唐钟魁。唐钟魁警校毕业后，也通过了公务员考试，进入刑侦大队工作。现在，大学里的两位好友聚在一起，算是并肩战斗了。

刑侦大队办公楼的六楼是刑侦人员宿舍，八个刑侦队员共用一个房间。虽说拥挤，但大家觉得，只要齐心协力把案子破了，生活条件差点不是什么大事。

甘科伟进入刑侦大队之后，虚心向老同志请教。教导员梁显修对甘科伟进行了必要的培训，在心理和业务上给予了他很大的帮助。梁显修说："当初，是我极力推荐的你，但我不知道把你调到刑侦大队来是不是有些自私。刑侦工作又苦又累，一有命案发生，刑侦人员就得在第一时间出现在现场。你面对的将是血腥场面。你在金光派出所时，接触的都是些鸡毛蒜皮、家长里短的纠纷。以后的工作中，你会渐渐发现，在我们刑侦队面前，那些纠纷根本不算个事，我们面对的几乎都是刑事案件，你要有心理准备。"

甘科伟说："请梁教导员放心，我学的就是刑事技术，我希望能学有所用。"梁教导员说："这样我就放心了。要成为一名合格的刑侦队员，首先要过的第一关就是心理关。我们需要一个勇敢、坚强、冷静的刑警，需要一个'泰山崩于前而色不变'的出色刑警。"

梁教导员兼任心理辅导员。他有一间心理辅导室，正式名称是“反恐心理训练室”，可队员们都称之为“梁氏鬼屋”，那里是专门用来训练刑警心理承受能力的地方。

电影、电视里的刑警面对各种惨不忍睹、血淋淋的凶案现场时，个个旁若无人，镇定自若。这是真的吗？是真的。

一方面，刑警心里有坚定的理想信念；另一方面，他们都经过严格的心理培训。

一天，梁教导员指着一幢平房，对甘科伟说：“那间屋子就是我的心理训练室。他们都叫它‘鬼屋’。”

甘科伟说：“梁教导员，我在大学受过这方面的心理训练。”

梁教导员说：“你学的那些只是皮毛。你现在是刑警，将会面对各种凶案现场，如果没有过硬的心理素质，怎么开展工作？”

甘科伟说：“我喜欢挑战，准备试试。”

梁教导员说：“我在那个屋子里放了一把手枪。从今天起，你去找枪，时间不限，哪天你找出来了，就算合格。”

甘科伟说：“我多来几次，翻天覆地查一遍。这很难吗？”

梁教导员说：“难不难，你自己进去就知道了。”

甘科伟并没有把那间“鬼屋”当回事。他进去之后才知道，自己在梁教导员面前过于自信了。

这间心理训练室有着幽暗的灯光、曲折的迷宫，加上恐怖的音乐，营造出一种阴森恐怖的氛围。更可怕的是，摆放着的大玻璃缸里装着用福尔马林浸泡着的各种人体器官（注：仿真器官，但受训者并不知道）。

说到胆量，甘科伟在学校也训练过，比如到坟地走夜路什么的。

可现在，他觉得毛骨悚然，每往前走一步，都是在挑战他的神经。不要说找手枪，就是走完全程都不是件容易的事。

室内的投影屏幕上，都是高清的、血淋淋的凶案现场，全部都是当时现场的勘查实录。

甘科伟第一次看到尸体支离破碎的场面时，当场呕吐。他受不了，只想出去，可转念一想，自己已对梁教导员夸下了海口，现在不但没找到手枪，还想当逃兵，梁教导员说不定正在门外等着看笑话呢。现在既然做了刑警，如果不学会克服这些心理上的不适应，将来如何去勘验现场？原来，刑警工作远不是自己想的那么简单，自己就没越过这第一步心理素质关。

甘科伟先闭着眼睛对着投影屏幕，等待第一遍播放结束。第二遍时，他可以睁开眼了。第三遍时，他已经没有想呕吐的感觉。不知看了多少遍，甘科伟终于可以平静地看完屏幕上的全部内容。

让甘科伟没想到的是，“鬼屋”里还有模拟的案发现场，场面还原极其真实。在找枪的过程中，甘科伟不断地看到人体的各种器官，上面还有黏糊糊的血液。他从来没接触过这些东西，在学校时，也只是看到一些照片而已，可现在却是实实在在的“凶案现场”。

好在甘科伟立即反应过来，他闻了闻，发现那不是血的味道，而是颜料的气味。甘科伟舒了一口气，心想，这仿得也太逼真了。

除了投影屏幕上的图像是真的，“鬼屋”里其他的人体器官都是仿真的。训练室将反恐现场的血腥、恐怖等场景，结合声光电制造出强烈的感官刺激，让受训人在高度紧张、毛骨悚然的环境里，感受凶案现场的氛围。

每一名优秀的刑警都需要经过这些基本的训练。为了找到那把隐藏的手枪，甘科伟花了将近一周把那些血腥的“断肢残臂”前后翻了数遍。这个过程锤炼了甘科伟的心理素质，并提高了他在黑暗、恐怖、压抑的环境下细致搜索、快速发现的实战能力。

一周时间过去了，甘科伟还打算继续找那把手枪。

梁教导员说：“别找了，里面根本就没有什么手枪。”

甘科伟说：“教导员，我已经把里面翻了个底朝天。”

梁教导员说：“我们的主要目的不是要你去找手枪，而是提高你的心理素质。以后，我们会经常遇到这些血腥场面。我们的职责就是把躲藏和隐蔽起来的凶犯揪出来，绳之以法，维护社会的公平与正义，还受害者一个公道。”

听完，一种强烈的使命感与正义感在甘科伟心中油然而生。

为了让甘科伟尽快适应刑侦工作，提升实战技能，梁教导员带着甘科伟来到一处靶场进行实弹射击训练。

梁教导员说：“我们平时要求刑警在处置突发事件时必须配枪。因此，枪械训练是必备的一课，身上配枪，可以增加对犯罪嫌疑人的威慑力。有时，我们面对的是一些凶恶残暴的罪犯，我们可以用枪制止暴力犯罪。你一定要学会熟练用枪，尽快通过考核，取得持枪证。”

以前在警校时，甘科伟也进行过枪械训练，但因为学员太多，他总共也没摸过几回枪。现在，梁教导员亲自示范，从取枪开始，一步一步给甘科伟讲解装弹、出枪、上膛、据枪、瞄准、击发等动作。

梁教导员把自己在实战中使用枪械的宝贵经验毫无保留地传授给甘科伟：“据枪一定要稳固持久，瞄准时注意准星、缺口的平正一致，击发时，用右手食指第一节均匀正直地向后扣压扳机。这三者是准确射击目标的关键，也是平常训练的主要内容。”

整整一上午，甘科伟都在做着枯燥的举枪瞄准动作。重复多了，固定久了，肌肉才会有记忆，每次一握枪，全身肌肉就会立马配合起来，在一定的位置固定住。为强化肌肉记忆，甘科伟在手臂上悬挂了两块砖头，再举枪，再瞄准，如此反复，汗水早已湿透衣襟。

在梁教导员的指导下，甘科伟将 5 发子弹压进弹夹，装进枪膛。砰、砰、砰、砰、砰，靶场上响起了清脆的枪声。

甘科伟握着六四式手枪，面对 25 米远的靶子，开始了严格的射击训练。可喜的是，甘科伟的第一枪就打在了靶上，总成绩为 5 发 46 环。这得益于他坚持多年练习散打功夫，手臂的劲很足，这对射击训练有很大帮助。

有时，甘科伟会和唐钟魁一起来到靶场训练。在警校时，他们就是无话不说的好朋友。现在，他们朝夕相处，更是亲密无间。

“科伟，现在和婧婧谈得怎么样了？”

“前一段时间，我在金光派出所时跟她见过几次面。现在我刚调过来，有很多材料要看，还没来得及告诉她呢。你呢，有女朋友了吗？”

“前不久刚处了一个，哪天把婧婧约出来，我们四个聚一聚。”

“行，我打个电话给婧婧。这些日子，她好像一直在忙考公务员的事，我也敢没打扰她。不知道现在怎么样了。周日我们去中山路聚一聚呗。”

说完，甘科伟拿出手机打给黄婧婧。

甘科伟说：“婧婧，我回到南宁了。”

黄婧婧说：“这么久没消息，你去哪儿了？”

“你不是忙着考公务员吗？我哪敢分你的心。”

“告诉你，我已经通过考试了。”

“祝贺你！准备去哪个单位呢？”

“这个……正在实习期呢。你回南宁办事吗？”

“不是，我刚调到永新分局。”

“是吗？这么大的事，你也不告诉我？”

“我现在也还在考察期，合格了才能正式调动。万一不合格，我还得回金光派出所。你还记得唐钟魁吗？就是我大学同学。我们现在住一个宿舍。他也有女朋友了。周日中午，我们去中山路吃生蚝怎么样？”

“好啊，我们周日见。”

周日中午，甘科伟、唐钟魁换上便装来到中山路。不一会儿，钟魁的女朋友小刘也到了，大家相互认识了一下。三人来到一家生蚝店等候黄婧婧的到来。

中山路是南宁著名的特色小吃街，各种地方美食五花八门，尤以经营生蚝的店铺最多。每天傍晚过后，中山路上都挤满了全国各地慕名而来的食客，他们最过瘾的一件事，莫过于对着满桌新鲜的生蚝大快朵颐，滴上几滴柠檬汁，柔软的蚝肉和着一些秘制的佐料一起滑入口中，那滋味实在是很爽畅。同时，中山路也是南宁市民日常聚会、小酌叙旧的地方。

不一会儿，黄婧婧赶来了。当黄婧婧出现时，三个人都愣住了。

黄婧婧一身警装，满面微笑，望着三个发呆的人说：“干吗这样看我？”

甘科伟一脸疑惑地问黄婧婧："你这是……"

"我女朋友小刘。"唐钟魁则连忙向黄婧婧介绍女友，接着又向小刘介绍，"这是科伟的女友婧婧。他俩的故事很浪漫，简直可以写一部书。"

黄婧婧对甘科伟说："你那么喜欢当警察，从中学时代就经常在我耳边唠叨，说警察这个职业崇高，又充满正能量，听得我耳朵都起茧了。"

唐钟魁打趣道："这么说，你是爱屋及乌了。"

黄婧婧回道："你才是乌呢。我现在是一名交警啦！你们以后开车可要小心，如有违章，我可是要开罚单的哦。"

唐钟魁拱手道："Madam，求求你，手下留情啊。"

四人哈哈大笑起来。

甘科伟却始终不敢相信眼前的事实。黄婧婧是自己从高中时候就认识的女孩，性格比较文静、内敛，按照一般人的想法，毕业之后应该舒舒服服坐在办公室上班的。现在，她一身警服，整个人的气质完全变了，原来是温柔、漂亮，现在却是英姿飒爽，精明干练。

甘科伟看呆了。

黄婧婧对甘科伟说："发什么呆，快点菜啊，我下午两点还要去接班呢。对了，从现在起，你一有空就要来看我。"

"这么好的事，我当然愿意。"

"你可别乱想。我是让你来教我功夫的，我们交警也要进行格斗训练。"

"你这细皮嫩肉的能摸爬滚打吗？"

"你小瞧我？"

甘科伟忽然想到什么，立即握住黄婧婧的手翻过来。一看，甘科伟的心像针扎一样疼痛：黄婧婧一双柔嫩洁白的手，因为训练，有好几处已经破了皮，起了茧，有的才刚结痂。

甘科伟紧紧握着黄婧婧的双手，问她："疼吗？"

黄婧婧说："疼。"

甘科伟说："傻瓜，任何训练都是有规律、有技巧的。像你这种情况，就是训练方法不对，使的是蛮劲。从今以后，我教你。"

黄婧婧笑了："这还差不多。"

黄婧婧因为要接班，和大家匆匆吃了午饭，就离开了。

当甘科伟、唐钟魁、小刘三人离开中山路，经过民族大道时，他们意外地看见正在值勤的黄婧婧。她站在十字路中心，正在全神贯注指挥过往车辆。黄婧婧指挥交通的场景，如同民族大道上出现的一幕风景，美极了。

甘科伟仿佛还没回过神来。他有点不敢相信，眼前这位美丽的女交警竟是与自己相恋多年的女友。他想，也许是我们都太忙，相聚的时间太少，我对她关心不够。甘科伟看着黄婧婧，一边感慨，一边自责，同时又为她当上交警感到高兴。

甘科伟痴痴地看着忙碌的黄婧婧。唐钟魁和小刘什么时候悄悄离开了，他都不知道。

（二）"王子和美人鱼"情案

甘科伟刚到永新分局不久，就遇上一起重大命案。

2004 年 8 月 17 日清晨，南宁市公安局永新分局接到报警电话，位于人民路上的红云宾馆发生重大命案。

接到报警，南宁市公安局刑侦支队和永新分局的刑警们迅速赶到现场。案发地点距离刑警大队不足 2000 米，简直就是在刑警眼皮子底下作案。甘科伟调入永新分局后，这是他第一次参加重案任务。他跟在前辈后面，心里充满期待，希望能发挥自己的一些特长，找到犯罪线索。

报案者是宾馆服务员。服务员称，住 8506 房间的旅客已经两日未交住宿费用，也未见有人出入；同时，有其他房客反映，在 8506 房门前会闻到强烈的腐臭味，有人怀疑有死老鼠。

服务员也觉得奇怪，在请示宾馆经理之后，两名服务员一同打开了 8506 房间，推门一看，惊呆了。

一幕可怕的景象出现在服务员眼前：房间里一片狼藉，凌乱不堪，地上散落着电视遥控器、烟灰缸、衣服等。同时，房间里散发着难闻的腐臭味。很快，服务员看到床上的被子似乎盖着一个人，一只腐烂的脚已经发黑，露在被子外，场面很恐怖。

两名服务员吓得尖叫，立即逃离房间，随后拨打报警电话。

红云宾馆门前，已有警察拉起警戒线。永新分局刑侦大队大队长刘继勇率领刑侦队员最先进入房间，开始对现场进行勘查。初步确认，死者是一名女性，20 多岁，系机械性窒息死亡，死亡时间在三天左右。房间内有明显打斗痕迹。种种迹象表明，这是一起故意杀人案，定名为“8・17”命案。

刑侦人员立即分成两路人马，一组队员在宾馆房间里继续勘查，另一组队员追查房客的登记信息。

8 月中旬，正是南宁高温酷热的时候，女尸散发的恶臭味在整个房间弥漫。可是，法医和刑侦人员却要对尸体进行仔细的勘验和拍照。

这时，甘科伟明白了梁显修教导员要自己过“心理关”的良苦用心。他原以为，看过那些凶案现场的高清影像，已算是过了心理关。可对着眼前的案发现场，他还是产生了强烈的不适感。尽管戴了厚厚的口罩，他还是能闻到令人作呕的恶臭。

但甘科伟看到，法医和刑侦人员神态自若、一丝不苟地进行勘验、拍照、绘制现场图。前辈的敬业精神让他从内心油然生出一股敬意，他决定以前辈们为榜样，克服困难，认真工作。

8506 房是一间带电脑的客房。现在这台电脑前放着键盘，有一朵白色的康乃馨放在键盘上。

甘科伟忽然觉得，那朵康乃馨好像是为显示屏准备的。难道电脑里有什么秘密？

甘科伟对电脑的研究，早在金光农场时就开始了。他觉得那朵康乃馨说不定与本案有某种联系。向刘大队长请示后，甘科伟打开电脑。

打开后，电脑屏幕上显示出一张壁纸，一男一女，是两个年轻人。女左男右，女子 20 多岁，长发齐胸，瓜子脸，长长的柳叶眉精心修整过，穿一件短袖 T 恤，看起来很清秀。男子稚气未脱的样子，模样英俊，穿一件黑色背心。

在壁纸的右下角，有五行字：“犹为鱼生，甘为鱼逝。为鱼疯狂，伴鱼浪迹。爱鱼今生无悔。”

键盘上那朵白色的康乃馨，应该就是为屏幕上的这两个人准备的。如此热烈的情诗，让人感受到两人之间无比深切的爱情。鱼是谁?

甘科伟立即叫来服务员，让她们看看屏幕上的两个年轻人是否就是房客。

受到惊吓的服务员走进来，看了看屏幕，确认屏幕上的男子就是 8506 房的房客，女子是他的女友，二人曾在宾馆里同进同出。

如此说来，床上的女尸基本可以确定为这个男子的女友了。那这个男子是谁?

另外一路刑侦人员追查男青年的登记信息后得知，2004 年 8 月 6 日，这对男女入住。8 月 14 日上午，男青年去总台预付了 15 日和 16 日两天的房钱，之后就再也没见到他。因为男青年以前也来住过，与宾馆服务员比较熟，所以宾馆只登记了男青年的信息，而且是他自己填写的，服务员并没有查看他的身份证。8506 房，刘唯，男，19 岁，地址写的是河北保定，另留有身份证号码。

南宁警方立即把电脑显示屏上的男子照片，以及他登记时写的身份证号码，一起传给保定警方，请求迅速协查。

保定警方回复：此身份证号码的主人不姓刘，而姓王，系河北保定某游泳中心运动员，王某确认没有将身份证借给任何人。另外，王某与南宁警方所提供的照片上的男子也不是同一个人。也就是说，刘唯另有其人。

这个刘唯是谁，他去了哪里？南宁警方在床上找到一部女性手机，基本确定为死者遗物。警方查看通话记录后，发现最近与死者通话最频繁的有三人。一人是刘唯，该号码已停机。另外两人一个姓黄，一个姓张。

8月18日下午6时许，甘科伟和同事在北湖路联系上了黄姓男子。当甘科伟把电脑屏幕上的照片给黄某看时，黄某说，这个女的是他的女朋友，名字叫小琳，不知什么时候，她认识了照片上的这个男子。这个男子好像很有钱，小琳就抛弃了黄某，他们已有一周没联系了。

关于小琳和自己的情况，黄某是这么说的。小琳22岁，重庆人，来南宁后一直在路边店从事按摩工作。2001年，黄某在南宁江滨路按摩店认识了她，然后两人开始同居。黄某无业，日常生活主要是靠小琳挣钱开支。经调查，警方排除了黄某作案的嫌疑。

另一个张姓男子，来宾人。张某做点小生意，在来宾已有女朋友。后来到南宁，也是在路边按摩店认识了小琳，两人发展成情人关系。但他大部分时间都是在柳州经商，很少来南宁。根据张某的交代及对相关证人的查证，警方也排除了张某作案的嫌疑。

从种种迹象来看，名为刘唯的男子具有重大作案嫌疑。

刘唯是谁？他去了哪里？

这时，河北保定警方忽然传来新的消息：南宁警方所提供的身份证号码虽然与刘唯无关，但经保定某游泳中心确认，照片上的男子确实叫刘唯，他也是游泳中心的运动员。至于在登记时，刘唯为什么把自己的身份证号码写成了王某的号码，可能是一种偶然。刘唯与王某都是游泳运动员，两人的身份证号码也基本一样，只是尾数不同，一个是3，一个是2，有时，两人会误写成对方的号码。

得此消息后，永新分局马上召集刑侦人员进行案情分析，最终决定出征河北，千里追凶。

2004年8月19日，分局黄副局长带领3名刑警远赴保定，对嫌疑人刘唯实施追缉。

两地警方经过共同努力，很快掌握了刘唯的全部资料。

刘唯，19岁，河北保定某游泳中心运动员，此人具有良好的游泳天赋，当地人称之为“浪里白条”，再加上他长相英俊，在该游泳中心又有“游泳王子”之称。刘唯无犯罪前科，父母在天津做水产买卖，家境颇殷实。经调查，刘唯目前人在天津，正帮助父母打理生意。

南宁、天津两地警方迅速对刘唯实施抓捕。2004年8月21日凌晨4时许，刘唯在一家网吧落网。当夜，面对来自南宁的警察，刘唯如实供认了在南宁红云宾馆杀害恋人小琳的犯罪事实。

这是一个令人唏嘘的网恋悲剧。

富二代刘唯是家中独子，平常喜欢上网，自取网名“快乐王子”。一日，他无意中在QQ上搜索到一个网友，叫“哭泣的鱼”，觉得很奇怪，就主动加了好友。

“鱼儿，你怎么了，为什么哭泣？”

“我是灰姑娘，没人要。”

“你别忘了，我是王子，将来要娶灰姑娘的。”

“我长得丑，你也要吗？”

“王子从不以貌取人。”

刘唯一直想要视频聊天，都被“鱼儿”拒绝了。“鱼儿”说自己长得丑，从不让刘唯看。有一天，“鱼儿”却说：“想看我吗？我想去买点化妆品，好好打扮一下，让你看个够。”

“王子”说：“那就去买啊，最好买名牌，效果好。”

“鱼儿”发了个哭脸说：“我只是个打工妹，哪来的钱买名牌？”

“王子”说：“你要多少，我给你钱。”

“鱼儿”说：“我这边的商场正在打折，1200 元的护肤品套装，里面有日霜、晚霜，才卖 580 元。我好想买啊。”

“王子”说：“我给你汇 1200 元，你可以买两套。”

那时的 1200 元是普通人一个月的工资。“王子”如此大方，“鱼儿”破涕为笑。

终于有一天，“王子”要求视频，“鱼儿”答应了。当“王子”看见“鱼儿”的真实模样时，才知道“鱼儿”所说的丑，实则是欺骗他的谎言。视频里的“鱼儿”眉目含情，一颦一笑都风情万种，实在是一条勾人心魄的美人鱼啊。

情窦初开的“王子”就这样被“美人鱼”俘获了。不久，“王子”决定来南宁见“美人鱼”。

“不行，我很穷，我没办法招待你。我也没有手机，你找不到我。”

“我不要你招待。你去手机店看一下，看中哪一款，我汇钱给你买。”

很快，“美人鱼”又得到了“王子”的一笔汇款，她用来买了一款当时最时髦的 LGW800 手机，售价 2800 元，相当于普通职员两个多月的工资了。

一切就绪，“王子”迫不及待来到南宁与“美人鱼”相聚。“美人鱼”见“王子”身材高大而且长相英俊，亦很欢喜。两人每日缠绵，进出宾馆情若夫妻。由于两人都喜欢上网，刘唯便把两人的合影照片设为壁纸，这样每次打开电脑，都能看到两人甜蜜的样子。

但是，刘唯很快发现，在与小琳的交往过程中，不断有电话来找她，白天、晚上从未停歇，甚至半夜都有人电话找她。

刘唯生气了，问她：“这些电话没日没夜地骚扰你，到底是些什么人？”

小琳说：“在认识你之前，我处过两个男朋友。后来不来往了，可他们不甘心，常来找我。”

刘唯说：“你可以打电话报警啊。”

小琳说：“这点破事，算了吧。”

刘唯因为要参加游泳比赛，不得不回到河北保定进行训练。但只要小琳一个电话，他就会立即飞到南宁陪她。

后来，刘唯发现小琳常常很晚才回来，问她去了哪里，她也不说。有一次她喝得半醉，倒在床上，样子很疲倦。

这时，有个电话打进来，刘唯看小琳迷糊着，就接了电话。

电话里说：“阿琳，我的好老婆，我到南宁了，住在老地方，快来啊，想死我了。”

刘唯一听，肺都气炸了，立马挂掉了电话。他忽然发现，眼前的“美人鱼”让自己越来越看不清了，特别是她手臂上的文身，让他越来越不自在。

第二天早上，小琳的电话又响了。她悄悄接听电话，又悄悄穿好衣服，再悄悄离开了房间。

刘唯早就醒了，一直在装睡。小琳离开后，他立即起床，在后面跟踪她。最后，他看到小琳进入了一家宾馆。他似乎明白了一切。

当小琳回到红云宾馆时，愤怒的刘唯把遥控器砸过去，然后半搂住她，不断地摇晃着、推搡着，质问她：“你到底是什么人？我对你掏心掏肺，你为什么这样对我？”

小琳这才明白，自己的一切，刘唯都知道了。她也没什么好说的，往床上一躺，说：“我就是个坐台小姐，你现在明白了吧。你如果恨我，就杀了我吧。”

刘唯实在受不了“美人鱼”一下子变成坐台小姐的事实，这反差太大了。他为她花钱无数，都是几千几千地给。他的初恋被一个坐台小姐玩弄了，脑子转不过弯，想拿烟灰缸砸她。

小琳说：“我怕疼，你恨我，就把我掐死吧。”

刘唯被激怒了，失去了理智，一下子扑过去，双手猛地掐住小琳的脖子。小琳没有反抗。当刘唯松开手时，小琳已经停止了呼吸。

两个年轻人在短暂的艳遇、浪漫、激情过后，迅速以悲剧收场。

2005 年 2 月 3 日，南宁市中级人民法院以故意杀人罪判处刘唯死刑，缓期两年，剥夺政治权利终身，赔偿死者家属抚慰金等 5 万元人民币，刘父当庭付清。但刘父怀疑儿子有精神病，一边申请鉴定，一边提出上诉。经司法鉴定，刘唯精神正常。2005 年 9 月 5 日，广西高级人民法院驳回上诉，维持原判。

这是甘科伟工作之后参与的第一起重大刑事案件。他虽然只是做了一些辅助工作，但在第一时间注意到了电脑并打开电脑，从而迅速发现死者和嫌疑人的身份，为快速破案提供了重要帮助。此外，在侦破案件过程中，甘科伟耳濡目染，感受到了刑侦前辈们沉着冷静、一丝不苟的敬业精神，这让他深受感动，也让他对未来的刑侦工作充满信心。

（三）狮子岭奇案

发生在人民路上的“8・17”命案结案不久，南宁石埠镇的狮子岭又发生了一起焚尸案。这是甘科伟参与的第二起重大刑事案件。

2005年1月28日晚9时许，南宁市石埠镇石埠村的狮子岭发生山林火灾。石埠镇政府立即组织人员进行扑救。大火扑灭后，巡视人员在检查是否有余火时，意外发现一具被火焚烧的尸体，遂立即向永新分局报案。

接警后，南宁市公安局刑侦支队和永新分局刑侦大队立即行动。分局副大队长覃力率领甘科伟等刑侦人员迅速赶赴现场。

漆黑的夜幕下，偏僻的狮子岭被勘查灯照得亮如白昼。现场查看，死者为男性，20岁左右，身体大面积被烧焦，面部已无法辨认。

甘科伟拿着勘查灯在狮子岭一带仔细搜寻。

在距离尸体十几米的一处空地上，甘科伟意外发现一只黑色钱包，他立即将情况汇报给覃力。

打开钱包后，内有名为“贺龙江”的身份证一张，以及洗衣单据、储蓄卡，还有近千元人民币。进一步扩大搜查范围后，警方发现一处血迹，周围有明显打斗痕迹，另在现场发现白手套一副。

根据勘查情况，警方初步认定，这是一起重大刑事案件。被害人临死之前与犯罪嫌疑人有过激烈的搏斗，最后被人用石块砸死，血流一地。犯罪嫌疑人为掩盖罪行，将枯枝、树叶、衣物等助燃物一起堆放在死者身上，进行焚尸灭迹。由于火势较猛，意外引发狮子岭山林火灾。

根据勘查结果，黑色钱包里的身份证是这起案件的突破口。死者已面目全非，目前还无法确定身份证上的人与死者是否为同一人。身份证上的地址是河北省武安市。地址太远了，覃力决定先从那张洗衣单据查起。

2005年1月29日早上，覃力和甘科伟等刑侦人员早早守候在植物路的一家干洗店门口。等店家开门之后，刑警们拿着贺龙江的身份证和洗衣单据询问店主，这个单据的主人是不是贺龙江，有何体形特征。

店主是本地人，对这一片情况比较熟悉。看到几个刑警，他意识到事态重大，不敢马虎。据他回忆，现场发现的洗衣单据的主人就是贺龙江，20多岁，住在凌铁村一带，此人留长发，绰号“长毛”，河北人，无固定职业。

但令人大跌眼镜的是，贺龙江虽无业，却是凌铁村周边一带的“丐帮”帮主，手下人称他为“贺帮主”。他手下有十来个“三无”人员，长期流窜在外，干一些偷鸡摸狗的勾当。为树立自己的帮主权威，贺龙江专门“培养”了两个打手。对于不按时交纳保护费、地盘费的其他丐帮成员，贺龙江常常让打手对他们进行“严格教育”，心狠手辣。贺龙江在凌铁村一带颇有些“名声”。

店主所描述的贺龙江形象，无论是身高，还是体形特征，都与死者有较大差异，可以确定，死者并非贺龙江。这样一来，贺龙江具有重大的作案嫌疑。

覃力下令立即控制贺龙江。

洗衣店的老板告诉覃力，贺龙江当天可能会来取衣服。覃力立即布置警力，在洗衣店附近守候，准备伏击贺龙江。

当天中午12点，一个骑蓝色山地自行车的人出现在洗衣店前，他与贺龙江身份证上的相貌完全吻合。

当男子刚下车，正要进入洗衣店时，几名刑警从天而降。贺龙江还没回过神来，就被戴上了手铐。

刑警从贺龙江身上搜出一副白手套，与现场留下的手套外观、型号完全相同。覃力立即对此人进行了审讯："说，叫什么名字？"

贺龙江仿佛在梦里被一声炸雷惊醒，半天没反应过来，警察这么快就找到他了，身体摇晃了一下，瘫倒在地。

甘科伟像抓小鸡一样，一把将贺龙江从地上拎起来，喝道："别装，快回答问题！"

"我叫贺、贺龙江。"

"你的身份证呢？"

"丢了。"

"丢哪里了？"

贺龙江看到刑警们死死盯着自己，知道一切都完了。在大量证据面前，贺龙江开始交代自己的犯罪经过："我交代，是我做的事，是我弄死了麻甩佬（注：方言，猥琐男的意思）。"

2005年1月28日中午，贺龙江发现自己的手机不见了，就沿着堤园路寻找。他在河堤附近一水泵站碰到一个外号叫麻甩佬的男子，一个刚入伙的"丐帮"新人。他怀疑此人偷了自己的手机。

贺龙江交代："麻甩佬不承认他偷了手机。我就打他，但他还是不承认。我决定再狠狠教训他一下。没想到，他居然跑了。整个下午，我都在找他。后来我在大学路找到他，然后我们上了一辆出租车，到石埠狮子岭附近时下了车。我把麻甩佬推到狮子岭一块无人的空地上，殴打他。麻甩佬拼命反抗，我就用石头将他砸死，然后放火焚尸。"

贺龙江的供述与案发现场的勘查结果完全吻合。这起命案证据确凿，供述详细，证据链完整，侦查人员和技术人员齐心协力，只用了一天时间就把一起重大命案破了，速度之快令人称奇。

结案之前，覃力安排侦查人员把贺龙江的供述内容再仔细核查了一遍。其中最重要的一环就是那辆出租车，无论如何都要找到。只要出租车司机的证词与贺龙江所说的内容一致，此案即可顺利结案。

甘科伟和同事们分头寻找那辆出租车。没想到的是，由于当时出租车比较多，排查的工作量很大，警方一直到2月21日才找到出租车司机。当甘科伟把贺龙江的照片拿给他看时，司机说："没错，就是这个人，因为他留了长发，所以我印象很深。"

甘科伟问："当时他们两人在车上坐什么位置？"

司机说："不是啊，他们是四个人，三个人坐后面，长发男坐前面。"

司机的回答让甘科伟和一起来的同事瞬间紧张起来。

经过和司机反复确认，警方发现贺龙江没有说出全部实情，那晚并不是两个人上了出租车，而是四个人。

司机说："那天晚上7点多，长发男等四人在堤园路上了我的车，开往石埠镇。四人在狮子岭路段下车，其中有个人向我要了手机号，要我在石埠镇等他们。一个多小时后，我接到电话，就来接他们，却只有三人。我问，还有个人去哪儿了。长发男回答说到山那边去了，今晚不回来。"

如此说来，那晚参与作案的还有另外两个人。

甘科伟立即把这个重要发现向覃力做了汇报。面对出现的新情况，永新分局参与侦查此案的刑警们连夜分析案情，通过出租车司机提供的通话记录，很快找到了那晚打电话的男子，他叫农胜才。

覃力带领甘科伟等刑侦人员立刻开展行动。在朝阳派出所的配合下，2 月 23 日凌晨 2 时许，农胜才在南宁市中华路的一家旅店被刑警抓获。

抓获农胜才后，永新分局刑侦人员连夜对其进行审讯。农胜才供述："我今年 24 岁，天等县人。……除了我与贺龙江，还有一人叫陈浩，四川眉山市洪雅县人。"

永新分局的刑警立即请四川眉山市警方协查，得知陈浩已回到洪雅县。

覃力命令甘科伟和几名刑警，立即前往四川抓捕陈浩。在洪雅警方的配合下，3 月 3 日，陈浩在当地一家宾馆被南宁警方擒获。

至此，石埠镇狮子岭焚尸案嫌疑人全部落网。他们的作案动机、过程与贺龙江的供述完全一致，所不同的是，此案实为三人共同所为。2005 年 1 月 28 日午后，贺龙江与农胜才、陈浩一起，在大学路附近的一间出租屋找到麻甩佬后，对他进行逼迫，要他交出手机。麻甩佬拒不承认。三人又将其带至堤园路逼问。当晚 7 时许，贺龙江等三人把麻甩佬挟持到出租车上，来到人迹罕至的石埠狮子岭山坡，将麻甩佬殴打致死，然后焚烧尸体，逃离现场。

在相互打斗中，由于天色已晚，贺龙江并未发现自己的钱包掉在地上，这才让警方很快掌握了破案线索。

2006 年 6 月 26 日上午，南宁市中级人民法院依法宣判：农胜才死刑，贺龙江死缓，陈浩无期徒刑。

第八章　警魂霹雳

2005 年 3 月 24 日，南宁市公安局原永新分局、城北分局合并，成立了西乡塘分局。甘科伟正式调入西乡塘分局刑侦大队，在刑事技术中队工作。

在接下来的几年里，甘科伟一直从事勘查技术的研究。据甘科伟的同事唐钟魁回忆，甘科伟在刑事技术中队的那段时间，曾专门研究过犯罪现场的“方位拍照法”。这在当时是一项很了不起的研究。此外，甘科伟发明的“间接拍照法”，也取得了一定的成功。这些使甘科伟成为广西区内重要的刑事影像专家。

“间接拍照法”，就是对案发现场周边环境进行记录。那些看似无用的建筑、景物、行人等，都是破案的相关线索，就是我们常说的“蛛丝马迹”。这些极易被忽略的东西，在破案过程中却是很重要的信息，不应被忽视。

甘科伟在西乡塘分局刑侦大队当刑警的时候，侦办过不少奇案和大案。奇的案件，离奇到让人不可思议、难以置信；大的案件，惊心动魄，轰动全国。不管是什么案件，甘科伟接到任务后，总是一丝不苟，踏实做好每一步工作，为案件的最终侦破提供可靠的信息支持。

甘科伟常说，一名刑警不仅需要过硬的散打搏击功夫，还需要智慧和技巧，这样才能和犯罪分子斗智斗勇。

甘科伟总是随身带着一个小本子，上面记录了很多案例侦破过程的线索，每一条线索都能深挖出另外的信息。这是一种新的工作方法。以前传统的破案方式是以案找人，也就是嫌疑人作案一起，刑侦人员就破一起，这种查案模式很被动。

甘科伟一直在寻找一种新的方法，把“由案查人”变成“以人找案”，即破一起案，就对嫌疑人的活动轨迹等信息进行分析，深挖其涉及的其他案犯，从而一举抓获嫌疑人及其团伙。

甘科伟在刑侦技术方面精益求精，在政治上积极要求进步，他以实际行动履行着“人民公安为人民”的职责和使命。2005 年 6 月，甘科伟光荣地加入了中国共产党。

（一）特别的自首

2005 年 11 月底的一天，甘科伟正在新阳龙腾路口的刑侦大队值班。这时，从门外进来一个戴着眼镜的年轻人。年轻人进屋后，东张西望，欲言又止。

“你好，有什么事吗？”甘科伟问。

“警官，我叫阿林，我想投案自首。”年轻人嗫嚅着，神色凝重。

“自首好，这是正确的选择，一旦被法院认定，还可以获得从轻处罚。”甘科伟倒了杯水给他，让他不要紧张。

“我不来自首，整日睡不着觉。”阿林的神情很不自然，心事重重的样子。

“先喝杯水，冷静一下。”甘科伟拿出笔记本，准备做笔录。

“警官，我该死，我犯了罪！”阿林停了一下，看了看周边，见没其他人，这才继续讲述。

“不着急，你慢慢说。先说姓名、住址、工作单位。”

“我叫林木乔，大家都叫我阿林。我原来是一名网络工程师，现在无业，待在家。住址在西乡塘区……”

甘科伟问：“你在什么时候、犯了什么事？”

阿林说：“警官，我犯了强奸罪。”

甘科伟怀疑自己听错了，问道：“你说什么？”

“我说，就在昨天，我强奸了一个女人。”阿林重复了一遍。

甘科伟问：“时间？”

阿林答：“就在昨天，2005 年 11 月 27 日，傍晚。”

甘科伟问：“在什么地方？”

阿林回答：“在心圩江边。”

甘科伟走到阿林的跟前，打量他的脸部、颈部，再看他的手背等地方，什么痕迹也没有。甘科伟觉得很奇怪。

通常来说，在强奸犯的身上多少都会留下受害人反抗的一些印痕。可在阿林的身上并没有这些痕迹。

更令甘科伟纳闷的是，强奸属于严重的暴力犯罪，作案者通常都会隐瞒、销毁证据，溜之大吉，生怕留下什么蛛丝马迹被抓。阿林怎么会主动来自首呢？从警以来，甘科伟接手过不少自首的案件，但犯了强奸罪的人来自首，却是头一次遇见。

甘科伟立即打开电脑，查询最近的全市案情通报，看看有没有受害女性报案。他查询后发现，近期市内没有此类案情。

甘科伟问阿林：“你说你犯了强奸案，有什么人证或物证吗？”

阿林说：“当时慌慌张张的，哪有什么人证和物证？再说，这事是我干的，我承认就行了，哪还需要什么证据？”

甘科伟说：“法律并不是你想的那么简单。立案需要证据，现在人证、物证都没有，我没法立案啊。”

阿林显然感到意外，坐在那里，一时无话可说。

甘科伟看了看阿林，问：“你成家了吗？”

阿林说：“成家了，老婆在银行做会计。”

甘科伟问：“她长得不漂亮，还是你对她不满意？”

阿林说：“警官，我老婆叫阿芳，长得非常漂亮。”

甘科伟疑惑地问：“既然家有美貌娇妻，你怎么还要做出这种事？”

阿林沉默了一会儿，说：“警官，我有难言之隐。”

甘科伟冷笑道：“真是稀奇，你去强奸别的女子，居然还有难言之隐？这么说，你还有理了？”

阿林默不出声。

甘科伟说：“无任何人证、物证，最近本市也无任何受害人报案，仅凭你的一己之言很难立案。这样，你先去心圩江边找找，看能不能找到受害人。如果能找到，就可以立案侦查了。除此之外，如果受害人报案，也可以立案。你回去吧。如果有情况，我们再联系你。”

阿林觉得有些为难，可眼下也没有别的办法。警察也没错，无凭无据，人家凭什么相信自己是强奸犯呢？再说，自己举报自己强奸，很大程度上与人们的想象大相径庭，甚至会有人认为自己是精神上出了问题。

就这样，阿林闷闷不乐地回到了自己的家里。想到自己昨天做的蠢事，伤害了那个女孩，伤害了老婆阿芳，伤害了自己。他非常痛苦、悔恨，深深地自责，他想受到法律的惩罚。

老婆阿芳走过来，问阿林报案情况。阿林如实说了，他说现在唯一的办法，就是去找到那名受害者，由她出面作证，公安局才可以立案。

阿芳听了，心里很不是滋味。可看到阿林那么痛苦，只能说："犯了法，那就要接受法律的制裁。别无他法，你现在就去找人。否则，你一辈子都不得安心。"

阿林只得出门，前往城市碧园广场。阿林就是在这里遇见了那个女子。可是，阿林在广场上等了一个下午，都没看到那个女子的身影。阿林心情很复杂，因为如果两人相见，阿林不知道她会做出什么反应。

第二天，阿林再次找到甘科伟，问："甘警官，有人报警了吗？"

甘科伟说："目前还未接到任何关于强奸的报案。你去寻找证人了吗？"

阿林说："昨天下午我一直在找，但一直没见到那个女人。"

甘科伟说："这样，你先带我去现场看看。"

从刑侦大队到城市碧园广场并不算远。阿林领着甘科伟在城市碧园广场转了一圈。

两人走到广场东北角的一处休闲区。甘科伟对阿林说："你别紧张，先坐下。”

甘科伟又去买了两瓶水，回来后，对阿林说：“这里也没有别的人，你把前天发生的事跟我说说。说实话，到目前为止，我都觉得你不会做出那种事来。”

阿林也知道，如果不把事情的前因后果说出来，恐怕没人会相信他说的话。于是，他讲述了事情的经过。

老家在福建龙岩的阿林，在获得硕士学位后，接受了南宁一家网络工程公司的聘请。2002 年 10 月 11 日，他与这家网络公司签订了一份高薪工作合同，从此在这里担任网络工程师，开始了新的人生旅程。

网络公司与银行有密切的业务联系。阿林长得高大帅气，很快就俘获了银行业务员阿芳的芳心。阿芳窈窕美貌，身边不乏追求者。阿芳觉得阿林年轻有为，前途无量，很靠谱。同时，阿林也喜欢上了阿芳。两人很快谈起了恋爱。

2003 年 6 月，阿林与阿芳举行了婚礼。两人的结合一直让同事、邻居羡慕不已。婚后，两人恩爱如蜜，琴瑟和鸣，事业也都发展得不错。无论从哪个方面来看，这都是一对幸福的夫妻。

2004 年 6 月，阿林与阿芳的宝贝女儿出生了。女儿的到来让夫妻俩的生活充满了幸福和快乐，他们称女儿为“小天使”。阿林连宝贝女儿将来去哪里上学都做好了设想。他决定加倍努力，争取送女儿上南宁最好的学校。

如此温馨的幸福家庭在一个清晨被破坏了，一场事故改变了阿林的幸福人生。

2004 年 11 月 13 日清晨，阿林早起散步。他走到明秀路与大学路的十字路口，由于五里亭蔬菜批发市场在这附近，这个时候车流不息，货车、三轮车、摩托车等往来如梭，一派繁忙的景象。

当阿林快要走进市场时，一辆飞驰的摩托车逆向而行，向他冲过来。阿林很清楚，摩托车由北往南，是想左拐进入批发市场。阿林紧急避让。匆忙中，摩托车手刚想左拐，忽然看到前面的阿林，立即调整方向，想避让阿林。由于速度太快，摩托车撞向阿林，阿林避让不及，倒在了路边。

正常情况下，摔一跤不会有多严重，况且阿林身强力壮。可是，阿林倒下的地方正好有一排石条，他的脑袋当场就砸在石条上。惊呼一声，阿林昏迷过去。

摩托车手见状，立即驾车逃之夭夭。

附近的行人看到这个情况，立即拨打 120 急救电话，送阿林去医院抢救。

后来，阿芳得到消息，立即和家人赶到医院。经过 3 个多小时的抢救，阿林从死亡线上挣扎着苏醒过来。

医生的诊断是脑震荡。一个月后，阿林出院了。再一个月后，阿林身体看起来已经完全恢复了，于是继续回公司上班。

尽管想了种种办法，但他们一直没有查到那个肇事者。为了医治阿林，家里一共花了 5 万多元。阿芳安慰说："阿林，钱没了，可以再挣，一条命救活了，多少钱都值得。"

岳父和岳母看到阿林身体恢复如初，说："谢天谢地，没落下什么后遗症，真是命大福大。"

阿林觉得家人好温暖，发誓要好好努力，回报妻子和家人。

但是，阿林的身体康复只是表面上的。只有阿芳知道，阿林的身体发生了一个难以启齿的明显变化，阿林像换了个人似的，性欲变得特别旺盛。

为此，阿芳苦不堪言，常常与阿林发生争吵。

2005 年 4 月，忍无可忍的阿芳强行把阿林拉去医院检查。

医生检查之后，跟他们分析了病因。以前也有过类似的病例，一个女性病患脑中长了瘤，触及性神经，导致她长期处于性亢奋状态，后来做了手术就没事了。现在阿林这种状况，可能是脑子受伤，触及性神经，也可能是服药引起的不良反应。

“你们先回去，把药停了，再看看情况。”医生这样吩咐。

阿林和阿芳从医院回来后，立即把药停了。但是，没有任何效果。这就说明阿林的症状与药物无关。

阿林想了一个办法，一天洗几次冷水澡，好让自己冷静下来。洗完澡之后，他就到城市碧园广场走一走，平复自己的心情。

由于怕在公司病发骚扰女性，阿林辞去了工作，回家一边想办法治病，一边在网上接些活。虽然收入不高，但应付基本生活没有问题。

在长期的精神折磨中，阿林开始变得有些恍惚。11 月 27 日的傍晚，阿林又一次来到城市碧园广场的华联超市购物，但他莫名亢奋起来。他赶紧来到广场的东北角，坐在一张凳子上平复心情。

坐了一会儿，阿林忽然发现自己的对面坐着一个女子，身材苗条，长相甜美，但是神情很落寞，眼角还含着泪珠。

女子二十来岁的模样，梨花带雨，清丽而芬芳。阿林立即对这个女子产生了好感。此时，他似乎完全忘记自己已有妻女，忘记了家人，忘记了法律。他拿出一包纸巾递给女子，说：“姑娘，你遇到什么难处了吗？说说看，也许我能帮你。”

女子犹豫了一下，接过纸巾，却没说话。阿林见女子接过纸巾，就想进一步接近她。

一番交谈后，女子跟着阿林来到了心圩江边。趁女子没有防备，阿林强暴了她。

阿林的亢奋归于平静之后，开始意识到自己已经走上了犯罪的道路。为此，阿林后悔不已，觉得自己罪孽深重。他在想，那女子会不会去报案呢？自己在亲朋好友的心中，是高素质、有修养的高级白领，从不拈花惹草，可如今已堕落成为强奸犯，这以后漫长的人生该怎么过呢？自己又该如何面对妻子和女儿呢？

夜里，辗转反侧的阿林睡不着，叫醒了阿芳，向她坦白了事情的经过。

阿芳听完，吃惊地望着丈夫，发现他不像在说谎。阿芳气得浑身发抖，抬手就是一记耳光，骂了句：“你还是人吗？畜生不如的东西！”

阿林说：“老婆，你打吧，多打几次，我对不起你。我良心上过不去，我不是人，我明天早上就去自首。”

阿芳本来想再甩阿林一记耳光，可看到阿林痛苦的样子，忽然意识到，他是个病人，举起的手就缓缓地放了下来。她心里明白，是那次该死的车祸把丈夫变成了人不人鬼不鬼的样子。

第二天早上，阿林说到做到，去附近的西乡塘分局自首。

甘科伟听完了阿林的讲述，简直不敢相信这世上还有如此奇事。他决定帮助阿林，说：“首先，你能认识到错误，主动自首，这是正确的选择，值得肯定。我们公安部门一定会帮你在材料上如实写明情况。将来法院判决时，一定会有所考量。”

阿林问：“警官，我现在该怎么做？”

甘科伟告诉他：“你现在要做的是尽快想办法找到那个受害者。我给你一个建议，你一有空，就在这里蹲守，按照我的办案经验，她一定还会过来。”

阿林又问：“看到她来了，怎么办？”

甘科伟说：“如果你发现了她，要注意隐蔽，不要惊动她。你可以打电话叫你爱人来向受害者说明情况，这样比较稳妥。我回去之后，帮你密切注意是否有受害者报案。你我保持手机畅通，有什么发现，随时联系。”

阿林回到家里，刚知道女婿犯事的岳父一脸不高兴，说：“你真是个傻子！受害人都没有去报案，你倒自己主动去自首，真成了天下奇闻。”

阿林说：“也许真是天下奇闻。但我不去自首，就无法面对阿芳，我心里也始终有个坎过不去。我以前一直是正直善良的人，我想自首，想给自己一个交代，也给受害者一个说法。”

阿林真心悔过，阿芳也表示支持。她让阿林到城市碧园广场去守候那个女子。

阿林去广场蹲守，一连好几天都没看见受害女子。

甘科伟觉得阿林这样蹲守也不是办法。他对阿林说：“不能这样浪费时间。有个办法可以试一试，就是发布寻人启事。”

阿林觉得这比现在的蹲守有用。于是，在城市碧园附近的许多广告栏、信息栏上，出现了一则特殊的寻人启事：

“11 月 27 日傍晚，一位二十四五岁的女子在心圩江边被侵犯，希望受害人或其他知情者向警方报案。甘警官的联系电话：139……”

没有想到的是，甘科伟的寻人启事真的有了意想不到的效果。

一天上午，甘科伟的手机响了。

“您是甘警官吗？”

“我是。您是哪位？”

“甘警官，我就是寻人启事中的受害者。事情已经过去那么多天了，我不知道您为什么还要找我？”

“请问你叫什么名字？”

“我姓蓝，叫蓝梅，梅花的梅。您叫我小蓝好了。”

“小蓝，是这样，对你实施侵犯的人，他认识到自己的错误，想向你当面道歉，赔偿你的精神损失。”

“甘警官，我的精神损失，他怎么赔？他想怎么赔？他能怎么赔？他赔得起吗？”

“小蓝，不要着急，有话慢慢说。那个人叫阿林，他现在很后悔，也一直在找你。这件事已经发生了，他现在向警方自首，但没有人证和物证。只有你出面，我们才能把他送上法庭，让他接受法律的制裁。”

手机那头沉默了。甘科伟知道，任何人听到这样的话，都会觉得不可思议，侵犯者不但没逃跑，反而主动去自首，这到底是怎么回事。

“小蓝，你在听吗？你能来一趟吗，我给你讲一个故事，你就会明白到底是怎么回事了。”

“好的，我现在就去。”

蓝梅来到刑侦大队，找到了甘科伟。

甘科伟说："小蓝，首先，感谢你来做证。你放心，从办案到法院审判，我们对你的个人隐私会严格保密。除了办案的警官和法官，别的人接触不到案卷，最后到法院审案，也不会公开审理，请你放心。"

蓝梅问："那要我做什么？"

甘科伟说："需要你把阿林侵犯你的经过如实叙述一遍，我们要做笔录。我知道这对你来说很难，但我们需要你的笔录，这样才能立案，才能把阿林绳之以法，让他得到应有的惩罚。"

蓝梅说："我愿意配合。"然后她讲述了事情的全部经过，与阿林的供述基本吻合。

甘科伟说："接下来，我要给你讲个故事。"

接着，甘科伟把阿林出车祸之后身体异常的情况告诉了蓝梅。

蓝梅听完，惊得目瞪口呆。此刻，她的心里五味杂陈，她恨那个伤害她的男人，可那个男人的遭遇也很不幸。

甘科伟说："接下来，我需要你和阿林配合，一起去心圩江边进行现场指认与勘查。"

蓝梅一下子就明白她将与那个叫阿林的男人见面。犹豫了一下，她回复甘科伟："可以，我愿意配合。"

甘科伟拨通了阿林的电话。不一会儿，阿林与阿芳来到刑侦大队。阿林一见到蓝梅就深深鞠了一躬，说："蓝小姐，我侵犯了你，我向你诚恳道歉，我愿意赔偿你的精神损失，愿意接受法律制裁。"

蓝梅原先连看也不想看这个男人，可现在，她不知道该说什么，又看到他的妻子满是愧疚地望着自己，就说："林先生，我可以接受你的道歉，但我们更要相信法律，一切都由法律来裁决。"

甘科伟和其他几名警察一起把阿林和蓝梅带到了心圩江边。经过警方的一番调查、询问，还有现场勘查，再加上双方当事人现场指认，证实阿林对小蓝实施过强奸。

“咔嚓”一声，锃亮的手铐锁在阿林的手腕上。

阿林对阿芳说：“家里的存款先赔给小蓝。我已经对不起人家了，希望她以后过得好一些。”

说完，甘科伟把阿林押上了警车。

阿芳、蓝梅目送着警车离去。阿芳说：“这下他可以睡踏实了。”

2006年3月6日，西乡塘区检察院以强奸罪向当地法院提起公诉。5月14日，西乡塘区法院开庭审理此案。蓝梅出庭做证时，说：“事后，我并未报案，他明明可以逃脱法律的惩罚，但他选择接受法律的制裁。我从心底原谅了他。”

2006年10月11日，西乡塘区人民法院针对这起强奸案做出如下判决：

经查，被告人林木乔首先向公安部门自首，再主动寻找被害人到案，协助公安机关侦查，此情节可见被告人悔罪态度恳切，相较其他强奸犯，其主观恶性不大，人身危险性不高，本院依法对其减轻处罚。

这是甘科伟在刑警生涯中遇到的一起很特别的案件。撞伤阿林的肇事者至今逍遥法外，不能不说是这起案件的一大遗憾。

（二）“三姐妹”大案

从正式进入西乡塘分局的刑侦大队以来，甘科伟直接或间接经手的各类刑事案件有数百起，其中影响最大的一起是发生在2009年轰动全国的“三姐妹”特大碎尸案。

2009年2月12日上午7时许，家住江南区亭洪路的覃女士匆忙来到西乡塘分局五里亭派出所报警，称她的三个妹妹自2月10日晚在平田村的服装加工点与父母一起吃完晚餐分开后，就和自己失去了联系。二妹覃解梅24岁，三妹覃珊22岁，四妹覃巧平20岁，三人手机全部关机，一同失踪。

接警后，五里亭派出所民警、小区物业人员和报案人覃女士一起，来到三姐妹租住的小区寻找。这里位于大学东路与明秀西路交叉口，车水马龙，十分繁华。

打开小区某幢3单元7楼703房间后，覃女士确认这是三姐妹的租住房，但室内无人，房间也未见明显翻动迹象。

覃家四姐妹都是来宾市象州县人，在南宁和平商场做服装生意。警察问，她们会不会回了老家或到外地进货呢？

覃女士说：“不会的，老家已经没人了。以前她们去哪儿进货都会跟我说一声，而且前不久我们刚从广州进了一批货，没有理由再去。”

情急之下，覃女士在南宁各大媒体上刊登了覃氏家人寻找三姐妹的启事。一时间，南宁的大街小巷里都贴满寻找三姐妹的启事。三姐妹同时失踪，一下子引起了很多人的注意。人们在茶余饭后，都在议论覃氏三姐妹的神秘失踪事件。

2月16日，南宁市公安机关决定立案侦查。

很快，案情有了新的发现。

2月16日下午5点，南宁市良庆区金象社区。正在阳光新城小区施工的民工郑某、解某在路过后山工地时，闻到了一阵阵恶臭，他们仔细一看，在山下一处浅沟里散落着几包可疑的东西。两人随即向警方报案。

南宁市公安局良庆分局刑侦大队民警迅速赶到现场，一共发现九个装满东西的编织袋。最初，大家并没有往坏处想。可打开编织袋一看，所有人都惊呆了，袋里装满了人体尸块。良庆分局立即将新案情上报南宁市公安局。

南宁市公安局刑侦支队迅速赶来，立即对编织袋里的尸块进行现场拼接，结果显示，被害的是三名女性。联想到最近传得沸沸扬扬、已失踪数日的覃氏三姐妹，南宁市公安局迅速进行了 DNA 检验。

2 月 17 日，确认死者为覃氏三姐妹。

消息传出，南宁市公安局全体人员为之震惊！连杀三人，残忍碎尸，如此恶性的命案，在南宁市闻所未闻，罪犯手段之凶狠，放之全国亦属罕见，案件影响极其恶劣。

一时间，网上、社会上关于凶手的各种传闻、猜测等甚嚣尘上。想到如此凶残的恶魔就在身边，南宁市民很惶恐。

恶魔不除，百姓一天不得安宁！必须尽快找到凶手，将其绳之以法！

南宁市公安局迅速调集全市最优秀的刑警、特警、网侦、巡警、交警等部门精英，组成了 300 多人的“2・16”专案组，并将此案列为 2009 年头号命案，由市公安局副局长梁树章担任专职指挥，全力破案。

甘科伟、黄时雨、唐钟魁等西乡塘分局的优秀刑警也加入了专案组。300 多名警察骨干共同破案，在南宁还是第一次。专案组又分成若干个小组，各司其职。

摆在专案组面前的首要任务就是查清凶手杀害三姐妹的动机。通常来说，凶手的动机可分为仇杀、图财害命、杀人灭口、情杀、家庭纠纷、强奸杀人等。

三姐妹一案，凶犯手段如此残忍、如此凶狠，通常来讲，仇杀的可能性更大一些。

但是，专案组走访了三姐妹的亲人和朋友，没发现她们和谁有如此深仇大恨。

是财产债务纠纷？虽有可能，但不太像。专案组通过银行账户查询，三姐妹做服装买卖，生意还不错，账户上往来流水清楚，还有盈利。另外，退一步说，即使欠下黑恶势力的高利贷，如果逼债的话，也不至于下手如此狠毒，而且一杀就是三人。

是图财害命吗？也不大可能。三姐妹做服装生意虽有所盈利，但也只能维持基本的生活开支，没多少钱财可图。

因此，可以排除图财害命和债务纠纷这两项动机。

此外，家庭纠纷、临时起意等情况也都被一一排除。

是强奸杀人吗？通常情况下，强奸只针对单身女性。

那么只剩下情杀了。这是可能的。警方通过调查后发现，三姐妹的社会关系比较复杂。

她们都是二十出头，性格开朗，喜欢交际，长得也算漂亮，属于比较能让人产生好感的那一类姑娘。

三姐妹有个共同的爱好，就是喜欢上网聊天。无论是在家还是在店铺，她们一有空就上网聊天，外出和网友见面的事时有发生。同时，三姐妹也是娱乐场所的常客，喜欢去 KTV 等娱乐场所，有多家迪厅和歌厅的会员卡。

三姐妹的交际多了，就引来了众多的追求者。两个小妹网友众多，两人手机里的联系人号码加起来有上千个。

在这么多联系人当中，因为争风吃醋，最后有人痛下杀手的情杀案，从常理上来说是很有可能的。

于是，专案组确定了案件的侦破方向，犯罪嫌疑人应该是与三姐妹相熟的人，即熟门、熟路、熟人。

照这个侦破思路，首先要进行人员排查。专案组很快发现，他们将面临一个非常复杂的排查工作。首先，排查三姐妹电话通讯录的工作量就非常大。通讯录里有本地的和外地的联系人，都需要一一核实。

另外，案发时间为 2 月 10 日，警方正式进入破案程序在 6 天之后，小区居民、保安等对 6 天前的回忆基本是一片模糊。

最麻烦的是，小区的电梯、楼道、出入口处均无监控。

面对这些难题，南宁警方只能像大海捞针一样，用最原始的办法，开始进行大规模的排查工作。警方先把三姐妹手机里的联系人按照地区划分归类，再逐一核实。

甘科伟的主要任务就是对那 9 个编织袋进行拍照，然后查找相关线索。他想起大学老师说过的话："任何动作都会有痕迹留下，我们要做的就是通过现场的细微痕迹物证，尽可能还原犯罪过程，并在痕迹中分析作案者的心态、特征。"

甘科伟把 9 个编织袋摆放整齐，一一拍照。他的主要任务就是研究这些编织袋的来龙去脉，这也是找到罪犯最重要的线索之一。

编织袋乍一看没什么特别之处，而且散发出恶心的气味。甘科伟戴着两层口罩，逐个给这些编织袋拍照。然后，他拿出放大镜，一个袋子一个袋子地查看，看能否发现蛛丝马迹。

黄时雨、唐钟魁等刑侦人员把三姐妹租住的整个小区翻了个遍。他们深入每家每户，核对人数，做笔录，按手印，抽血取样，做手模等。第一遍结束，再来第二遍复查。

但是，半个月过去了，案件始终没有任何进展。

2009 年 3 月 3 日，南宁市公安局在自治区、市各级新闻媒体上，向全社会发布了通告：

"2009 年 2 月 10 日至 2 月 12 日期间，南宁市西乡塘区大学东路 27 号嘉州华都小区（五里亭水果批发市场旁）内发生一起特大杀人案件，现公安机关正全力侦查此案，请广大人民群众给予大力支持帮助。1. 如发现在案发期间手部受伤的男性可疑人员的；2. 发现有可疑人员购买多个编织袋、塑料袋的；3. 发现有可疑人员驾驶车辆进出嘉州华都小区的；4. 发现有可疑人员出入或逗留嘉州华都小区的；5. 发现有可疑人员携带编织袋、塑料袋进入嘉州华都小区的；6. 发现有可疑人员用编织袋、塑料袋包装物品从嘉州华都小区运走的；7. 发现有可疑人员用交通工具装运编织袋、塑料袋包装物品在良庆区阳光新城后山一带丢弃的；或有其他重要可疑线索的，请立即报告公安机关。凡为公安机关提供线索破案的群众，公安机关给予奖励人民币壹拾万元（100000 元），并为举报人绝对保密。"

此案案情特别重大，惊动了公安部。2009 年 3 月 10 日，公安部派出专家组亲临南宁，指导案件侦破工作。南宁市委、市政府拨出专案经费，为公安机关破案提供后勤保障。

一晃一个多月过去了，案件却没有一点头绪。可想而知，南宁警方承载了多少难以想象的巨大压力。但是，他们发出了“不怕艰苦，排除万难，不破此案，绝不收兵”的铮铮誓言。

在此后两个多月中，专案组的成员们放弃了一切休假，吃住都在组里。各路小组共走访群众 3 万多人，排查各类车辆 2000 多辆，排查各类关系人员 3900 多人，检验各类检材 800 多份。

可案件还是没有任何进展，似乎走入了死胡同。专案组领导和队员们感到了前所未有的困难。

在专案组里有若干个小组，“查找编织袋小组”是其中一组，简称“查袋组”。

甘科伟是查袋组的成员之一。最初，民警们拿着甘科伟所拍摄的编织袋图片，走街串巷进行走访。查袋组的民警们在走访中得知，这种编织袋大多销往南宁市各大院校，学生装被子用得最多。

甘科伟拿着放大镜仔细查找编织袋上的每一处痕迹。最后，他在一个捆绑编织袋的绳带上，发现了“南技”字样。这是简写，可能是“南宁技工学校”，也可能是“南宁职业技术学院”。甘科伟立即把这个信息报告给专案组。

专案组决定，重点排查缩写为“南技”的单位。侦查人员调查后得知，南宁职业技术学院曾大量购进此类编织袋，免费发给学生装被子使用。这样，南宁职业技术学院成了重点排查对象。

第一批民警到南宁职业技术学院调查时，未得到有用线索。为防止疏漏，又派了第二批民警到南宁职业技术学院进行复查，仍然一无所获。

专案组决定再派第三批民警排查南宁职业技术学院，这一次增加了对往届毕业生的调查。甘科伟、唐钟魁参加了前两次，即

2007、2008 两届毕业生领取编织袋的登记资料。现在，他们又参加了第三次对南宁职业技术学院的排查工作。

这一次，专案组决定再往上查一年。学校就把 2006 年毕业生的登记表拿来了。

甘科伟和同来的两名侦查员一起打开登记表。

第一个领编织袋的人是一个姓兰的学生。甘科伟问老师，这个兰同学为什么领那么多的编织袋，学生平常的表现如何？

老师说，兰同学是该学院 2004 级学生，担任过班长，所以一些同学就让他代领。

另一名侦查员接着问老师："兰同学的家庭条件如何？"

老师说："据我所知，兰同学的家庭条件尚可。他父母好像还给他买了一套房子。"

甘科伟接着问："那套房子在哪里？"

老师想了一下，轻描淡写地说："好像在嘉州华都。"

在场的所有侦查员听到"嘉州华都"四个字时，感觉每个字就像闪电之后突然响起的一颗惊天炸雷，所有人被震得目瞪口呆！

嘉州华都，那不就是三姐妹遇害的小区吗？查袋组的侦查员们火速上报专案组。

专案组得到这个消息后，立即查明这个叫兰新诚的学生就住在被害三姐妹的对门。三姐妹住在 703 室，兰新诚住在对门 709 室。

2009 年 4 月 25 日下午，南宁警方以最快的速度，将正在嘉州华都小区遛狗的兰新诚抓获。

兰新诚被抓之后，知道东窗事发了，心理防线崩溃，全盘供述了他杀害覃氏三姐妹并分尸、抛尸的犯罪全过程。

这是甘科伟参加的一起轰动全国的重大刑事案件。后来甘科伟回忆此事，说："案件一开始，大家都认为是熟人作案，忙着排查受害人的社会关系。这是没有错的，任何人接手此案都会这样做，从我们基层领导到公安部派来的专家也都是这个观点。我就一直在研究那几个编织袋。这需要强大的心理素质，需要沉得住气，静得下心，像穿针引线一样耐心、细心。不放过任何可疑的细节，才能为案件侦破提供可靠的线索依据。我们刑侦技术人员就是这样，要对这份工作真心热爱，只有这样，才能坚持下去。"

甘科伟在西乡塘分局刑侦大队工作期间，其精湛的勘查技术、高超的研判能力，不仅得到了刑侦技术同行的认可，也引起了市公安局领导的高度重视。

2009 年 4 月，南宁市公安局决定将甘科伟调入南宁市公安局禁毒支队，让他在这个特殊的岗位上发挥更大的才能。

禁毒支队每时每刻都充满危险，谁也不知道下一秒会面临什么，一切都是未知。

甘科伟甚至都不敢把自己调入禁毒支队的消息告诉父母，也不敢告诉心爱的黄婧婧。这样做一是为了保密，二是不让亲人担心。因为缉毒警察被形容为"刀尖上的舞者"，不难想象其危险性。

甘科伟不愿意让家人、恋人为他担惊受怕。

第九章　生死卧底

（一）并蒂莲

2009年4月底，甘科伟带着调令离开了西乡塘分局刑侦大队，悄悄来到南宁市公安局禁毒支队报到。

从此，甘科伟成为一名光荣的缉毒警察，开始走上出生入死、行走刀尖的缉毒战场。

几年来，由于工作太忙，甘科伟和黄婧婧见面的时间并不多，可黄婧婧从无怨言。她也是警察，她理解他。甘科伟知道，黄婧婧虽然嘴上不说，但不代表心里没有想法。

时间过得很快，黄婧婧已经27岁，她的很多同龄人都已生儿育女。甘科伟知道让人家这样等下去不妥，自己要给黄婧婧一个明确的说法。但现在甘科伟又调到新的工作岗位，不但比在刑侦大队时还要忙碌，而且随时都有危险，他不知道怎么跟黄婧婧说。甘科伟总觉得，作为恋人，他亏欠婧婧很多。

这样想着，甘科伟立即打电话给黄婧婧，想约她见面聊聊。两人约定在广西大学的荷花池畔见面。

禁毒支队紧靠广西大学。广西大学校园里树木葱郁，离校门不远有一个荷花池。这个荷花池久负盛名，每年夏季，荷花争艳，吸引了许多学生和市民前来观赏。

黄婧婧面带微笑向甘科伟款款走来。甘科伟看着她走近，朝她竖起了大拇指。

“干吗这么看我？”黄婧婧问。

“当了警察就是不一样，走路的样子都很有气场，不再是那个温柔的小女生了。”

“你的意思是我不够温柔？难道我很强悍吗？”

“不是啊，你现在是外刚内柔。看你这样子，我简单分析一下，你们领导已经不让你上街值勤了吧？”

“你怎么知道的？”

“这还不简单，警花嘛，谁敢让你上街值勤？如果司机们只顾盯着你看，车子开哪儿去了都不知道，就惨了。”

“别贫了。你今天好像很闲，难得啊。”

“我们有空才好呢！”

“听说三姐妹的案子被你们破了，祝贺你们。”

“两个多月没日没夜地查案，不容易。昨天公安部还给市局发来贺电呢。这么大的案子结了，我也想休息几天。另外，我们俩的事，想听听你的意见。”

黄婧婧故意问：“我们俩什么事啊？”

甘科伟着急回道：“就是我们之间的事啊。”

“我们之间能有什么事啊？”

甘科伟更着急了，却不知道怎么表达。他忽然看见荷花池里有一枝刚刚开放的并蒂莲，立即指着花说：“你看，那是什么？”

黄婧婧：“那是荷花。”

“你看，那不是两朵吗，叫什么花来着？”

黄婧婧扑哧一笑，不忍心再逗他，说：“还做刑警呢，吞吞吐吐的。有什么话，你不敢大声说出来吗？”

甘科伟看着黄婧婧，深深吸了一口气，然后变魔术似的从身后抽出一朵鲜红的玫瑰花，单膝下跪，双手献于黄婧婧的面前，放开喉咙大声表白：“黄婧婧，我请求你——嫁给我！”

甘科伟的求婚一下子吸引了四周的人围观。看到这对情侣如此甜蜜的场景，大家纷纷鼓掌：“嫁给他！嫁给他！”

黄婧婧从来没想到甘科伟会来这么一出，满脸红晕，在众多“嫁给他”的声音中，接受了甘科伟手中的玫瑰，然后拉他起来，说：“别这样，那么多人看着我们。”

一对俊男靓女，让周围多少人投来羡慕的目光。

两人的婚事就这样商定了。一天，甘科伟说：“我们回扶绥一趟吧。婚姻大事，总得和两边家长沟通一下，让两家人也见个面。”黄婧婧说：“行，时间你定。”

甘科伟和黄婧婧回扶绥见家人是在一个周日。

两人上火车之后，对面的座位上来了一位阿婆，她拎着包裹，想放到行李架上去。甘科伟见状，说：“阿婆，我帮您放上去。”阿婆很感激：“谢谢你，小伙子。”

甘科伟接过阿婆的包裹，举起来放到了行李架上。

突然，黄婧婧看到甘科伟腰间别着手枪，由于双手托举行李，衣服下面的枪口露了出来。

黄婧婧反应灵敏，立即起身，用身子挡住甘科伟，说：“我帮你托一下。”由于黄婧婧的遮挡，周围旅客并没有发现甘科伟身上带着手枪。

黄婧婧感到奇怪：刑侦技术警察取消配枪已经好几年了，难道科伟换部门了？可他也没告诉过我啊。他为什么不告诉我？他现在在哪个部门？

黄婧婧忽然产生了好多疑问。她想，两人都谈婚论嫁了，作为准妻子，她想知道，也有权知道，自己即将嫁的这个男人做什么工作。

但黄婧婧表现得很平静，她顺手拍了拍甘科伟的衣服，不经意地说：“你这衣服也太短了，下次穿长点。”

甘科伟立即明白了，他下意识地用手按了一下腰部。车厢里的人不多，两人面对面坐着。

黄婧婧面色严肃，轻声问道：“你就不打算跟我说点什么吗？”

甘科伟知道，黄婧婧发现了自己的秘密，可调入禁毒支队的事，又不便和她说得太多。

“婧婧，一直想告诉你，我现在在心圩江桥附近上班。”甘科伟看着黄婧婧说。

黄婧婧的大脑在飞速运转着。她是交警，对南宁的各条街道都很熟悉。心圩江桥附近有三家警务单位。一家是上尧派出所，一家是西乡塘分局，一家是禁毒支队。需要佩枪外出执行任务的只有禁毒支队，因为西乡塘分局刑侦大队在新阳龙腾路口办公。这次，他一定是出来执行任务的，居然让自己做掩护。

黄婧婧心里很生气。调入禁毒支队，整天与魔鬼打交道，这么大的事，甘科伟也不和她商量一下。但又一想，甘科伟有自己的人生目标和选择，他从小志向高远，勇于挑战自我，在他身上有男人最宝贵的责任和担当。有这样的男人在身边，会感觉很踏实，这也是黄婧婧这么多年来一直深深爱着甘科伟的主要原因。

绿皮火车到达扶绥之后，两人一起来到黄婧婧家里。

黄婧婧父母看见女儿和准女婿回来，心里很高兴，早就做好了晚饭等待他们。

饭后，甘科伟正想着如何向黄婧婧父母开口，告诉他们准备结婚的事。没想到，老黄却先开口了："科伟，你和婧婧也老大不小了。以前婧婧总说你工作忙，一拖再拖，你看我们家婧婧一直在等你，这样拖下去也不是办法。"

甘科伟说："伯父伯母，我这次回来，就是和你们商量这件事的。如果你们没什么意见，我和婧婧就准备领证，找个日子摆几桌酒席，把婚事办了。"

老黄说："等你这话都等好几年了。但你得记住，婧婧是我们两口子的掌上明珠，你得好好保护她，不能让她受半点委屈。"

甘科伟说："伯父伯母，您二老放心，我甘科伟发誓，我会用生命来保护婧婧，全心爱她。"

老黄点点头说："你是警察，我相信你。你自己都不知道，婧婧是多么爱你。你想想，你当了警察，婧婧一个弱女子，居然要以你为榜样，也当上了警察。你们谈恋爱快十年了吧，十年时间不离不弃，这感情得有多深才能做到啊。"

甘科伟说："伯父，我以后出差的次数可能会多一些。我有个想法，您二老退休之后，不如搬到南宁去，我们一起生活，也好有个照应。将来有了孩子，您二老还可以帮我们照看一下。”

黄婧婧说：“婚都没有结，就想那么远。你把我父母当保姆吗？”

老黄笑着说：“未雨绸缪，科伟想得远，我觉得这个办法可行。我们很乐意当这个保姆啊。”

甘科伟说：“这样太好了，我也可以放心去工作。”

老黄接着说：“你们俩工资都不高，我和你伯母商量了一下，以你们两口子的名义在南宁先买套房子。结婚了，总得要有个家吧。我们先垫上首付，其余的钱，你们慢慢还。”

老黄两口子很心疼甘科伟，知道他家里的经济状况，就想出了这个办法。这算是帮了甘科伟一个大忙。

在黄婧婧父母的帮助下，几方筹集资金，甘科伟和黄婧婧在南宁买了一套属于自己的婚房，简单装修之后，就正式入住了。

2009 年 5 月 25 日，甘科伟和黄婧婧来到青秀区民政局，结束了十年的恋爱长跑，领取了结婚证。

为了纪念这个特殊的日子，甘科伟和黄婧婧商量着晚上请几个好友聚一聚，热闹一下。刚准备打电话，甘科伟的手机就响了，是禁毒支队打来的，要求他迅速归队，说是有重要任务。

甘科伟抱歉地对黄婧婧说：“有紧急任务，我要立即出发。晚上聚不成了，改天吧。”

黄婧婧觉得有些遗憾，但她明白，这样的情况，从今往后可能要成为常态了。黄婧婧是一名警察，也是一名共产党员，十年的恋情，共同的信仰追求，这让她更加深切地理解甘科伟。黄婧婧知道，在甘科伟的生活中，工作永远是第一位的。

黄婧婧拥抱了一下甘科伟，说：“你去吧，注意安全，我等你回来。”

（二）酒吧魔影

缉毒警察之所以被称为“刀尖上的舞者”，是因为他们除了要面对心狠手辣的大毒枭，还要当卧底，打入贩毒分子内部，和犯罪分子进行斗智斗勇的较量。

执行卧底任务的缉毒警察置身贩毒团伙之中，稍有不慎就有可能暴露身份。他们除了要有较强的心理素质、应变能力，还必须学会表演。他们不是专业演员，但他们的表演必须比专业演员还要逼真。

黄婧婧发现，甘科伟在进入禁毒支队后，在生活上有了很大的变化。比如，他购买了许多关于毒品的书籍，《中国毒品史》《毒品的识别》《毒品犯罪》《毒品犯罪研究》等。

有一次，黄婧婧故意问甘科伟：“很奇怪，你最近买了这么多关于毒品的书，准备做什么呢？”

甘科伟想了想，决定告诉黄婧婧真相，至少让她知道丈夫是做什么工作的，不要让她产生误会，而且她是党员，懂纪律，她不会轻易告诉别人的。

“婧婧，你那么聪明，早就看出来了吧。我已调到禁毒支队，这下你该放心了吧。”

“成天与魔鬼打交道，你让我怎么放心？”

“俗话说，邪不压正。我们有党和人民做坚强的后盾，有什么不放心的。况且，我好歹一身功夫。你对缉毒警察就这么没信心？”

“能够进入禁毒支队的，哪个不是百里挑一的精英？我当然对缉毒警察有信心。但是，警察有那么多，而你，只有一个。”

“放心，我会保护好自己的。我们都是警察，打击犯罪，除暴安良，这是我们的职责。”

接下来，黄婧婧发现甘科伟的行踪开始变得有些捉摸不定，晚上常常不见踪影，有时到深夜才回来。而且，他很少穿警服，也很少和自己一起逛街。

面对黄婧婧疑惑的目光，甘科伟解释说：“以后，我们可能都不能一起上街了，如果在街上遇见，也要假装不认识，你心里要有所准备。我不想因为我的工作让你受到伤害。”

黄婧婧很委屈地说：“我已经受到伤害了。有一次，我看见你和一个女的在金花茶公园门口见面，样子很亲密，像在谈情说爱。”

甘科伟说：“那次是我和女同事在执行跟踪任务。这事我们领导是知道的，我的同事廖远也知道，改天我让他给你解释一下。我们谈了十年恋爱，我什么样你是知道的，你一定要相信我。”

“别去麻烦人家。我若不相信你，早就赶你出门了。”

“老婆，你如果在街上看到我和别人在一起，一定要冷静，不要和我打招呼。”

“见面都不能打招呼？我们的日子怎么会变成这样？”黄婧婧觉得很委屈。

甘科伟安慰黄婧婧：“我们关起门来过自己的小日子，你在家里就是我的小公主，家务我全包了，不让你操心。”

黄婧婧：“拉倒吧。你说说，你一周有几天在家？”

越是不想发生的事，越是会发生。一天，黄婧婧和母亲一起来到朝阳广场逛街。黄婧婧忽然看见甘科伟和上次那个女同事手拉手站在路边说话，她怕母亲看到，连忙拉着母亲离开。可是，她母亲还是看到了，很吃惊地说："婧婧，那不是科伟吗？他在干吗？"

黄婧婧拉着母亲就走："妈，您看错了。"

母亲说："我明明看到科伟了，他和一个女的站在一起，还拉手。"

黄婧婧说："快走吧，这么多人，他在这儿干吗？您肯定看错了。"

当时，禁毒支队在工作中排查到一条信息，一些娱乐场所的毒品来源与一个叫阿玲的女人有关。阿玲行动诡秘，与吸毒人员来往频繁，涉嫌贩毒。

支队人员通过侦查发现，阿玲也只是个中间商，她从宾阳拿货，与涉毒人员交易时被南宁警方抓获。在强大震慑和政策感召下，阿玲如实供述了罪行，并愿意为警方提供内线帮助。

为切断从宾阳流向南宁的这条贩毒线，禁毒支队支队长李南彦等领导经过慎重研究，考虑到甘科伟刚进入禁毒支队，很少有人知道他的真实身份，决定派甘科伟前去宾阳卧底，与毒贩进行正面接触。执行卧底任务之前，领导要求甘科伟尽快熟悉毒品的交易场所、环境和贩毒的基本常识等。

接到卧底任务后，甘科伟立即投入战斗。

七星路上的一家"湄公河之恋"夜总会里，音乐声轰鸣，炫目的灯光在极速闪烁，人影幢幢，年轻男女恣意扭动着身体。

这是一间隐秘包间，阿玲进来的时候，甘科伟已经等了很久。

阿玲抱歉地说：“我只能聊一个小时，和客人约好了，我一小时后要出去。”

甘科伟对阿玲说：“你好好表现，这是一个机会，希望你能戴罪立功。”

阿玲说：“请警官放心，我争取立功赎罪。”

甘科伟说：“先说说你的情况，让我熟悉一下。”

阿玲说：“我 1986 年在宾阳武陵镇出生，妈妈在镇上开理发店，我爸在与我妈离婚之后去广东打工。我跟妈妈学会了理发，后来在南宁建政路租个小门面开发廊。由于生意冷清，就招了两个小妹做皮肉生意，后来被查封了。从此我开始混社会，认识了一些哥们儿姐们儿，白天睡觉，晚上流连于酒吧、KTV 等场所。从那时起，我接触了海洛因，后来通过朋友介绍，开始服用摇头丸和 K 粉。我已经离不开毒品了，一天一针，花费也越来越高。实在没办法，只好到 KTV 坐台。后来，我借了高利贷，5 万元，月息是 5000 元，没想到债务不但没还清，而且利滚利，越滚越大。我被逼得没有办法，听说走货（贩毒）来钱快，就走上了这条路。”

甘科伟问：“你平常都走哪些货？”

“货都是从认识的朋友那里购买的。一包冰毒大约 10 克，拿货 500 元。初次吸冰，会出现头晕的症状，也有人会晕厥。”说完，阿玲拿起桌上的一瓶矿泉水，咕嘟喝下半瓶，心虚道，“我刚才就吸了冰，现在口干，话也多，我平常很少说这么多话的。现在心里慌，心脏怦怦直跳，很兴奋，可以整夜不睡觉。”

甘科伟问：“你吸 K 粉有什么反应吗？”

阿玲说：“我们称吸 K 粉为‘打 K’。K 粉在不少娱乐场所都有，叫作‘Hi’，也称‘嗨药’。打K之后，半小时以内就会出现幻觉，我能看到天堂，也会看到地狱。我们这里的摇头丸分好多种，有种橘红色的比较常见，大家称之为‘小辣椒’。它主要是给女性服用的，这种东西会让女性兴奋，引起她们强烈的性冲动。”

甘科伟问：“你是在什么情况下认识阿勇的？”

阿玲说：“由于吸毒开支大，我就产生了以贩养吸的想法。后来在东葛路的一家KTV认识了阿勇，他说能帮我找到货源。阿勇是宾阳人，很狡猾，为稳妥起见，从不来南宁交易。我每次拿货都要去到宾阳。后来我才知道，阿勇也是中间人，他有自己的上线。据我所知，南宁这边的货源有很多都是从阿勇那边拿来的。”

甘科伟问：“你是怎么走货的？”

阿玲说：“我从阿勇手上拿货，然后分给外面的那些年轻人，就是粉仔，由他们直接向客人销售。客人来了，‘粉仔’会问他们是要‘Hi’还是‘果子’。‘Hi’就是K粉，‘果子’就是麻古。K粉的价格比较稳定，基本上每克30元左右。我从阿勇手上拿货，然后分包，以每克40元的价格再卖给外面的‘粉仔’。‘果子’的价格很悬殊，好的将近百元，差的也要三四十元。”

甘科伟说：“我想去宾阳接触一下阿勇，需要你的帮忙。”

阿玲说：“你们要我怎么做，我就怎么做。”

甘科伟说：“你告诉阿勇，就说你妈生病了，需要你照顾，南宁这边的生意暂时转交给你的马仔韦哥代理。我就是你的马仔韦哥。你告诉他，一有货就立即通知你。”

阿玲说：“下面，我要教你一件事了。”

甘科伟问：“什么事？”

阿玲说：“有一个动作，你必须学会，就是甩头。”

甘科伟答：“对，毒贩最喜欢去酒吧，要跟他们打交道，甩头是肯定要学会的，那请你教教我。”

阿玲就做示范。可是，别看这个动作简单，真正甩起来是有技巧的。

甘科伟学了半天也甩不起来。

阿玲说：“你这动作，放人堆里一眼就能看出不正常。”

为了尽快掌握甩头的技巧，甘科伟除了向阿玲请教，还常常一个人在家里练习。有一次，黄婧婧推门进来，疑惑地看着甘科伟，问：“你摇头晃脑干吗？”

甘科伟说：“我最近颈椎痛。”

黄婧婧说：“那让我来给你按摩。”

甘科伟只好说：“那当然好。”

终于，甘科伟的甩头动作练得炉火纯青，阿玲检验后，也说练得不错，甩起来就跟真的嗑了药似的。

阿玲说：“学会了甩头动作，还得学另一样。”

甘科伟问：“还有什么？”

阿玲说：“为了演起来更像，你得去文身。”

甘科伟说：“这不太好吧，我对文身不感兴趣。”

阿玲说：“你可以选择不文身，但文身可以增加毒贩对你的信任。比如，毒贩请你去休闲浴室泡澡，谈生意，你如果一身文身，会对谈生意很有帮助。”

甘科伟说：“我也知道，可那玩意儿文上了，就很难除掉了。”

阿玲说：“现在有一种一次性的文身，很容易清除的。我知道哪儿有，现在就带你去。”

一次性文身是喷绘在皮肤表面的图案，经过数天或者数周就会自动消失，也可以用酒精快速清洗干净，并不会留下疤痕。

就这样，甘科伟特地做了一次性文身，左青龙右白虎，有点“混社会”的意思了。

（三）第一次卧底

卧底警察奋战在缉毒工作最前沿的地方。枪战、卧底等缉毒警察的传奇故事一直是商业警匪片中最热门的题材。其实，卧底是民间的说法，警察内部称之为化装侦查。

卧底警察常常要演戏，其演技必须比专业演员还要专业。演员演得不到位，还可以重来，但卧底的演出却没法重来，一旦出错，就有性命之虞。

有一天，宾阳阿勇打电话给阿玲，说“冰糖”“味精”到货，“白酒”也有了。这是他们的行话，“冰糖”是指冰毒，“味精”是指 K 粉，“白酒”是指海洛因。目前阿勇手上有“冰糖”250 克，“味精”1000 克，“白酒”一瓶（即一块海洛因，约 300 克），按老价格出。所谓老价格，是指当时的价格：冰毒每克 260 元，K 粉每克 30 元，海洛因每克 500 元。

禁毒支队得到消息后立即布置行动，由甘科伟伪装成粉仔，前往接触毒贩，一旦交易成功，甘科伟就立即发出信号，外围人员迅速冲进去抓捕，争取把毒贩一网打尽。

甘科伟一身的“土豪”装扮，脖子上一条粗大的金项链闪闪发光，手上戴着金手表、金戒指，一身贵气。这些金货都是甘科伟打报告临时从支队库房里借用的，是之前缴获的物品。

甘科伟的外表已准备妥当，资金也已备齐。因为是第一次和毒贩近距离接触，甘科伟心里还是有些紧张。好在有行动小组跟在后面支援，他心里多少有点底气，加上他一身武功，万一动起手来，不见得会吃亏。

根据约好的时间，甘科伟拎着密码箱，打车来到宾阳县。

到宾阳之后，甘科伟打电话给阿勇，问在哪里接头。阿勇告诉他，打车到县邮局门口，直接上停在那里的一辆汽车，司机阿龙会带他去一个地方。

甘科伟感觉阿勇防得很严，一旦到了邮局门口上了汽车，李队他们要跟踪就比较困难了。

警方的一辆车不能跟踪太久，不然容易引起对方警觉。比如，警方跟踪一名毒贩，上了高速后，毒贩最常见的反侦查手段就是变换车速。他们先在高速上开出 200 千米 / 时的车速，然后突然降到 60 千米 / 时，目的就是甩掉后面跟踪的车辆。如果毒贩突然减到 60 千米 / 时时，后面的车辆不变道而是跟着减速，那就明摆着是跟踪。因此，一旦发现目标，警方都会安排多辆不同类型的车辆跟踪。

当甘科伟上了毒贩指定的车之后，阿勇安排在邮局对面的眼线紧紧盯在后面，看看有没有可疑的车辆跟踪。他们没想到的是，禁毒支队的跟踪队员早已骑上摩托车，在他们的眼皮底下追踪而去。

最后，车子进入宾州酒店。司机阿龙带着甘科伟进入酒店，绕开电梯，走楼梯上楼。到五楼，又回头，走到四楼，进入了 406 号房。

这一番周折，可见阿勇戒备之严密，真是煞费苦心。

进入房间后，甘科伟发现这是一个套间。甘科伟问：“阿勇在哪里？”

阿龙回答：“韦哥别急，按照老规矩，在见阿勇之前，我们要搜身，行个方便吧。”

甘科伟放下密码箱，举起双手。阿龙从手臂一直摸到小腿，没发现问题。然后，阿龙让甘科伟打开密码箱，搜查一番之后发现里面除了钱再没有其他东西。他们万万没有想到，甘科伟的那双鞋子里藏着秘密。

甘科伟的鞋跟是特制的跟踪器，无论他走到哪里，李队他们都能找到相应的位置。

阿龙敲了敲里面房间的门。

“进来。”里面有人说话。阿龙打开房间后，让甘科伟进去。

甘科伟拎着密码箱进入里间，发现有两个外形彪悍的大汉坐在床上，警惕地打量着他。其中一人示意甘科伟坐下。

“我是阿勇。听阿玲说，你以前一直是她的马仔，想不到这么年轻啊，看你一表人才，难怪阿玲那么信任你，把这么重要的事让你来做。”

甘科伟说：“玲姐一直把我当兄弟，很关照。”

阿勇淫笑道：“恐怕不只是兄弟这么简单吧。你是帅哥，阿玲是美女，真是好搭档。难怪阿玲把你藏得那么深。哈哈。”

甘科伟说：“勇哥见笑了，大家都是混口饭吃。”

阿勇问：“听老弟口音，不像是南宁人。”

甘科伟说：“我老家在崇左乡下，家里穷，就出来混了。”

阿勇指着桌上的K粉，说："老弟来一口？"

甘科伟说："抱歉，我只求财，不想害自己。"

阿勇说："真是奇闻。干我们这一行的，哪个不是'大咖'（瘾君子）？有一天进了局子，还不是一样害自己？"

甘科伟说："那可不一样。万一进了局子，有两种结果，一种是一了百了，一种是侥幸活着。我如果活着，感觉不会太难受。但你们如果活着，恐怕生不如死。"

阿勇愣了一下，觉得这话有些道理。走上这条贩毒路，朝不保夕，不知道哪天就会出事。一旦出事，哪怕是被判死刑，都还要经过一年半载的起诉审判。这期间犯毒瘾了怎么办？那可能比在地狱还难熬。

阿勇叹了一口气说："还是你老弟想得明白。"

甘科伟说："因此，我们好好合作，好好赚钱。"

阿勇说："钱带来了吗？"

甘科伟一边打开密码箱，一边说："按照约定，你清点一下。"

阿勇拿起一沓钱在手上掂了掂，对身边的人说："给他。"

他们把"冰糖""味精""白酒"放在甘科伟的面前。按照阿玲的吩咐，接下来就要验货了。冰毒、K粉的验货方法，阿玲示范过，所以甘科伟很快就验好了。现在，轮到面前的四小块压好的海洛因了。

阿勇说："老规矩，你得当面验货，这样，咱们才算银货两讫。"

甘科伟把海洛因拿在手上看了看，却发现自己没带任何工具。他只能装模作样反复看，又不时地闻一闻，脑海里却在急速地思考怎么办。

阿勇觉得奇怪，海洛因验货，不是这样的验法啊。长期走毒道的人，验货怎么会如此生疏呢？阿勇的眼里充满了狐疑。

危急时刻，甘科伟沉着冷静。他忽然想到，自己身上还带着一串钥匙，就伸手往腰间去取。

没想到，这个动作与拔枪的动作一模一样。阿勇看见了，立即大喊：“你干什么？”说着，两只手死死卡住甘科伟的手臂。

甘科伟说：“勇哥，你这是干吗？我取钥匙。”

阿勇这才放开手，说：“老弟，人心险恶，不得不防啊。”

甘科伟说：“你也太敏感了吧。”

甘科伟从身上取下钥匙，然后对着一块海洛因不停地挖、划、刮。那块海洛因经过压缩之后变得坚硬无比，无论甘科伟怎么弄，也没法弄出点碎末下来。更惊险的是，一不小心，甘科伟手上的海洛因掉在了地上。

自己表现得如此生疏，甘科伟都有点心慌了。

阿勇很奇怪地看着甘科伟，他这是在干吗呢？看这样子，是个对毒品完全陌生的新手啊，他到底是谁？

突然，阿勇从身上抽出一把匕首对准甘科伟。

面对这突如其来的变化，甘科伟本能地想做出防守的姿势。可是他突然想到，专业的防守姿势会让阿勇识破自己的身份，不如毫无防备，这样可以迷惑对方。

甘科伟正思考着如何面对这一局面。阿勇却忽然把匕首头尾对调一下，将把柄交给甘科伟。

甘科伟一下子明白了，原来阿勇是让他用匕首做工具。

甘科伟接过匕首，很小心地从一块海洛因的边上刮下一些粉末，然后用手指沾了点粉末，轻舔手指，假装尝尝苦味的程度。这是检验海洛因纯度的一般方法，越苦则越纯。

甘科伟以极其巧妙的手法瞒天过海，并未尝到粉末。他先伸出食指和中指，然后以中指沾粉，送到舌尖上的却是食指。这一动作做得天衣无缝。

甘科伟“回味”了一下，很满意地点点头，说：“货色不错。”实际上，他根本不知道好不好。

阿勇看着甘科伟品尝之后满意的神情，打消了疑虑。验货完毕，就算是银货两讫。

这时可以收网了。甘科伟准备向守候在外围的李队发出信号，想让他们立即冲进来，人赃俱获。

可是，信号还没发出，房门“砰”的一声被踹开，并传来严厉的警告声：“我们是警察，抱头！全部靠墙！”

从门口一下子冲进来五个人，每个人手里都握着六四式手枪。进来之后，他们把包括甘科伟在内的所有人都摁倒在地，并立即控制住。

甘科伟看到黑洞洞的枪口对着自己时，觉得脑子里一片空白。心想：你们是警察，那我们的人呢？李队他们在哪里？

甘科伟知道，这时自己不能有任何反抗的举动。否则，警察就有可能立即开枪。

甘科伟被这些训练有素的警察掀翻在地，双手被反压在背后，头也被狠狠按住，传来一股钻心的疼痛。

阿勇亲眼看到，“韦哥”被狠狠地摁倒在地上，脸上露出痛苦不堪的神色。警方对他没有丝毫手软，他不像是卧底啊。阿勇怎么也想不明白是哪个环节出了问题。

甘科伟更想不明白，这些警察是谁，他们从哪儿来？我们的队员又在哪里？

原来，这些警察来自广东。阿勇的这批货源来自广东的一个毒贩。广东警方根据线人提供的信息，顺藤摸瓜，盯上了阿勇。他们得到消息，南宁的“韦哥”要去宾阳和阿勇做一笔交易，就早早埋伏在酒店周围，他们把“韦哥”当成了毒枭。

他们更不知道，在他们身后还有另一队警察正盯着阿勇。

还没等甘科伟发出收网的信号，广东警方就提前动手了，一下子控制了房间里的所有人。

李队长看到一辆特警车呼啸而来，眼睁睁地看着甘科伟被一帮来路不明，手握手枪、冲锋枪的特警押上了警车，一时也懵了，但他看到车牌是广东的，似乎明白了什么。看来，这事得区公安厅来协调了。

很快，事情查清了，甘科伟悄悄回到警队。

甘科伟后来才知道，广东警方已经下令，若毒贩拒捕，立即击毙。没死在毒贩手里，差点丧命同行手中，甘科伟心想，这次行动真悬。

这就是卧底的惊险所在，不到最后一刻，你永远都不知道会发生什么事。

当然，广东警方真实抓捕的情形让阿勇至死都不会相信“韦哥”是卧底。

对于甘科伟来说，每一次卧底都是在刀尖上行走，惊险万分。这是正义与邪恶的正面较量。由于经常前往宾阳侦查，“韦哥”在当地黑道上已小有名气，甘科伟利用“韦哥”的身份接触毒贩，为禁毒支队破获各种毒品案提供了重要线索。

随着时间推移，甘科伟的卧底工作做得越来越出色。他曾屡次充当买家，潜入贩毒团伙内部执行任务，被同事们称为金牌卧底。每次实施抓捕时，甘科伟都会被自己的同事当成毒贩摁倒在地，反铐双手。

那时，甘科伟就会乖乖地躺在地上，深深地松一口气，他知道周围都是自己的同事，他这一刻是真正的安全了。

经历过数次的卧底之后，“韦哥”的谱越摆越大，脖子上的金项链也越挂越粗，出入娱乐场所时，手上还拿着雪茄。

甘科伟发现，对付毒贩时，自己的身上必须有一股狠劲，脸上和眼神中要流露出威严，摆出一种居高临下、排山倒海的气势，这样才能震慑他们。

一次，甘科伟再次化身“韦哥”，来到宾阳与一毒贩交易。对于这些小毒贩，甘科伟早已不把他们放在眼里了。

一名毒贩进入约定的房间，与甘科伟见面，他问甘科伟要多少货。“韦哥”说：“你们这些小虾米，有多少货都拿出来，你也不打听打听，我韦哥是谁。”

第二天交货时，对方却换了一个人，还两手空空。甘科伟斜靠在椅子上，装作看电视，等他进来，并不理他，只用余光瞄了他一眼。

“你是韦哥？”对方问。

甘科伟不动声色，视线仍未离开电视屏幕，很生气地说：“磨磨叽叽的，东西带来没有？没带就滚出去！”

看到“韦哥”如此摆谱，手上拿着雪茄，来人觉得和传说中的“韦哥”差不多，于是放松了警惕，问：“钱带了吗？”

甘科伟显得有些不耐烦，说：“就你们那点货，还不够我塞牙缝。

货到了，多少钱都有，要做就做，不做就别浪费我的时间。我韦哥是什么人，你也不去打听打听。”

来人终于放下戒备，打电话让人送货。

甘科伟立即打电话给在外守候已久的同事：“货到了，拿钱来。”

不一会儿，有人拿了一袋钱进来。毒贩埋头点数。瞬间，警察破门而入，毒贩束手就擒。同时，甘科伟也被同事们摁倒在地，反铐双手。

甘科伟被同事们摁倒成了家常便饭。同时，他的身份变得更加隐蔽，照片不能公开。他的眼神和普通人也不一样，变得更加犀利和敏锐，随时都处在警戒状态。因为他知道，每次行动，虽然不一定是枪林弹雨，但都难免遇上腥风血雨。

经过与毒贩的长期接触，甘科伟已能熟练使用毒贩的黑话、行话，也已熟知各种毒品的特性、价格和吸食方法。更重要的是，在长期的卧底实践中，甘科伟已经成长为出色的“刀尖舞者”，临危不惧，在面对死亡威胁时，能做出迅速应变。

“韦哥”是毒道上的传奇人物，也是缉毒战线上不可多得的金牌卧底。

第十章　英雄虎胆

（一）化装侦查

甘科伟在正式调入南宁市公安局禁毒支队后不久，接到的第一个重要任务就是学会化装侦查。这是缉毒警察必须掌握的基本功。领导要求甘科伟化装成摩的司机（用摩托车载客），以便对毒贩进行跟踪监视。

为了让自己看起来更像个真实的摩的司机，甘科伟决定走上街头，深入群众，真实体验摩的司机的日常生活。

南宁曾经被称为“骑在摩托车上的城市”，摩托车多如牛毛，摩的也颇为流行。甘科伟骑在摩托车上，在路边等了很久。他也像别的摩的司机一样，很勤快地去拉客，却没人理他。

甘科伟感到奇怪，同样在等客，别的摩的司机都有客人，可他等了半天，一个客人也没有。甘科伟觉得这里面肯定有名堂。后来，甘科伟虚心向别的摩的司机打听才知道，自己的摩托车上还差一个装备。凡是摩的司机，车上都挂着两个头盔。这是摩的司机的标志：一个自己用，另一个给客人用。

甘科伟只有自己头上戴的头盔，车把上没有第二个头盔，所以一般人不敢坐他的车。

甘科伟立即来到中华路的摩托车配件市场。他找了很多家店，头盔价格从几十元到几百元不等。他很想买只好的头盔，可如果价格太贵，黄婧婧那边不好交代。最后，在一个摩托车修理铺，甘科伟花 100 元买了一个二手头盔，往车把上一挂，这样就像个有模有样的摩的司机了。

黄婧婧发现甘科伟最近变得很忙，却不知道他在忙些什么。

其实，甘科伟并不准备真正去载客，因为他知道，城市不允许摩托车载客。

甘科伟来到火车站，和一堆摩的司机挤在一起。他买了一张《南国早报》做掩护。也许是因为这么年轻英俊的摩的司机比较少见，所以前来问价的女性很多。甘科伟故意把价钱开得很高，这样也就没人坐他的车了。

旁边的摩的司机提醒他："老弟，你开价那么高，谁还会坐你的车啊？差不多就行了，多跑几趟吧。"

甘科伟说："爱坐不坐。价开少了，还不够油钱呢。"

旁边的摩的司机摇摇头，心想：没见过要价这么狠的人。

"师傅，从火车站到邕江宾馆多少钱？"一个时髦女郎站在甘科伟面前问道。

甘科伟想，从火车站到百货大楼要 5 块钱，再到邕江宾馆也得 5 块，总共 10 块，但我的本意并不是载客，抓到了被罚款更是麻烦，不如开高价吓跑她。甘科伟爱理不理地说："你知道，现在这条路很难走啊。你要实在想去，给你个优惠价，50 块吧。"

旁边的摩的司机都扭头看着甘科伟，显然是被他的价格吓住了。没想到女郎嫣然一笑，说："成交。"

甘科伟见她答应得如此爽快，问她："你真的要坐啊？那先付钱。"

女郎从小提包里拿出一张 50 元，递给甘科伟。甘科伟只得硬着头皮接过钱，开车了。

那女郎也不客气，戴上头盔，上车后就从后面环抱着甘科伟。

甘科伟说："你别这样抱着我，你可以双手扶着我的肩。"

女郎不理他："我长得不好看吗？哪来那么多废话，收了钱还不快走。"

甘科伟一路心惊胆战，因为最近交警查得很严，心想，早知道就开价 100 块了。

由于朝阳广场有盘查点，甘科伟只能绕道。当他七绕八绕终于来到民族江北路口时，一名交警拦在他的面前，示意他靠边。甘科伟定睛一看，眼前一黑，心想，完了完了。

正在值勤的黄婧婧已经认出甘科伟，很生气，心想：原来你是当摩的司机去了。黄婧婧看到后座上的女人把甘科伟抱得紧紧的，就更加来气了。她严厉地说："请出示你的驾驶证！"

甘科伟无奈地说："警官，没必要这样吧？"

"别废话，请出示你的驾驶证！"

事有凑巧，交警队正在进行业务大练兵，所有人员都要上路值勤一段时间，黄婧婧也不例外，这天正好轮到她值勤。

甘科伟没办法，递上证件。

黄婧婧："车上是你什么人？"

女客："警察同志，我是他什么人，关你什么事？"

黄婧婧："当然关我的事。政府三令五申，强调摩托车载客属于非法营运。你不知道吗？"

女客："警官，不是载客，我是他的女朋友。"

黄婧婧："女朋友？那你知道他叫什么名字吗？你说出来，我就放你们走。"

女客："警官，行行好，放我们走吧。前面就是邕江宾馆，很近的，我们马上就到了，你行个方便。"

黄婧婧盯着甘科伟："你们去邕江宾馆？"

甘科伟有口难辩，如实交代："警官，我是摩的司机，刚从火车站拉活，去邕江宾馆。就这样。"

黄婧婧面无表情，开罚单："罚款200元。"

甘科伟："警官，别这样啊，这趟活才挣50元。罚200元，这可是我们家一个月的水电费啊！"

女客一看要开罚单，立即下车，一溜烟跑了。

黄婧婧还是强硬的语气："再不交罚款，我连你的车子也扣下来。"

甘科伟一边答应交钱，一边很不情愿地掏出200元交给黄婧婧。

黄婧婧收了钱，给了收据，狠狠说道："带女人去邕江宾馆，回去再和你算账。"

甘科伟有口难辩，苦笑着说："黄警官，饶了我吧。"

其实，黄婧婧已经猜出甘科伟在做一个缉毒警察要做的事情。

她愿意配合他，让戏演得更逼真些。

不久，禁毒支队得到情报，几个毒贩准备在建政路的一家水果店进行毒品交易。李队长立即带着侦查员兵分三路：

第一路由侦查员甘科伟和他的同事化装成摩的司机，在水果店门口近距离监视毒贩的交易过程。

第二路由其他侦查员分布在水果店周围，等候命令。

第三路由李队长率侦查员埋伏在马路对面一个隐蔽的房间，进行不间断跟踪拍摄。

建政路上这家名叫“旺角”的水果店，位于一处十字路口。水果店周边有许多摩的司机，他们坐在车上等客，有的在看报纸，有的在抽烟聊天。这群摩的司机中隐藏着两个特殊的人：甘科伟和他的同事。

突然，甘科伟得到指令，毒贩出现了。

有两辆小车进入了甘科伟的视线。车子在路边停稳之后，从车上各下来一男一女。他们走到水果店，似乎要买水果。

两个女子进入水果店之后，把随身带的包放在柜台上，然后挑选水果。此时，两个男子在水果店门口一边抽烟，一边东张西望。

选好水果结账之后，两个女人取回提包，跟随各自的男人上车离开。整个过程看起来就只是买水果，并没有发现他们进行毒品交易的迹象。

（二）建政路上的伏击

第一次侦查，没有发现毒贩进行毒品交易的迹象，这让禁毒支队的所有侦查员感到纳闷。

在禁毒支队的案情分析会上，李队长提出几个问题，请大家进行研判：

（1）我们没有发现他们进行毒品交易，是不是信息有误？

（2）毒贩还会在水果店交易毒品吗？

（3）我们是否要对毒贩的车子进行追踪？

甘科伟仔细回忆了毒贩购买水果的全过程。他反复观看拍摄好的录像，终于发现了毒品交易的秘密。他立即把自己的研判报告交给李队长。

原来，毒贩一共四人，两男两女。到了水果店门口，两个男人表面上在聊天，实际上是在望风。两个女人进入水果店，买好水果准备离开时，双方拿走的并不是自己的包，而是拿了对方的包。这四人就这样神不知鬼不觉完成了毒品交易，整个过程如行云流水，乍一看天衣无缝。

不能不说，这是毒品交易最隐蔽的方式之一，毒贩之狡猾由此可见一斑。

关于毒贩是否还会在水果店进行交易，甘科伟经过反复研判，得出了自己的结论：

“旺角”水果店独特的地理位置是毒贩进行毒品交易的理想场地。根据侦查，毒贩选择这家水果店是经过精心策划的。

第一，“旺角”位于十字路口，一有风吹草动，毒贩可以迅速分散向四面八方逃跑。

第二，附近有个公厕，如交易发生意外，毒贩可立即逃进公厕，将毒品倾倒，瞬间毁灭证据。

关于毒贩的车辆，甘科伟的意见是不进行跟踪，防止打草惊蛇。目前所要做的，就是和内线取得联系，确定他们下一次交易的时间，那时才是收网的最佳时机。

禁毒支队根据甘科伟的研判报告进行综合分析，认为毒贩在此次毒品交易成功之后还会来水果店。李队长决定，等下一次毒贩在“旺角”水果店交易毒品时，再次伏击。

这一天终于等来了。根据内线提供的情报，毒贩将再次来到“旺角”水果店进行交易。

2009 年 5 月 28 日，午后。南宁市建政路上车水马龙，“旺角”水果店里，摆满了各种新鲜的水果。

为了确保这次行动万无一失，李队长带领侦查队员们多次在水果店附近踩点，熟悉环境。几个行动小组埋伏在四周。

第一组，李队长在马路对面的一间隐蔽房间里指挥整个行动，同时新增加了一台摄像机，不间断拍摄以取证。

第二组，支队的一位侦查员老何化装成水果店的老板。为了熟悉水果店的业务，老何每天上下班早出晚归卖水果，成了非常熟练的果行老板，对水果的价格行情等已是烂熟于心。老何曾开玩笑说，等他退休了就开个水果店，还是很赚钱的。

第三组，甘科伟和一名同事继续化装成摩的司机，近距离侦查，给抓捕组做外围支援。若有犯罪嫌疑人从行动组逃脱，他们就会冲上去继续追捕。

第四组，行动组，成员们荷枪实弹，分散在附近，伺机出击。

侦查队员们都认为，有了如此周密的安排，打掉这个贩毒团伙已经是板上钉钉的事了。

毒贩进行交易的时间显然是精心设计的，下午 1 点 20 分，这时大部分人在午休，水果店里的生意也不多。

不一会儿，两辆小车驶入了水果店附近，停靠在路边。这是一辆奥迪 A6 车和一辆本田车。

奥迪车停下之后，从车上下来一个瘦削的男人。他穿一件 T 恤，站在车边四处张望了一下。此人正是南宁警方长期跟踪的毒贩白小东。

白小东是宾阳人。1999 年，刚满 19 岁的白小东因盗窃、抢夺罪被判四年有期徒刑。出狱后，他沾染上了毒品，并与一帮狐朋狗友走上了贩毒的道路。

白小东下车后，观察四周，未见什么异常，就拍了拍车顶。不一会儿，副驾驶室的门打开了，下来一个胖女人，叫阿香。她着装艳丽，目光浮动，臂弯里挎着提包，走进了水果店。

此时，本田车上也下来一男一女。男的个子较高，抽着烟，警惕地注视着四周。女的身材瘦小，臂弯里也挎着提包，向水果店走去。

两个女的进入水果店，像以前一样，都把提包放在墙边的凳子上，然后开始挑选水果。

白小东和另一男人站在水果店门外，背对着水果店，面向街道，四处张望着。白小东向身旁的男人借火，似乎在借机交流什么。

水果店里的一切都被对面监视的李队长看得一清二楚。此时，所有侦查员的神经都绷紧了，等待着李队长下令。

按照原定方案，只要犯罪嫌疑人调包，就算完成毒品交易，行动组就会立即出击，在毒贩往回走的路上实施抓捕。

很快，水果店里一胖一瘦的两个女人选好水果，非常自然地拿走了对方的提包，然后走出水果店。

这时，埋伏在四周的行动组成员早已推弹上膛，准备抓人。但李队长忽然发现情况有变。

两个女人走出水果店的门外后，在门口望风的毒贩白小东本来也准备跟着离开。可是，这时白小东无意中回头看了一眼，正好看到水果店老板也在看他。

白小东脑门上一阵冰凉。他忽然发现，这不是以前的水果店老板，这是个陌生的新老板，眼睛大而有神，正气凛然。和警察打了这么多年的交道，这种眼神，白小东见得太多了。

白小东立即追上前面的阿香，并用手指了指旁边的公厕，让她立即进去。

“不好，这家伙发现了！”李队长发出立即行动的指令。

行动组的成员以迅雷不及掩耳之势扑向白小东和其他三人。没费多大力气，白小东和另外一男一女在马路上被迅速控制，走在最前面的阿香却一下子闪进了公厕。

行动组的成员都是男的，无法跟着进入女厕，只能把公厕包围了。后面赶来支援的两名女警进入女厕后制服了阿香，并把她带出女厕。

阿香并不甘心，在马路上拼命挣扎，大声叫嚷：“警察打人了！你们凭什么抓我？凭什么抓我？”

没有人理会她。李队长搜查她的提包，但里面已是空无一物，只在提包的边缘看到了一点白色的粉末。

这次行动的结果并不理想。虽然抓获了四名犯罪嫌疑人，但最重要的证据却被销毁了。另一个女人也根本不承认手上的现金是毒资。

阿香提包上的那点粉末后来被检验出有海洛因的成分，但检察院最后认定证据不足，决定对这四名犯罪嫌疑人不予批捕，予以释放。

（三）嚣张的毒贩

精心策划的收网行动因一处细节上的疏忽而功亏一篑，支队这次不仅没有将毒贩绳之以法，反而打草惊蛇。

通过此次行动，侦查员们也认识到毒贩白小东的狡猾。此人反应灵敏，生性多疑，具有很丰富的反侦查经验，一有风吹草动，就会毫不犹豫销毁证据。

李队长和队员们都知道，白小东这次虽侥幸漏网，但绝不会就此放弃贩毒，只不过会更加隐蔽。这将给禁毒支队侦破白小东贩毒案带来更大的难度。李队长告诫队员们，对于白小东，要做好打持久战的准备。

一天，甘科伟接到办公室通知，要他立即到会议室，说是有重要会议。

甘科伟来到会议室时，发现支队长和副支队长都在。他们见甘科伟进来，连忙关好门，示意他坐下。

甘科伟感到奇怪，除了两位领导，就他一个人。整个会议室里弥漫着一种紧张的氛围。

李队长也不卖关子，直接告诉甘科伟："建政路水果店行动失败后，白小东成了漏网之鱼。为了不给白小东有喘息的机会，也为了将白小东绳之以法，禁毒支队的领导们经过反复斟酌，决定由你具体负责白小东案的追踪调查工作。我们想听听你的意见。"

关于由谁来负责白小东的案子，禁毒支队的领导们经过反复讨论，最终决定由甘科伟来完成这项任务。主要基于这样几条理由：

（1）甘科伟刚调入禁毒支队，是新面孔，有利于开展各项侦查活动。

（2）甘科伟有很好的散打功夫，能够应对突发事件。

（3）甘科伟反应敏捷，善于分析和研判，这是他业务上的特长。

（4）甘科伟是一名共产党员，讲政治，有信仰，具有高度的组织和纪律观念，组织上对他无比信任。

甘科伟心里很清楚，这将是一项艰巨的任务。白小东的狡猾，甘科伟在这次建政路上的行动中算是领教了，白小东具有迅速的应变能力，确实与普通的毒贩不太一样。

甘科伟说："谢谢领导信任，这是一场正义与邪恶的较量，我接受挑战。"

李队长说："你的任务就是追踪白小东，查清此人的活动轨迹。你是一名优秀的侦查员，综合素质比较全面，我们相信你有能力完成这项重大任务。"

甘科伟说："请领导放心，我保证完成任务！"

这时，禁毒支队的院子里传来吵闹声。大家不知发生了什么事，纷纷出来围观。

会议室的三个人拉开窗帘，当他们看清眼前大声吵闹的那个人时，大吃一惊：此人正是白小东。

甘科伟说：“没想到他自己送上门来了，我去收拾他。”

李队长说：“你不要出门，目前不宜让他看到你。你的任务是秘密调查白小东的所有活动资料。楼下的事让我来处理。”

白小东不仅大摇大摆找到禁毒支队来，还一进大院，就大声叫骂起来：“想抓老子？门都没有！你们来抓啊？老子今天就来了，你们来抓我啊！”

白小东公然在禁毒支队的大院里高声叫骂，这让缉毒队员们感到很恼火。大家都没出声，个个冷眼望着他。

白小东骂了半天，见没人理他，再次叫嚣：“你们不是很威风吗？现在个个成了缩头乌龟了？李南彦，你个 ×× 养的，快给我出来！”

李队长见白小东这么猖狂，不知道他此番前来有何目的，觉得有必要出面处理一下。他让甘科伟待在会议室，自己走下楼，来到院子里。

李队长：“白小东，你已经被释放了，现在又来做什么？”

白小东：“被释放？真是笑话。你们无缘无故把老子逮起来，难道不给个说法吗？”

李队长：“已经给你说法了，决定不逮捕你。”

白小东：“既然如此，你们把老子的两辆车还给我。”

原来如此。被释放之后，白小东觉得很神气，得意扬扬来到禁毒支队讨要两辆车。

由于手续上还没有完成审批，李队长告诉白小东：“今天没法把车子给你，过几天再来吧。”

白小东一听，指着周围的警察再次叫骂：“我呸！瞧你们这些孬种，故意刁难老子是不是？今天不把车子还给老子，老子就不走了！”

李队长说：“白小东，我已经给你讲明情况了。请不要不识好歹，你的行为已经构成了妨碍公务罪。再这样无理取闹，我就不客气了！”

白小东：“要我走可以，把我的车子还给我！不然的话，老子让你们一个个神秘消失，连尸体都找不到！”

南宁市公安局禁毒支队曾经屡立战功，在打击毒品犯罪方面闻名，让很多毒贩闻风丧胆。现在，竟然被一个毒贩当面威胁，这是对禁毒支队的污辱，是公然挑衅！大家实在咽不下这口气。在场的缉毒队员们怒不可遏，都想上去揍他一顿，被李队长一一拦住了。

二大队的大队长老包实在看不下去，指着白小东说：“白小东，你不要太猖狂，总有一天你会落在我的手上，看我到时候怎么收拾你！”

白小东：“我现在就在这儿，你为什么不收拾呢？你没那个胆量！”

包大队长再也忍不住了，一把扭住白小东的衣领，伸手就要打，很快被旁边的队员拉开。

白小东气焰更加嚣张：“你们听着，我已经买好了炸药，你们不把车子还给我，我就把你们禁毒支队炸个稀巴烂！”

这时，与禁毒支队一墙之隔的上尧派出所在接到报警后，派来了两名民警，让白小东不要妨碍公务，立即到派出所去说明情况。白小东不肯离开，两名民警只好左一个右一个架着他的胳膊，把他拉走了。

白小东嘴里还在咒骂："你们听着，我白小东不把禁毒支队炸平了，我誓不为人！"

包大队长冷笑一声："你本来就不是人。"

甘科伟一直在会议室观望，看着眼前的一幕，怒火中烧，毒贩在禁毒支队公然叫骂，实在是无法无天。甘科伟暗想，咱俩的较量就从现在开始。

（四）初战告捷

白小东被释放后,不思悔改,反而更加肆无忌惮地进行贩毒勾当。

2010年6月，甘科伟在侦查时发现，白小东和另一名毒贩成亮，同时与一个绰号叫"越南婆"的女毒枭联络密切，他们经常出现在崇左、南宁，以及广东各市，有贩毒活动迹象。

李南彦支队长得到消息后，立即组织精干警力开展调查。该团伙涉及人员多，一些嫌疑人还具有一定的反侦查能力，这给排查工作带来一定的困难。

甘科伟决定先把该团伙的内部情况梳理清楚。经过不断侦查和分析，甘科伟发现白小东已成惊弓之鸟，几乎从不出面，而是让手下人去进行交易，与上林籍的成亮、覃某、李某等人互有往来。他们从中越边境贩运毒品，先转运到南宁，再转运到广州销售。

这样一来，毒贩成亮已成为白小东之后的又一大毒贩。

在确认成亮贩毒的事实后，李队长决定将这个贩毒团伙一网打尽。为此，李队长做出精密部署，由甘科伟负责查清成亮等人的住处与活动规律。

甘科伟接到任务后，立即投入了工作。甘科伟发现，成亮非常狡猾，为逃避警方，成亮采取了狡兔三窟的办法，不仅在南宁、广州等地有多处住所，还经常到宾馆、娱乐场所等处住宿或打牌过夜。

在甘科伟查找成亮等人相关信息的同时，其他同事也在进行严密的跟踪盯梢。从 2010 年 6 月中旬开始，缉毒队员风雨无阻地跟踪目标，在嫌疑人租住地进行 24 小时不间断监控，前后长达 38 天，最终清晰地查出该贩毒团伙相关人员 60 多名，梳理出该团伙每个成员的活动规律。

根据甘科伟提供的消息，该团伙头目成亮独自在白沙大道的一间出租房居住，其他团伙成员均租住在埌西的一个住宅小区内。平时，这些人看上去无所事事，生活却挥霍无度，经常会去市内一些洗浴城和桑拿城消费。

8 月 1 日，甘科伟得到内线消息，一名毒贩打算在南宁卖毒品给成亮，但狡猾的成亮却要求前往广州交易。

得到这个信息后，禁毒支队谭平副支队长当即带领甘科伟在内的 10 多名队员，组成广州行动小组，星夜兼程，奔赴广州。他们到达广州后，立即对成亮展开严密的监控。

8 月 4 日，行动小组得到内线可靠的消息：嫌疑人成亮与两名马仔将携带 50 万元现金与供货人见面。广州行动小组迅速在交易地点附近布控。

交易地点是一处农贸市场，往来人员密集。毒贩之所以选在这里交易，是因为这里人流密集，如果事情败露，就只管逃跑，且警察因怕误伤群众也不会随便开枪。

约定交易的时间到了。这是一个小摊位，摆卖鸡蛋、面粉、大米、食用油等。成亮并未出面，而是让两个马仔前来与卖家在小摊见面，表面上看不出任何名堂。一个马仔拎箱，另一个马仔负责验货。

行动小组约定，双方开始交易就立即进行抓捕。大家高度警戒，枪里的子弹已经上膛，可意外的情况出现了，验货的马仔摇摇头，然后两人转身就走了。这动作表明成亮的两个马仔认为货的成色不好，交易未能达成。

这一突发情况考验着谭平副支队长的应变能力，此时是抓人，还是继续等候时机？

谭平决定放弃抓捕，继续监控。因为成亮没买到货，他还会继续找卖家。

果然，甘科伟在后面的监控中发现了成亮的新动作。成亮四处寻找卖家，终于与广西凭祥的一名卖家陈某取得联系，双方约定在南宁交易。

当晚，嫌疑人成亮从广州开车回到南宁，广州行动小组也随即回到南宁。

2010 年 8 月 5 日下午，负责监控的甘科伟突然发现，嫌疑人成亮从银行汇了 30 万元给卖家陈某，同时，又从银行领出 25 万元现金。根据种种迹象，甘科伟得出结论，毒贩开始了下一步的行动。

李队长立即调集警力，兵分三路开展抓捕行动：

第一组民警负责在毒贩准备经过的高速公路和公路沿线进行布控。

第二组民警负责对嫌疑人租住的出租屋进行严密监控。

第三组民警在嫌疑人常去的休闲娱乐场所秘密蹲守。

随着三路民警的全部到位，一张精心织就的抓捕大网悄然拉开。

当晚7时许，卖家陈某让同伙先驾驶一辆小轿车在前探路，自己驾驶另一辆小轿车跟着。这样做的目的在于，一旦发现前面有警察查车，后面的车子就会立即掉头，或者想办法销毁毒品。

陈某带着毒品从凭祥开出，一路小心翼翼开往南宁。

当晚9时许，陈某等人驾驶的车辆进入第一组民警的监控视线。

就在这时，白沙大道的一个拐弯处意外地发生了一起交通事故，路上的车辆行驶缓慢。陈某觉得这是个机会，为了防止有人跟踪，他立即采取见缝插针的手段，左右穿梭，看到前面路口的绿灯快要结束时，加速通过。

陈某这样做是为了避免警方跟踪。如果后面有人跟着闯红灯，那就十分可疑了，十有八九是警察。

正是考虑到这一点，后面跟踪的警察没有强行闯红灯。负责跟踪的民警只好看着陈某的车扬长而去，消失在长长的缓缓行驶的车流中。

陈某跟丢了，支队的侦查员们并没有失去信心。大家找来甘科伟，想听听这位“福尔摩斯”的判断。

甘科伟经过分析，得出的结论是，陈某系外地人，手上有货，肯定不能久留，就算亏本，也一定会急于出货，可以立即监控成亮与陈某的所有电话。

果然不出甘科伟所料，陈某和成亮约定在白沙大道某住宅小区里进行交易。民警立即出发，到小区里布控。

时间到了，侦查员们再次发现了陈某的车辆。就在陈某准备进行交易时，他忽然发现小区内停有一辆巡逻警车。其实，那不是禁毒支队的车子，而是当地派出所在例行巡逻。

心虚的陈某吓出一身冷汗，马上改变交易地点。侦查小组也跟着陈某驶出小区，并一路跟踪到了白沙大道上的一处加油站内。

侦查民警在不远处观察，发现负责来接货的正是成亮。成亮乘出租车来到加油站内，买卖双方环顾四周后，终于决定在此进行交易。

晚上 10 时许，眼看时机已成熟，李队长一声令下：“收网！”

守候已久的三路民警旋风般从天而降，展开了抓捕行动。

成亮看到民警突然出现在面前，便知道事情败露，他疯狂地冲出加油站，想逃走。

甘科伟见状立刻紧追其后。一时间，白沙大道上展开了一场激烈的追捕大战。

成亮知道，如果被捕，等待他的不只是牢狱之灾，很有可能是死刑。因此，他使出了全部力气想摆脱甘科伟。

成亮不要命地逃着，甘科伟紧追不舍。

这时，一辆卡车从后面驶来，成亮见状，一个飞身，紧紧抓住了车上的网绳，然后爬上了卡车。

这是一辆运送蔬菜的车子，成亮爬到菜堆上，稍稍喘了一口气，心想，总算把警察甩掉了。

可成亮没想到的是，甘科伟一个箭步，也抓住了卡车后车厢上的网绳，正吃力地想爬上菜堆。

成亮见状，立即用脚踹甘科伟。

可是，甘科伟像一块强力吸铁石，牢牢地吸附在卡车的后车厢上，任凭成亮如何使劲，就是踹不掉。

卡车司机发现后车厢有情况，立即把车停在路边。司机下车看到后车厢的状况，吓得连连后退。

成亮见车停了下来，担心凶多吉少，忽然从腰间拔出一把匕首，对准甘科伟猛戳，阻止甘科伟上车。

此时，甘科伟已经爬上了后车厢。他一脚踢飞成亮手上的匕首，掏出手枪，对准成亮，喝道："我是警察，举起手来！"在黑洞洞的枪口前，成亮缓缓地举起了手。

甘科伟说："你要是敢轻举妄动，我就不客气了。下车！"

成亮哭丧着脸，哀求道："警官，你饶了我吧，我家里有年老的妈妈和年幼的孩子，你就放过我吧，我一定好好做人，好好改正。"

甘科伟说："先下车，有什么话，到了公安局再说。"甘科伟说完先跳下了车，举着枪示意成亮下车。

"警官，到了公安局，我还出得来吗？"成亮边说边从车上下来，眼睛却在四处转动。

突然，成亮捡起地上的匕首，一把将车旁的司机挟持住，冲着甘科伟狂叫："你别过来，过来我就杀了他！"

司机吓得直哆嗦。突如其来的情况让甘科伟愣住了。

成亮叫道："快把枪放下！放下！！不然，老子和这个人同归于尽！"

甘科伟为避免司机受到伤害，慢慢弯下腰，把手枪放在地上。

成亮用匕首逼迫司机："快上车，快！不然我杀了你！"

难道就这样让这个大毒贩逃走吗？甘科伟想，不行，得想办法抓住他。

卡车司机在成亮的控制下，一步步准备进入驾驶室。就在司机踩上踏板进入驾驶室的那一瞬间，成亮与司机在高度上有了错位，成亮的匕首离开了司机的脖颈。甘科伟看到了这个机会，一个飞身扑向成亮。

成亮毫无防备，一下子倒在地上。甘科伟死死压住了他。此时的成亮已经耗尽了力气，束手就擒。

就在此时，李队长率队员赶到，将成亮押上了警车。

此次行动，警方当场缴获毒品海洛因 9 块，共计 3150 克，运输小汽车两辆，毒资 50 多万元。与此同时，租住在埌西某小区内的张某等 10 名团伙成员，以及正在东葛路某洗浴休闲场所内消费的陆某等人，也纷纷落网，同时缴获涉毒车辆 1 辆。

随后，行动小组根据嫌疑人的供述，马不停蹄地赶到凭祥市，在凭祥市警方的配合下，抓获另外 6 名团伙成员，扣押毒资 25 万元。

甘科伟还得到情报，毒贩白小东也参与了此次毒品交易，但是在现场并没有发现白小东。这是怎么一回事呢？

后来才知道，白小东异常警觉，不知道是不是察觉到了什么，他在中途下车，趁夜色潜逃了。

几次抓捕，白小东都侥幸逃脱。但数次历险，他已成惊弓之鸟，为避风头，暂时躲在宾阳老家，伺机而动。

此次仍未抓到白小东，甘科伟心有不甘，加紧了对白小东的追踪。

根据白小东的通话记录，一个叫黄及朝的毒贩进入了甘科伟的视线。对禁毒支队的侦查员们来说，黄及朝的名字并不陌生。他与白小东都是“越南婆”的下线，早就被侦查员们盯上了。最近一段时间，黄及朝与“越南婆”的联系比较频繁。大家由此分析：白小东暂时躲起来后，与“越南婆”的联系较少，黄及朝就成了“越南婆”的主要下家。

甘科伟将此信息上报给李队长。李队长经过分析，要求甘科伟继续监视白小东的一举一动，同时，重点监视黄及朝，只要时机成熟，立即抓捕。

果然，白小东躲起来之后，黄及朝准备扩大其在南宁的毒品市场，不断从“越南婆”那里购买毒品，他们已成为南宁毒品市场的主要来源。为尽快切断毒流，保护人民群众的身心健康，禁毒支队决定立即铲除这颗毒瘤。

2010 年 9 月 11 日，甘科伟在监听过程中忽然发现了新的线索：黄及朝不但从“越南婆”那里带回了毒品，还带回了一把手枪！

这个意外的发现让李队长感到吃惊。他立即重新制定抓捕方案。为防止误伤，决定放弃原本破门而入的计划，改为等黄及朝走出户外再实施控制。

侦查员连续数天在黄及朝的住处侦查，发现黄及朝小心谨慎，不轻易露面。

为保证这次行动成功，禁毒支队派出 10 多个身手极佳的侦查员。一部分化装成小区保洁员，在小区内打扫卫生；一部分化装成花农，对小区里的花圃树枝进行修剪；甘科伟和一位同事化装成保安，不停地来回巡逻。

根据前几天的侦查，黄及朝平时有出门吃早餐的习惯。按照计划，只要他一出门，支队就立即行动。

但是，这天早上，一直不见黄及朝出门。这让守候在附近的侦查员感到困惑。难道他发现外面有埋伏了？

李队长和侦查员们经过分析，确定黄及朝仍在房间里，不管他有没有发现外面的情况，只要紧紧盯住他，他肯定跑不掉。

侦查员们以极大的耐心守在黄及朝的门口。一直等到上午 11 点，黄及朝终于有了动静，房门悄悄地打开了。

黄及朝并未发现家门口早已布下天罗地网。

由于昨晚吸毒过量，黄及朝起晚了。他轻轻打开房门，探头探脑看了一会儿，未见异常，这才推开门，东张西望地走了出来。

每走一步，黄及朝都很小心，一步一步下楼，找到自己的电动车，推出楼门外。

黄及朝如果骑车溜掉，就麻烦了。李队长果断下令抓捕。

埋伏在小区周边的侦查员们如猛虎下山，向黄及朝扑去。

黄及朝一看有几个人向自己冲过来，连忙丢掉电动车，迅速将手伸向腰部，掏出一把手枪，准备开枪。

在这紧急关头，甘科伟毫不犹豫地冲到黄及朝身边，一个“饿虎扑食”，将黄及朝扑倒在地，死死卡住他的手，夺下手枪。

这时，其他队员也过来帮忙，将黄及朝死死摁住。

后来才发现，在外面埋伏的侦查员们实际上已处在危险之中。因为甘科伟夺下的是一把军用手枪，共有 6 发子弹，而且子弹已经上膛。若再迟一秒钟，黄及朝就会立即开枪。

侦查员随后对黄及朝进行审问，顺藤摸瓜，查获了藏于其侄子家中的毒资 80 万元，抓获负责转移毒资的黄某等三名犯罪嫌疑人。

这起被自治区公安厅列为“2010–014”特大武装贩毒目标案至此成功告破，共缴获海洛因 29 块重 10.2 千克、冰毒 10 克、毒资 110 万元、运毒小轿车 2 辆，还缴获五九式军用手枪 1 支、子弹 6 发。

2014 年 8 月 1 日，毒贩黄及朝被依法执行死刑。

在破案过程中，甘科伟经过缜密研判，为成功破案提供了准确可靠的情报，受到了领导的嘉奖。

甘科伟并没有沉浸在破案的喜悦中。他已经发现信息研判工作是案件侦破过程的关键所在。从已破获的这两起特大贩毒案的线索中，甘科伟掌握了许多白小东的新动向。接下来，甘科伟将全力以赴侦查白小东。

就像一个人染上毒品之后很难戒掉一样，吸毒、贩毒已成为白小东活着的主要目的。要他放弃贩毒，就如同要他戒毒一样难。

白小东并没有因众多毒贩落网而收手。他自视甚高，觉得那些人落网的主要原因是智商太低。白小东觉得，贩毒这活儿得时刻拎着脑袋，需要眼观六路、耳听八方，要“舍得”。比如，上次在建政路水果店，他成功让阿香将毒品倒入公厕灭迹，虽然损失了几十万元，但命保住了。

白小东一直在寻找合适的机会。

第十一章　智除毒枭

（一）侦查白岩村

几年来，白小东多次贩毒，每次被抓时，采取舍货保命的方式，命是保住了，货却没了。在建政路水果店那一次毒品交易还差点丢掉性命。他和阿香虽因证据不足得以释放，但他的一个马仔却落网了，被缴获麻古近2000克，轿车一辆。一想起这些事，白小东就对缉毒人员恨之入骨。从南宁回来之后，他一直在想方设法购买枪支，且频频放出口风："我准备买炸药，买枪支，我要炸平禁毒支队！"

疯狂的白小东已完全失去理智，果真到中越边境去了。他也不避嫌，走到哪儿都向人打听哪里有外国的手枪卖。

没过多久，白小东买枪的想法变成了现实。2010年春节前，缉毒民警在审讯一个贩毒团伙时，一名贩毒分子交代，他曾亲眼看见白小东身上佩带手枪，还听见白小东扬言在春节期间要到南宁找禁毒支队的警察报仇。

对于白小东散布的恐怖言论，缉毒精英们毫不畏惧。李南彦支队长要求对禁毒支队加强警戒，还要求各位侦查员认真做好自我防范措施。同时，各部门协助甘科伟加强对白小东的侦查力度。

白小东在合伙人成亮、黄及朝等毒贩纷纷落网后，也开始怀疑自己内部出了叛徒。他决定在进行下一步行动之前先清除内鬼。

至于内鬼是谁，白小东自己也不清楚，只好对手下的马仔以及有过买卖关系的人员进行排查。经过反复排查，白小东认为上林县的阿荣具有重大嫌疑。

白小东和阿荣之间曾有过节。

之前，由于南宁警方查得紧，白小东打算在宾阳周边的几个县城拓展毒品“业务”，在每个县城找一名总代理。经过反复考察，阿荣成了上林的总代理。

后来，白小东发现，阿荣除了向他拿货，还有别的上家，这让他很愤怒。其他渠道的毒品打入上林，他白小东的货在上林就很难出手了。白小东决定教训一下阿荣。

白小东把阿荣的女友小莫控制起来，关在宾馆里。阿荣为了带走小莫，向白小东承认错误，辩称自己因价格便宜才拿了别人的货。

阿荣保证以后只做白小东的总代理，不再与别的供货渠道有任何往来。

为了做“生意”，白小东在毒品价格上也主动让了步，并把小莫放了出来。

这事本来算是圆满解决了。可是，阿荣发现，小莫回来之后，好像常常心不在焉，还经常打听白小东的情况。阿荣怀疑白小东与小莫之间已经有了暧昧关系，而且很可能已经发生了性关系。

实际上，白小东并没有这么做。他只是对小莫好吃好喝相待，还买了一对金耳坠给她。白小东看似温情的举动让小莫对他产生了好感。

白小东只是出于拉拢的需要才照顾小莫，并未与小莫有感情上的瓜葛。

渐渐地，在后来的交往中，白小东意识到，阿荣对他心生怨恨且充满敌意。

现在，白小东的毒品销售网络出现了内鬼，想来想去，阿荣的嫌疑最大。虽然暂时没有确切的证据，但在白小东心里，阿荣就是那个告密者。白小东决定“除掉”阿荣。他指使手下两个马仔进行“除奸”行动。

2011 年 4 月 4 日，白小东的两名马仔来到上林县，他们手持砂枪（短管霰弹枪）跟踪阿荣的车子。经过一段路程后，他们看见坐在后排的人很像阿荣，立即开枪射击。

然而，那人不是阿荣。这名无辜群众颈部中弹受伤，虽抢救及时，捡回一条命，人却瘫痪在床，生活无法自理。

上林是个小县城，枪击案很快传开，一时谣言四起，上林县城及周边乡镇人心惶惶，造成极其恶劣的社会影响。

最后查明，这一切的背后操纵者正是窝藏在宾阳县的白小东。

南宁市公安局局长廖洪涛接到案情汇报后，指示禁毒支队必须严密侦查，力争人赃俱获，还社会安宁。

禁毒支队对南宁毒品市场的严厉打击，使得白小东风声鹤唳，一时间不敢再来南宁进行毒品交易。但白小东改变了行动方式，把活动据点缩回宾阳老家白岩村，自己只负责在幕后指挥，不再进行毒品的现场交易。

很长一段时间里，白小东似乎销声匿迹。但是，甘科伟从来就没放弃过对白小东的监视。甘科伟来到宾阳，连续数月，他经常化装成收旧货的人，戴着破草帽，在烈日下骑着三轮车在白小东家附近转悠。

如果真有人卖旧货怎么办？甘科伟只好压低价格，不让其出售。

有人不在乎价格怎么办？那没办法，甘科伟只好花钱收下。

有一段时间，黄婧婧发现家里多了一些二手家电，便问甘科伟是怎么回事。甘科伟说，二手市场的，价格确实很低，就买回来了。

有时，甘科伟为寻找最佳观察点，走遍白小东家四周的山头，在观察点一待就是一个月。其间，甘科伟忍受着烈日暴晒、雨水侵袭、蚊虫叮咬的折磨。这些困难，他都以过人的意志克服了，始终坚守在岗位上。

化装侦查是甘科伟取得情报的重要手段。出于侦查需要，甘科伟专门找收旧货的人聊天，观察他们的着装，学习他们的吆喝，了解各种旧货的价格行情。

大多数收旧货者皮肤都是黝黑的。甘科伟为了让自己更像一个真正的收旧货者，冒着高温、穿着背心在烈日下暴走。几天下来，整个人都晒黑了。

黄婧婧最先发现了甘科伟的变化，问："科伟，怎么整个人都晒得这么黑？家里不是有遮阳帽吗？草帽也有啊。"

甘科伟说："健康的肤色不是你们那种白色，而是古铜色。有时候，晒晒更健康。"

黄婧婧不解道："这是什么逻辑？莫名其妙。"

白小东老奸巨猾，在与他密切联系的黄及朝、成亮等毒贩相继落网后，也清楚警方一定会通过各种线索找到他。虽然好几次侥幸逃脱，但不可能每次都那么幸运，销声匿迹才是目前的生存之策。白小东这样盘算着，就终日躲在老家，闭门不出。

烈日下，甘科伟戴着草帽，穿着背心，骑着三轮车在村里游荡，沿村收购旧货。一路走一路用扶绥土话喊："高价回收冰箱、空调、洗衣机，电脑、手机、电风扇。"

突然，甘科伟看到一户村民家的大门前躺着一个人。他立即把三轮车骑到门前，仔细一看，是位大妈倒在地上。她的身边散落着一地玉米粒，一只小竹匾落在旁边。

甘科伟立即判断，大妈中暑晕倒了。他把大妈抱进她家里，放在一张竹编的躺椅上，又把一台小电扇移到近前，然后用大拇指按压大妈的人中、合谷等穴位。不一会儿，大妈苏醒了。

"小伙子，谢谢你救了我。"

"大妈，您中暑了，幸好发现得早。我是骑三轮车收旧货的，路过您家门前的村道时意外发现您的。"

"小伙子，没有你，我可能就没命了。这么热的天，这么大的太阳，都把人烤死了。"

交谈中，甘科伟得知大妈姓瓦，是百色田阳人，嫁给了村子里的老冯。

甘科伟问："瓦大妈，为什么家里只有您一个人？其他人呢？"

瓦大妈叹了一口气，说："一言难尽。"

甘科伟觉得可以借此机会从瓦大妈这里了解一些白小东的情况，便想多和瓦大妈聊聊。

甘科伟从自己的三轮车上拿来一瓶水，拧开后，递给瓦大妈。

瓦大妈反复说着感谢的话。她说："家里就我一个人。我老伴老冯 50 多岁，在宾阳县城里打工，周日才回村。"

甘科伟问："那您的子女呢？"

也许很久没有人陪瓦大妈说话了，她也特别想有个人和她聊天，于是对救了自己的甘科伟很放心地说出自己的家庭情况。瓦大妈说："两个女儿出嫁了，老三是个儿子。当初，我嫁到老冯家，就感到压力大，因为老冯是三代单传，我无论如何得为他生个儿子。但你知道的，生娃这事，又不是我一个人说了算。前两个是女儿，老冯就蹬鼻子上脸的，根本不把我当人看。终于，生了老三，是个男孩，老冯这才缓了脸色，没有再为难我。我也从此挺直了腰杆，觉得有说话的资本了。"

甘科伟问："那您一个人住在这里，万一像今天这样有个什么意外，怎么办呢？"

瓦大妈说："这就是命啊。如果真有一天，我倒在地上无人相救，那样也好，眼一闭，啥事都不烦。"

"大妈，您看，现在生活也比以前好多了，能有什么烦心的事呢？对了，你不是说还有老三吗？他去了哪里呢？"

瓦大妈并没有马上回答，犹豫了一下，欲言又止，似乎有难言之隐，甘科伟没有再问。但是，甘科伟觉得，瓦大妈长期生活在村里，对于白小东家的情况一定很清楚。

于是，甘科伟轻声地说："瓦大妈，我看到村子西边有一幢豪华的两层小洋楼，那户人家好像很有钱啊，他们家是做什么的呢？"

瓦大妈一听，浑身颤抖了一下，没有回答。

甘科伟注意到，瓦大妈的表情一下变得严肃起来，并伴有惊恐的神色。她慌忙岔开话题，对甘科伟说："你不是收旧货吗？我这屋里有许多旧物，等会儿我慢慢找出来卖给你，不然很占地方。"说着就要坐起身。

甘科伟忙制止她，说："大妈，您千万别动，喝点水，多躺一会儿。我姓甘，您叫我小甘好了。您先歇着，我明天再来看您。"

瓦大妈感激地说："小甘啊，你是个好人。天气热，以后你就常来我这里坐坐，喝口茶。要是饿了，我这也有饭菜。这大热天的，你也不容易。"

甘科伟说："好啊，下次我就在您这里吃饭，到您这里来休息。"

告别了瓦大妈，甘科伟骑着三轮车离开了白岩村。他心里很清楚，做情报工作还得依靠基层群众。从瓦大妈刚才的言谈中可以看出，她对白小东的情况应该是知情的。

（二）鞍山夕照

第二天，甘科伟骑着三轮车再次来到白岩村。当他走进瓦大妈家的时候，看见屋子里还有另一个人。原来，瓦大妈的大女儿冯大玲回来了。

冯大玲是中学老师，看到甘科伟走进来，热情地说："是小甘吧，昨天的事真是麻烦你了。如果不是你出手相救，我妈现在还不知道怎么样呢。"

甘科伟说："客气了，举手之劳，应该做的。"

甘科伟看了看瓦大妈，她正在厨房做菜。

瓦大妈说：“小甘，快到中午了，你坐一会儿，中午一起吃饭。天气太热了，多歇会儿。”

瓦大妈没看出名堂，但冯大玲打量了甘科伟后心里有一丝疑惑。冯大玲觉得眼前这个小伙年轻、英俊、身体结实，怎么看都不太像收货郎。冯大玲一直在农村生活，什么样收旧货、收破烂的没见过？但是，小甘有点不一样，尽管他努力装扮成收旧货的人，可怎么看，都觉得哪里有点不像。是哪里不像呢？

冯大玲仔细一想，对了，是小甘的眼睛，他看人的时候，有一股慑人的穿透力，似乎能看懂人的内心。

“他是谁，他到底是干什么的？”冯大玲想。

甘科伟就像来到熟人家里似的，也不客气，坐在堂屋里和冯大玲聊天。

冯大玲问：“小甘啊，听你口音不像是本地人，家在哪里呢？”

甘科伟回答：“家住扶绥，平时收收旧货。我觉得你们这个村很特别啊，穷的很穷，富的很富。村头那幢两层小洋楼，看样子是很富有的家庭啊，是做什么的呢？”

冯大玲听到这儿紧张了一下，没有回答甘科伟的问题，而是岔开话题，问道：“看你的样子，年纪轻轻的，怎么会做这个工作呢？”

甘科伟笑道：“看来，冯老师有点职业歧视哦。”

冯大玲辩解说：“抱歉，我绝没有这个意思，只是好奇。”

甘科伟说：“外行人不知道，收旧货其实是个还可以的行当，往往能以最低的价格收到各种不错的家电与家具。我们村有个人就是靠收旧货，在十多年前就盖起了两层小洋楼，比你们村头的那幢小洋楼都气派。”

冯大玲一听“小洋楼”三个字，脸色又刷地变了，沉默不语。

甘科伟感到奇怪，为什么母女俩都不愿提那幢小洋楼呢？难道她们与白小东之间有什么纠葛吗？

甘科伟立刻转移话题，说：“我到你们白岩村转了好长时间了，风景真是不错，看着心里舒服，就想常到村里来收旧货。”

冯大玲听了，立即兴奋地说：“还是你的眼光好，我们这里有古宾州八景之一的鞍山夕照。你看，宾阳最著名的马鞍山就在我们白岩村。走，我带你到门口去看。”

甘科伟就跟着冯大玲来到屋外。冯大玲指着西边的一个山头说：“那就是马鞍山，你看像不像？”

甘科伟抬手望去，只见一山耸立，山上两峰相对，中间凹下一处，远远望去，酷似一副马鞍。

冯大玲说：“每当太阳西沉时，落到马鞍山上空，阳光柔和，晚霞映照，给人一种瑰丽的感觉，‘鞍山夕照’景观由此而来，别有一番情趣。”

甘科伟说：“真好！若有机会，真想上山一览奇观。”

冯大玲说：“我正好有空。傍晚时，我可以带你上马鞍山。”

瓦大妈这时把饭做好了，说：“小甘，饿了吧，可以开饭了。”

甘科伟说：“瓦大妈，我就不客气了。下次，我还到您这里来歇歇脚，喝口水。”

瓦大妈说：“好啊，有空就多来陪我说说话。”

瓦大妈家的饭桌很矮，坐的也是小板凳。冯大玲去盛汤，一转身，突然看到甘科伟的皮带上别着个东西。由于是夏天，他穿得单薄，一下子就能从形状上看出来那是把手枪。

冯大玲大吃一惊，再联想到小甘不停地打听村头那幢小洋楼，她迅速分析了一下，有两种可能：

一种情况是黑道上的“黑吃黑”，白家欠了债，或与人结仇，小甘来要债或者复仇。

另一种情况是白家被禁毒部门盯上了，小甘是警方的侦查员。

这两种可能，会是哪一种呢？冯大玲感到有些茫然。

冯大玲胡思乱想着，“啊”的一声，热汤泼到了手上。

瓦大妈问道：“大玲，你怎么了？”

冯大玲答：“妈，没事，汤溅到手上了。”

吃饭的时候，冯大玲想着心事，几只苍蝇来回飞舞，赶也赶不走。甘科伟立即到外面的三轮车上，拿出一把电蚊拍，说：“我有这个，早上收回来的，还可以用。试试。”

电蚊拍响了几下，一只苍蝇都没有了。

甘科伟说：“这么好的饭菜，别让几只苍蝇来捣乱。这电蚊拍拍苍蝇比拍蚊子还管用，就留给你们吧。”

冯大玲说：“是啊，你看我们村的鞍山夕照，宾阳的古八景之一，多难得，却因为村里有几只狼狗，搞得一个游人都没有。”

甘科伟听出了名堂，立即说：“政府不会对这些狼狗不管的，总有一天会收拾他们的。”

此话一出，冯大玲就明白了。她长长地舒了一口气，心想，原来他是警察。看来，白家的末日快到了。

瓦大妈插道：“什么狼狗不狼狗的，除了村头白家的狗，别的村民都不养狗。”

正在这时，大门外进来一个人，瓦大妈和冯大玲瞬间紧张起来。来人一进门，就问：“瓦大妈，你家里来客人了？”

冯大玲冷冰冰地说道：“我家的一个表兄，收旧货的。白小猛，你有什么事吗？”

甘科伟一听“白小猛”三个字，立即明白他是白小东的弟弟。白小东专门负责联系毒品的货源，而白小猛的主要任务是联系下家，进行分销。

白小猛紧盯着甘科伟，说：“最近几天，在我们白岩村里，总能看到一些身份不明的人在晃悠，虽然我们不知道他们来干什么，但如果是来破坏我们白岩村的治安，那就要注意了。你们家如果发现可疑人员，一定要去村委会报告。”

瓦大妈说：“你这话是什么意思？我们家来的这位亲戚也要去报告吗？”

白小猛说：“报告就不必了。你家这位亲戚的腰间好像有个东西，我很好奇，能不能给我看一下？”

现场的气氛迅速紧张起来。

甘科伟说：“我带了什么东西都和你没关系吧！”

白小猛说：“我只是好奇。你腰间的那个东西好像是把手枪，我没说错吧。”

甘科伟说：“我只是个收旧货的，在路上捡个东西，觉得好玩，就挂在身上。这奇怪吗？”

白小猛说：“那我就更好奇了。我们家也有个亲戚，说有个什么东西丢在路上，不知道被什么人捡去了，不会是你吧？”

甘科伟说：“恐怕要让你失望了，肯定不是。”

白小猛追问："是与不是，你拿出来瞧瞧，不就真相大白了吗？"

在白小猛的逼视下，甘科伟缓缓站起身来，从腰间拿出一把枪，问道："这是你家亲戚丢失的那个东西吗？"

白小猛一看，忙赔着笑脸，说："误会误会，你们吃饭，吃饭。"说完就转身走了。

甘科伟拿出来的是一把塑料玩具手枪。那他的真枪放哪儿去了？

原来，冯大玲看到甘科伟腰间藏着手枪，虽然有衣服挡着，但还是能看得出来，所以她觉得有必要提醒他一下。冯大玲记得家里有几把儿子的玩具枪，立即从里屋找出一把，坐下来后，趁瓦大妈去盛饭时，悄悄塞给甘科伟。

甘科伟看到冯大玲递过来的玩具枪，立即反应过来。他迅速把真枪藏起来，把假枪插在腰间。

白小猛走了以后，甘科伟心想，如果不是冯大玲，他差点就暴露了身份。

冯大玲说："小甘，吃过饭，我带你去看马鞍山。不远的，一会儿就到。"

甘科伟说："好啊，我把三轮车上的旧货整理一下，再带上几瓶水。我正想去看看马鞍山的风光呢。"

（三）白岩村一枝花

马鞍山是白岩村的一座名山，整个村子依山而建。村头有两棵大叶榕，树龄已超过 300 年，仍然枝繁叶茂。冯大玲一边走，一边向甘科伟介绍："目前，村里居住着 3000 多人。1939 年底，昆仑关上硝烟弥漫，中国国民党军队与日寇在这里激战，时任国民党军副参谋总长、桂林行营主任的白崇禧，为便于指挥战事，将战役前线指挥部设在我们白岩村，前后有 40 多天。我们村树木繁茂，岩洞坚固隐蔽，可避敌机轰炸，因而成为安置指挥部的最佳地点。"

两人走到马鞍山的山顶，树木葱郁，蝉鸣声声。

冯大玲说："你现在可以跟我说实话了吧？"

甘科伟说："抱歉，我还不能跟你说太多。但可以告诉你的是，村里那些狼狗的末日就要到了。"

冯大玲说："行，你不方便说，我也不追问。但我知道你是警察，是来侦查情报的。你可以问我，我把自己知道的情况告诉你。"

甘科伟问："你怎么知道我是警察？"

冯大玲说："从一见到你，我就开始怀疑了。你那犀利的目光告诉了我。"

甘科伟问："我一直想打听白小东在村里活动的情况，可一提到他，你们母女都好像听到瘟神的名字似的。"

冯大玲说："我们先坐下来，我慢慢告诉你，一个发生在我们家的悲惨故事……"

瓦大妈的小儿子叫冯三林，自出生后，一家人把他当成掌上明珠一样宠着他。娇生惯养的冯三林初中没毕业就辍学在家，无所事事。后来，冯三林被白小猛诱骗，开始吸毒。冯三林一开始是向家里伸手要钱购买毒品。后来，家里没钱了，白小猛说："我可以赊给你。"

冯三林看可以赊账，也不管是否还得起，不停地赊账。原来在家里吃好穿好、养得白白胖胖的冯三林，两年下来，变得骨瘦如柴。

白小猛把冯三林拉下水，并不是想让他去贩毒，因为以冯三林的智商，他并不适合做这事。白小猛这么做是因为他哥哥白小东看上了老冯家的二女儿冯二玲。

冯二玲从小长得漂亮，人见人爱，一直是白岩村的“一枝花”。有一次，白小东在村里的那两棵大榕树下看见冯二玲走过，感觉整个人的魂都被冯二玲勾走了。

冯二玲也看到了白小东。两人虽然从小就认识，却没说过几句话。冯二玲觉得白小东整天鬼头鬼脑的，也听说他在贩毒，平常没什么机会见面，现在看见了，心里只觉得害怕，立刻低头快步离开。

看到冯二玲“娇羞”的样子，白小东魂都丢了。他厚着脸皮追到冯二玲身边，说：“二玲，怎么见到我就跑啊？好久不见，现在在哪里上班呢？”

冯二玲见白小东追到身边，忍住害怕说：“在城里的壮锦厂上班。”说完，就想赶紧离开。

白小东见状便说：“别走啊，我们聊聊。”

冯二玲就像躲瘟神似的，匆匆加快脚步，逃也似的离开了。

望着冯二玲窈窕的背影，白小东狠狠地对自己说：“不把她搞到手，我誓不为人！”

这时，弟弟白小猛路过，对白小东说：“哥，你怎么看起来失魂落魄的？”

白小东用手指着冯二玲离去的背影，说：“二玲居然不理我！我不把她弄到手，我就不是白小东！”

白小猛说：“哥，这点小事，包在我身上。你放心好了，我会让二玲乖乖地听你的话。”

白小猛做事心狠手辣，手段简单粗暴。有一天，他带着人开了一辆小轿车来到宾阳壮锦厂，对门卫说："冯二玲的妈妈生病了，快让她回家。"

冯二玲一听传话，连忙丢下手中的工作，慌慌张张地拿着包就出了厂门，也没问清楚情况就上了小轿车。上车之后才发现车里坐着白小猛。这时，她已经来不及下车离开。

冯二玲惊恐万分，问道："你们想干什么？"

白小猛说："放心，我们不想干什么，只想带你去见一个人。"

冯二玲说："去见白小东吗？我不去！"

白小猛甩过去一记耳光，重重地打在冯二玲的脸上，说："我哥就那么让你记恨吗？他哪儿得罪你了？你就是想见，他还不想见你呢。你以为你是谁啊？"

无端被人打脸，又被人辱骂，冯二玲哭得稀里哗啦。很快，小轿车就到了白岩村，直接开进了白家大院。

白小猛对冯二玲说："你乖乖听话，今天带你来只是让你见一个人。"

这是冯二玲第一次进白家大院。进大门后，也不知道转了几圈，她被白小猛带到一个房间。

白小猛说："今天带你来，还真不是你想的那样，我哥可不想见你。你以为你是谁？我哥什么身价，你知道吗？就你这样的女人，他会看得上？你也不拿镜子照照自己。今天之所以找你过来，主要是想请你解决一件事。你弟弟冯三林欠了我们 10 万元，他现在没钱还，你说这事怎么办？"

冯二玲心想，原来是这样。她说："三林欠你们的钱，与我何干，你们找他去。”

白小猛说：“你这是人话吗？他是你亲弟啊！你这个当姐的能甩手不管？”

冯二玲为这个不争气的弟弟伤透了脑筋。她知道三林吸毒，却没办法让他离开毒魔，只好撒手不管，由他自生自灭。

这时，旁边的一扇门打开了，瘦得皮包骨的冯三林被反绑着。他一看见冯二玲，惨叫一声，哭喊道：“二姐，你救救我吧，你不救我，我就死定了！”

白小猛说：“三林，告诉你姐，你欠了我多少钱。”

冯三林说：“二姐，我一直吸毒，没钱买，就向小猛赊。这两年来，一共欠了 10 万块钱。现在，他们不但不给我赊欠，还要我把这 10 万先还了。怎么办啊？”

冯二玲听了，肺都要气炸了，说道：“你个不争气的东西，你死了算了，省得祸害人。”

白小猛对冯三林说：“看来，你这个二姐根本没把你放在眼里。你的死活与她无关。那我们就没办法了。10 万块钱，已经宽限了你两个月，你一分钱没还。你姐也不疼你，那就不能怪我们了。按照我们道上的规矩，一个手指头 5 万块钱，两个手指 10 万。我们的债务就在今天了结。来人，让三林还钱！”

白小猛一挥手，两个马仔冲了上来。

冯三林被两人牢牢地控制在凳子上，并伸出一只手掌。第三个马仔拿着斧头，在三林的手上比画着：“这手跟枯枝似的，我先剁哪根指头呢？三林啊，要不这样，一次剁两根，我省事，你也少疼一次，你看如何？”

冯三林早已吓得瘫软，脸色苍白。他发出惨烈的嘶吼：“姐，你救我，你救我啊！”

就在斧头要落下来的时候，冯二玲说：“住手！别砍他了，三林的债，我来还。”

说完，她的身后传来鼓掌的声音。冯二玲回头一看，是白小东。

白小东面带微笑：“好感人的一幕，真是姐弟情深。你倒说说，你怎么个还法？”

冯二玲说：“你处心积虑布了这么一个局，不就是想要得到我吗？我答应你，你满意了吧！”

白小东摇摇头：“不要这么自信，你值几个钱？你觉得自己值10万元吗？”

被人污辱到这等地步，冯二玲泣不成声。

白小东说：“大家都是邻居，抬头不见低头见。我也不是无情无义之人。量你现在也拿不出10万块。你今天乖乖按我说的去做，三林的10万块钱一笔勾销。我白小东说到做到。你现在就从这里爬到我的床上去。”

在众人的注视下，二玲痛苦地伏倒在地，趴在地上，慢慢向旁边的房门爬去，屈辱的泪水洒了一地。

（四）毒枭末日

冯大玲讲完了。

甘科伟问："那后来呢？"

冯大玲说："当天很晚，二玲才从白家大院回来。一家人都知道了事情的全部经过。二玲指着三林说，把这个畜生送去戒毒所，戒不了毒，永远别回来。她今天帮他还了10万元，下一次叫哪个还钱？"

三林知道，没有下一次了，默不作声地同意了。第二天上午，他就被父亲送走了。

很快，全村人都知道二玲的遭遇了。她觉得自己无法再在村里待下去。一天下午，她用纱巾裹住脸，戴着一顶草帽，匆匆离开了村子，至今不知在何处。

甘科伟听了，心里压着一股怒火，他对冯大玲说："天网恢恢，白小东这样的毒贩已经扑腾不了几天了。"

甘科伟从包里拿出望远镜，发现在马鞍山上能很清晰地观察白家小洋楼。

冯大玲说："小甘，你需要我做些什么，只管吩咐，我会帮你的。"

甘科伟说："不用，谢谢！我这段时间就在村里转转，时不时会到你家里去歇歇，我们是'亲戚'嘛。"

冯大玲说："你尽管来，我知道你不是一般的人。"

甘科伟问道："这座马鞍山后面是什么地方？"

冯大玲说："白家大院之所以修在马鞍山边上，就是怕有一天事情败露，他们能溜之大吉。马鞍山下面是488县道，西南方向有座黄华山，从黄华山很快就可以进入高峰岭，只要进了高峰岭，就可以进入林木密布的大明山，到那时要想抓他，就很困难了。因此，你们一定要先在马鞍山下的 488 县道沿路设下拦截点，千万不能让他越过县道进入黄华山。”

甘科伟一一记下。

经过大半年的侦查，甘科伟把白家大院的情况彻底查了个遍。

情报显示，白小东及其弟弟白小猛等家庭成员都没有正经职业，但每个人都有一辆以上的高档轿车；他们戴名表，挎名包，在南宁市和宾阳县城有多处房产；每人有多部手机，经常更换号码；各人名下有多个银行账户，仅白小东妻子名下就有 20 多张银行卡。

资金方面，白小东账户经常有大笔资金从广东、广西等地汇入，也常有大笔资金从这些账户转出，汇往中越边境地区，最后流入越南账户。资金流动频繁，金额巨大，涉嫌贩毒资金超过 1000 万元。

警方到银行、电信等部门提取监控录像后，确认负责提取、汇转这些资金的主要人员是白小猛。另外，白小东多名家族成员也参与其中。经查明，白小东自从 2009 年 9 月获得释放后，龟缩宾阳县城，通过远程指挥，暗中肆无忌惮地进行毒品贩卖活动，用各种手段垄断南宁市的毒品市场，涉及传统毒品（海洛因等）、合成毒品（又称新型毒品）等，成为南宁市货源最稳定的大毒枭。

另外，甘科伟得到准确消息，白小东本人持有枪支。

可以确定，以白小东为主的贩毒团伙是一个涉黑、涉枪、涉毒的特大犯罪集团。经广西壮族自治区公安厅向公安部申报，白小东案件被立为“2011-121”目标案件，由南宁市公安局禁毒支队成立专案组开展调查。

与此同时，禁毒支队的其他侦查员获悉，白小东最近与崇左毒枭阿梁有联系，而阿梁和越南毒贩的关系非常密切，白小东的上家很有可能就是阿梁。

2011 年 6 月 1 日，甘科伟在白小东家附近意外侦查到崇左阿梁即将前来和白小东接头。

这样一来，警方就完全掌握白小东团伙贩卖毒品的整个网络。

“2011–121”专案组认为，破获白小东团伙贩毒案的时机已经成熟。

在案情分析会上，甘科伟根据自己对宾阳的熟悉情况，制订了一套抓捕方案。支队领导看过之后，认为该方案详细全面，大胆而缜密，大家一致认可，并将其确定为最终抓捕方案。

由于白小东团伙涉嫌武装贩毒，持有枪支，具有相当大的危险性，南宁市公安局调集特警支队和宾阳县公安局的警力前来支援。

甘科伟对整个案情最了解，对被抓捕的人员最熟悉，对抓捕现场的地理环境最清楚，作为主要侦查员被安排在抓捕第一线，与特警一起进入现场，实施抓捕。

2011 年 6 月 9 日上午，甘科伟与首批抓捕人员到达目的地，参与分析和确定各个组隐蔽的地点。

下午 3 时许，运输毒品的阿梁开着车出现了，但他没有马上到达白小东指定的停车地点，而是开着车在交易地点的附近晃了几圈。

确定没有被跟踪后，阿梁与白小东派来的白小猛接头，并带上毒品进入了白小东家。

现场指挥员见时机已成熟，发出立即行动的命令。

甘科伟和特警一起如猛虎下山般冲入白小东家。

他们冲到二楼客厅，破门而入，迅速控制住白小猛和阿梁。

甘科伟突然发现，白小东正准备往里面的房间跑。甘科伟立即施展娴熟的擒拿术，将白小东扑倒在地。

白小东知道，这一次自己被抓基本上是完蛋了。他不甘心，拼死挣扎。他猛地推开甘科伟，一只手伸到枕头下想拿枪。

甘科伟眼疾手快，猛扑过去，死死按住白小东的手，心想，一旦让他拿到手枪，后果很严重。

两人在房间里展开了殊死搏斗。

一个是亡命之徒，他知道一旦被抓住了就是死罪，所以他拼命挣扎。

一个是英勇的缉毒警察，他当下只有一个念头：绝对不能让白小东拿到枪。

甘科伟将白小东死死压在地上。白小东不甘被擒，不停地挣扎着把手伸向枕头。

两名特警冲了进来，与甘科伟合力制服了白小东。随后从白小东的枕头下搜出了那把左轮手枪，检查发现子弹已经上膛。

特警把犯罪嫌疑人完全控制后，甘科伟戴起手套，拿起相机、摄像机开始对案件证据进行固定和搜集，为后期工作的顺利开展做好准备。

甘科伟一边收集犯罪证据，一边配合南宁市公安局吕副局长对白小猛进行现场审讯。此时，白小猛似乎知道任何顽抗都无济于事，供述了其他藏毒地点。

警方随后在白小猛的住处缴获了大量毒品。

至此，南宁市公安局禁毒支队经过三年多的艰苦侦查，成功破获公安部“2011-121”特大武装贩运毒品目标案件，捣毁一个家族式涉黑武装贩毒团伙，成果如下：

抓获犯罪嫌疑人 7 名，缴获海洛因 19 块共计 6634.3 克、冰毒 71.1 克、麻古 18.9 克、K 粉 1184.6 克、大麻 2.8 克，以及其他毒品 8510.5 克，同时缴获制式左轮手枪 1 支、子弹 16 发，扣押毒资 70 万元及运送毒品的小汽车 3 辆。

在这场战斗中，南宁市公安局禁毒支队民警甘科伟、南宁市公安局技术侦查支队支队长莫燕林作为专案组的重要成员，在案件侦破过程中敢当重任、不怕艰险、英勇善战，为案件的成功侦破起到了关键作用。

鉴于这两位同志的优秀表现，经自治区党委同意，自治区人民政府决定：给予南宁市公安局民警甘科伟、南宁市公安局技术侦查支队支队长莫燕林各记个人一等功一次。

2013 年 12 月 23 日，广西南宁市中级人民法院一审宣判：白小东因犯贩毒罪被判处死刑，剥夺政治权利终身；白小东的弟弟白小猛被判处死缓，剥夺政治权利终身。当听到自己被宣判死刑的一刹那，白小东脸色惨白，浑身冷汗，这个狡猾的毒枭那颗一直桀骜不驯的头颅终于无力地低垂下来。

2013 年 12 月 25 日，在全国缉毒侦查工作会议上，侦破白小东特大贩毒团伙案件被评为“2012 年度全国十大精品案件”。

第十二章　抽丝剥茧

（一）情报奇才

抽丝剥茧，还原现场，让数据信息成为破案的主要依据，这就是甘科伟的过人之处。禁毒支队的很多同事都说，甘科伟具有情报研判的天赋。在甘科伟看来，其实哪里有什么天赋，不过是认真、刻苦、钻研而已。

自入警以来，无论在哪个工作岗位上，甘科伟遇事总喜欢琢磨。长此以往，他就渐渐掌握了信息研判的独家秘籍，也因此被情报界誉为“广西情报研判第一人”。

2012 年 7 月，根据甘科伟的特长和出色的业务能力，南宁市公安局决定将甘科伟调入禁毒支队情报大队，从事信息研判工作。

信息研判是现代刑侦技术中的重要组成部分，也是禁毒战线上的生命线。禁毒工作，研判先行，这已成为世界各国禁毒部门的普遍共识。

近年来，各地公安部门相继成立了“刑侦情报信息研判中心”，以方便情报信息研判人员通过查询、分析，为实战提供线索、获取证据、锁定嫌疑人。

甘科伟高超的研判能力，一直是广西禁毒战线中的传奇。无论是禁毒支队的领导还是业界同行，他们对甘科伟的印象都极为深刻。

南宁市公安局禁毒支队政治处副主任李起增回忆：

“2012 年，我调到禁毒支队，认识了甘科伟。当时我很惊讶，在我所接触到的情报研判人员当中，很少有人像甘科伟如此专业，他所提供的信息导侦很有水准。例如，他可以通过分析某一时段内各交通卡口的过路车辆排查出嫌疑车辆，通过分析车辆的行驶轨迹推导出嫌疑人的活动规律和涉案人员关系网。此外，资金的异常动向、突然密切起来的人员往来、突然改变的日常行动轨迹，都逃不过他的火眼金睛。从嫌疑车辆到涉案人员及其关系网络，都在甘科伟的研判报告中有明确的线索。队里很多案件侦破的关键信息，都是从甘科伟提供的研判报告里得来的。”

甘科伟的好友、南宁市公安局禁毒支队三大队教导员廖远讲述：

“在信息研判能力方面，甘科伟确有过人之处。他是个爱琢磨的人。毒贩们为了攫取巨额财富，言行与正常人不同，诡异狡诈。他们也不同于一般违法分子，是一群具有高智商的罪犯。为了逃避警方打击，贩毒团伙通常编织了盘根错节的关系网，而且具有常人难以想象的反侦查能力。

“但是魔高一尺，道高一丈。要在茫茫的信息大海中抽丝剥茧，梳理出贩毒团伙的犯罪脉络，就需要像甘科伟这样拥有极强的情报侦查与分析能力。当年，我和甘科伟在四大队共事，曾经有段时间，我们一同去银行调取数据。那时，我们跟银行职员一样的时间上下班，甚至和银行的门卫都混熟了。

“甘科伟查银行流水、账单比一般人厉害的地方，在于他拥有敏锐的判断力，能够很快从中看出问题。光是看资金流，他就可以马上判断出嫌疑人的身份是马仔还是老板。”

上林县公安局缉毒大队民警陈星光回忆：

“我曾经在南宁市公安局禁毒支队跟班学习，对甘科伟的业务分析能力印象深刻。有时，他能从蛛丝马迹中扩展出千万条信息，再找出其中的关联，整合提炼成一套案件研判材料，而后形成案件线索，用于案件侦破。这其中的每一件事单独做起来就已经十分复杂，结合起来的信息量更是庞大，但甘科伟业务技术精湛，这些都难不倒他。更可贵的是，甘科伟对自己独特的研判技术毫无保留。只要有机会，他就会和我们一起探讨，大家都爱称呼他‘甘教授’。”

南宁市公安局禁毒支队四大队大队长王胜对上林梁某制毒案记忆犹新，他说：“我和科伟是相处十年的生死兄弟，我们曾在四大队一起工作过。他在研判方面的出色才能为我们破获各类毒品案提供了强有力的支持。我印象最深的，除几个特大贩毒案之外，还要数上林梁某制毒案的侦破，从该案可以看出科伟的研判能力有多厉害。”

2013 年前后，上林人梁某租下马山一处偏远废弃的厂房，疑似生产毒品。禁毒支队四大队掌握这一线索后，对梁某展开侦查。但梁某有所觉察，中断了相关活动。由于当时没有明确的线索和证据，故禁毒支队只好暂时搁置梁某一案。

甘科伟却不甘心。他把那些模糊的信息全盘接手，持续跟踪，一遍遍进行分析研判。后来，禁毒支队从这个废弃厂房里提取了部分泥土进行检验，并从中发现了少量氯胺酮的成分。甘科伟判断，梁某此前制毒并未成功。根据以往经验和对制毒人员习性、规律的了解，甘科伟认为，梁某绝不会就此罢休。此后，甘科伟一直持续对梁某进行紧密追踪。

随着梁某不断活动，他的一些行迹开始暴露。甘科伟发现梁某虽然不再去马山，却和马山一伙人员有电话联系，存在可疑的通信往来。警方在查处一起贩卖K粉案件中，也有了重大发现，查获的毒品来源于马山。甘科伟对这些信息进行分析，成功牵出了另一个以马山为根据地的制毒团伙，前后历时3个月。

2014年，根据甘科伟提供的情报，马山警方成功破获制毒“7–2”专案，抓获5名团伙成员，缴获晶体、液态新型毒品氯胺酮362千克，以及制毒原料100千克。

经查证，梁某与该团伙并未有直接关系，也未直接参与团伙作案。甘科伟决定，继续对梁某开展侦查。

2015年，梁某按捺不住，终于在上林县一个偏远小区的楼顶建起了制毒窝点。此时，将梁某绳之以法的时机终于成熟。

甘科伟把对梁某全套的研判成果，包括明确的人员关系网、活动轨迹、资金流向、原料来源等信息，全部交给禁毒支队四大队，以便进行后续侦查和抓捕。王胜大队长曾感慨地说：“当初那么不成熟的线索，通过科伟的持续深入研判，不但破获了制毒案件，一些眼看遥遥无期的悬案，也能解决。”

2015年8月20日，王胜大队长带领甘科伟等四大队队员前往上林，成功将梁某人赃俱获，缴获K粉236.45千克。

（二）飞车缉毒

信息研判工作，虽然看起来像是纸上谈兵，但其中更多的线索需要实地侦查才能确认。

26岁的朱某曾在广东打工，由于工资不高，又想过得潇洒，最后做了毒贩龙哥的马仔，跟在龙哥后面吃香喝辣，十分快活。但他也知道，自己的命掌握在龙哥手里，只能随时听从龙哥安排。

2011年3月9日，龙哥要朱某到南宁走货。朱某当天下午从广东坐班车前往南宁。

龙哥一直想染指广西的毒品市场，经过几次的试探，觉得有利可图。然而，龙哥在南宁销售毒品的一举一动已经引起南宁警方的注意，警方将他列为重点监控人物。

此次，龙哥派马仔前来南宁送货的信息已经被南宁警方掌握。

南宁市公安局禁毒支队刚刚发布了“春季扫毒攻势”，广东的龙哥就送上门来了。朱某从广东出发后，禁毒支队经过研究，决定对其堵截抓捕。

按照时间计算，朱某9日下午出发，10日早晨就该到南宁。禁毒支队的跟踪组和伏击组从9日一直等到第二天上午，也未见朱某的身影。

这时，甘科伟立即施展他的研判技巧，最终查明，朱某在10日当天凌晨5时许，到达宾阳县黎塘镇后，中途下车，再转往来宾市住了一晚。11日晚，朱某乘出租车来到南宁，入住明秀东路一家宾馆。

发现了嫌疑人，要不要实施抓捕？朱某到了黎塘、来宾等地，有没有转移毒品？

遇到这些棘手问题时，就需要强大的研判智慧了。

甘科伟经过反复推演认为，朱某去黎塘、来宾等地，并不是兜售毒品，而是一种反侦查、反跟踪行为，他的目的地还是南宁。这样迂回行走的线路，恰恰证明朱某携带了毒品，才会变得如此小心翼翼。

甘科伟在宾馆附近密切监视朱某。

12 日上午，甘科伟在宾馆附近监控。他发现，朱某提着一个黑色的旅行袋正准备外出。甘科伟立即跟了上去，决定采取非常侦查手段来确定朱某的旅行袋里是否藏有毒品。

甘科伟走到朱某前面，拦住他："老乡，借个火。"

朱某猛地一愣，显然受了惊吓，话也不说，把旅行袋夹紧了，立即逃跑。这一跑，朱某完全把自己暴露了。

埋伏在四周的侦查员迅速包围并抓获朱某，当场从其旅行袋内缴获用香烟盒伪装的毒品氯胺酮 6 包，净重 4919.5 克，"神仙水"59 瓶，净重 635.4 克。

在禁毒支队侦办的各类大案要案中，甘科伟是查实证据的侦查员，是案件线索的提供者，也是收网抓捕的执行人。

甘科伟身上融合了刑事警察和缉毒警察的特质——机智敏锐、智勇双全。

很多次，甘科伟从外面执行任务回到家中时，黄婧婧看到他身上总是青一块紫一块，很心疼，一边为他涂药水，一边问："科伟，你这身上是怎么了？"

甘科伟总是说："没事，骑摩托车，不小心碰了。"

如果一次两次这样说也就算了，但总不能老是这样的理由吧。

最后还是黄婧婧替他说出实情："是抓捕时受的伤吧？"

甘科伟轻描淡写地说："一点擦伤，没什么。"

"都磨破了这么一大块皮，还说没什么！你不疼，可我心里疼。"说完，黄婧婧又掀起甘科伟的上衣，"你瞧瞧，你这满身的疤痕。"

甘科伟身上有许多大大小小的疤痕，这些疤痕都是在各类抓捕场合与罪犯搏斗过程中留下的印记。

甘科伟："没什么啊，我不觉得有多痛。"

黄婧婧一听这话，突然很生气。干脆扔掉棉签，把药水瓶里的药水全部倒在甘科伟的伤口上。甘科伟大叫："哎哟，痛，痛啊！"

黄婧婧赌气道："看你还嘴硬。"

甘科伟说："这点伤没事，一切都值得。"

黄婧婧也习惯了，家里常备一些跌打损伤的药，如紫药水、药酒之类的。她也知道，甘科伟是个意志坚强的人，对工作执着、热爱，他确实不把这些皮外伤当一回事。

2013 年 6 月的一个凌晨，甘科伟与禁毒支队四大队大队长王胜及侦查员一起执行任务。在侦查中，他们发现了一个毒贩的行踪。甘科伟与王胜跟踪到福建星光路口附近。在确定毒贩正在进行交易后，王胜决定在嫌疑人等候绿灯时堵住嫌疑车辆。

同时，为了抓捕任务能顺利完成，警方又调集多辆汽车，准备采取从四周包围的办法，将毒贩的车辆堵死。

王胜和甘科伟临时做了分工：由甘科伟带队，拉开毒贩车辆的驾驶室车门，拔掉钥匙；王胜则负责从右侧车门进入车厢，控制嫌疑人。

谁知，警察刚下车，正准备靠近，车里的毒贩突然发动汽车，发了疯似的前后猛撞。

撞了三四个来回后，车子居然把围在四周的警车撞开了。紧接着，开车的嫌疑人猛踩一脚油门，高速倒车，冲出了包围圈。为了快速逃跑，毒贩在倒车出去一段距离后，急速甩尾掉头。

常在电影中出现的惊险场面在现实中发生了。

甘科伟见状，心想绝不能让毒贩跑了。他全然不顾自身安危，一个箭步飞身扑车，想从车窗入手抢夺毒贩的车钥匙。

毒贩开车狂奔。

甘科伟牢牢抓住车窗，不肯放手，紧贴车身与毒贩搏斗。

王胜看见甘科伟身体悬挂在车身外，情况十分危险，高喊："科伟，放手！快放手！"

可是，甘科伟仍然不松手，紧紧抓住毒贩的方向盘。

这不是什么警匪大片，而是中国缉毒警察与毒贩进行殊死搏斗的真实场景。

这不是艺术的杜撰，而是王胜等四大队队员目睹的惊心动魄的一幕。

大家都被惊出一身冷汗。

甘科伟挂在车外，被拖行100多米后，被凶狠的毒贩推出窗外。甘科伟翻滚倒地，这时对面来了一辆货车，车轮在他头顶"刷"地停下，只差2厘米的距离。

甘科伟忍着剧烈的疼痛拔出手枪，砰！子弹瞬间击中了毒贩车辆的轮胎。

车歪歪扭扭继续向前开，其他警车紧追而去，再次将毒贩车辆团团围住。毒贩死不开门，做困兽之斗。

警察们下车后，掏出警棍猛击车窗，效果不佳。

甘科伟明白，这种车窗玻璃需要锐物才能击破。他迅速捡起一块砖头，用尖角砸碎玻璃，最终将嫌疑人控制。

随后警方当场缴获氯胺酮 1 千克。

事后，甘科伟说，当时他一心想着尽快抓住嫌疑人，根本没有心思考虑个人安危。

那惊险的一幕，王胜一直记得。他说，和甘科伟一起侦破各类重特大案件时，甘科伟总是抢在最前头，出现在最危险的地方。

（三）神机妙算

甘科伟除了从各种海量信息中找到有用的线索，还能将线索继续拓展，为后续抓捕行动发挥作用。

2008 年，毒贩黄某在一次毒品交易过程中侥幸逃过警方的抓捕，弃车而逃。

当时，禁毒支队侦查员从黄某的车里查获 4 块海洛因和其他物品。2009 年，甘科伟正式调入禁毒支队，接手了这起案件，进行了长时间的跟踪调查。他拿到的所有材料，只有当时随车缴获的一些名片。这样一堆凌乱的名片，甘科伟却如获至宝，他决定对此进行梳理，看看能否从中找出一些蛛丝马迹。

那时破案的方法相当原始，远不如今天已经十分现代化的情报研判。如今，警方拥有高科技搭建的信息平台，情报人员只要坐在办公室里，就可以立即查到某人的账户往来、通话记录、起止行程、住宿信息、视频监控，甚至在医院看病的记录等。

甘科伟调入禁毒支队的时候，警方的情报工作基本上还是靠原始的办法。例如，查一个人的账户往来，要带着证件到银行；查通话记录，要到各个通信公司；查住宅地址，要到房产局等。可想而知，要把那堆名片上的信息查清楚，甘科伟要跑多少趟，要跑多少路。

但是，甘科伟就是有这样的韧劲，他愣是把这堆庞杂名片中的人物关系查清了。他通过这些关系，梳理出这些人在各个时间段的相关信息。

名片上的每个人都有一个活动圈子，包括交往的人、银行的开户地址、资金往来、住宿信息等，找到这些线索，就可以大致确定其活动范围。再将这些信息横向比对，寻找与案件有交集的线索，即可掌握可疑人员的动向。

甘科伟通过寻找嫌疑人彼此之间的联系，发现了他们往来的具体时间、地点、账户变动等。就这样，甘科伟最后从一堆看似无用的名片梳理出上百条涉案信息，成功绘制出一个关系庞大的毒品交易网络，涉及崇左、钦州、大新等地。

这是一份具有巨大信息量的研判报告。禁毒支队领导立即将甘科伟的这份报告上报自治区公安厅。

在自治区公安厅的统一指挥下，以甘科伟的研判情报作为重点线索，协调全区相关地市公安机关进行侦查。在此后的几年里，全区数十个与黄某有过交易、直接或间接联系的贩毒团伙，包括黄某本人，纷纷落网。

禁毒支队三大队教导员廖远也参与了这些案件的侦破工作，他说："这几十个大小团伙的落网，一百多起案件的破获，线索全部来源于甘科伟最初对信息的持续研判。这么多年过去了，甘科伟提供的情报线索和侦查方向还在发挥作用。”

2011 年 8 月，禁毒支队得到情报，毒贩白某将在 11 日从凭祥携带毒品前往南宁，同行者还有其他三人。

这样一条简单的线索摆在了甘科伟的面前。甘科伟必须迅速判断出这四个嫌疑人是乘坐火车、班车、出租车，还是自驾出行。

他首先排除火车。进火车站查得很严，有时还有缉毒犬协助安检，毒贩几乎没有可能进站。

其次，根据对嫌疑人的调查，甘科伟认为他们坐大巴班车的可能性也很低。凭祥至南宁这条线，是沿线禁毒机关重点侦查路段，班车上经常有便衣警察出没。毒贩们很清楚，班车不能上，上去后，说不定就回不来了。

再次，毒贩坐出租车的可能性也不大，因为各种边境检查对出租车十分严格。

因此，毒贩只能是自驾。自驾的最大好处就是灵活便利，可以自由选择行走路线，万一发现情况不对，途中还可以扔掉毒品。

明确毒贩的运毒方式之后，甘科伟还要确定毒贩走哪条道路，这条路有没有岔道，有没有休息区。如果有，一般要耽搁多久。他还要知道这辆车子什么时候到达南宁，在哪里拦截最合适。

经过几天的日夜推演，一份成熟的白某行车拦截计划研判报告完成了，甘科伟立即上报给禁毒支队的领导。

2011 年 8 月 11 日，南友高速吴圩出口处，车流如水。和往常一样，这处交通要道呈现出一片繁忙的景象。在路边一辆不起眼的面包车上，禁毒支队的侦查员们正在密切监视着前方的来车。

根据甘科伟的研判报告，涉毒嫌疑人白某已驾车从凭祥出发，向南宁驶来。

甘科伟在研判报告中建议：涉毒车辆将经由南友高速吴圩出口进入南宁，拦截的最佳位置为吴圩出口处。

距离甘科伟计算的涉毒车辆到达时间越来越近。面包车里，禁毒支队的廖远、程用等侦查员高度戒备，密切注视往来车辆。同时，他们也隐隐担忧，到达时间毕竟是甘科伟推理的时间，再缜密的计算终究是推算的，车辆行驶过程中存在各种变数。比如车辆抛锚，或者携毒人员中途突然下车，等等，变数太多。涉毒车辆是否如期而至始终是一个未知数。

侦查员程用事后回忆：“同样的路程，车速不同，所需时间不同。更何况，还需要考虑驾驶员是否会中途休息等因素。能不能准时等到目标，我们谁也说不准。”

当时，作为侦查员，甘科伟也在面包车上，他目光坚定，相信自己的研判。他说：“我有把握，他们会准时到达。”

事实果真如此！

白某驾驶的涉毒车辆抵达时间与预判的时间只误差几分钟，可以说是准时到达南友高速吴圩出口处。

甘科伟和战友们及时堵截了白某的小车，当场从车上缴获海洛因 1400 多克，抓获犯罪嫌疑人白某、潘某、韦某、梁某四人。

一般来说，推算的时间只能是一个大概的时间段，但甘科伟计算的时间与实际时间只有几分钟的误差，精确度相当高。

如果甘科伟没有扎实、严谨的工作态度和丰富的工作经验，就无法做出这样准确的判断。同事们纷纷称绝，夸赞甘科伟真是神机妙算。

其实，甘科伟并不是真的能“神机妙算”。他在接到研判任务后，殚精竭虑，研判了可能出现的每一个环节，每一个细节。为了能阻截成功，他甚至驾车从凭祥到南宁实地行驶了一回。

甘科伟“神机妙算”的案件有很多。甘科伟的同事彭华富警官曾经讲述过这样一起案件：

2015 年 2 月，甘科伟利用研判系统得知一名叫阿军的男子有贩毒嫌疑。甘科伟经过排查，掌握阿军的真实姓名叫刘某。刘某与李某交往甚密，多次到河池市等地活动，有合伙贩卖合成毒品的重大嫌疑。甘科伟同四大队的侦查员加大对刘某、李某的跟踪侦查。

3 月 11 日，甘科伟获悉刘某、李某离开南宁去宜州购买毒品。支队领导立即制订跟踪布控方案。

3 月 13 日下午，禁毒支队四大队王胜大队长和莫少军教导员带领侦查员在嫌疑人可能出现的三塘布控伏击。

嫌疑人从宜州开车返回南宁的当天，为了反跟踪、反侦查，采取了不断改变行走路线的方法，在南宁市环城高速公路上不断往返。

甘科伟通过总结该团伙以往的活动规律，结合南宁周边各个高速出入口的方位，以及对车速和时间的计算，判断嫌疑人将从五合转往安吉方向，并从安吉进入市区。

根据这一判断，追踪车辆跟着嫌疑车辆，一直绕着南宁外围行驶，兜了小半圈后，布控警力迅速跟上，最终在望州路成功堵截嫌疑车辆，抓获贩毒嫌疑人刘某、李某以及随车来南宁的毒品上家韦某等 4 人，从嫌疑人车里搜获毒品氯胺酮 2 包，净重 1010 克。

当年，甘科伟调查白小东贩毒案，与白小东有关的银行账号和涉及的开户者多达几十人，涉及七家银行的几百张银行卡。甘科伟通过海量的银行账目分析，查看了上千小时的银行监控录像，终于掌握白小东使用银行卡的情况，了解贩毒资金的流向。

甘科伟通过分析资金流，掌握了白小东的信息流，又通过分析信息流，发现了毒品运输的物流，最终确定了白小东贩毒团伙的犯罪方式。

许多涉毒案件得以成功侦破，甘科伟在幕后付出了常人难以想象的努力。

南宁市公安局禁毒支队副支队长程宏胜说："近几年来，禁毒支队侦破的多起大案要案，都离不开甘科伟的'最强大脑'。他细致的分析能力、敏锐的研判能力，为侦破案件奠定了坚实的基础，发挥了至关重要的作用。"

（四）倾囊相授

甘科伟令人惊叹的研判能力，引起了区内外同行的极大关注，特别是禁毒支队的同事们，都虚心向他请教。甘科伟为人很热心，对这些情同手足的兄弟们从来都是知无不言，悉心告诉他们自己在研判方面所取得的宝贵经验。

许多区外的同行远道而来，专门向甘科伟请教。甘科伟都毫不吝啬，将自己的研判经验和技巧倾囊相授。

2015 年 11 月底，在全区禁毒信息研判工作培训班上，甘科伟作为优秀研判专家走上了讲台。

台下，坐着从全区各市、县禁毒大队赶来的禁毒情报人员。望着台下的一个个同行，甘科伟把自己做足了功课的研判心得毫无保留地分享出来。

罗悦来自贵港市公安局禁毒大队，他对甘科伟传奇般的情报技术极为膜拜。他说："甘老师在台上循循善诱，我们在台下听得津津有味。甘老师对禁毒数据分析的认识，以及信息研判在侦查实战中的作用，都让我耳目一新，也让我认识到情报工作原来有规律可循。我对甘老师的敬佩之情油然而生。"

后来，罗悦专程来到南宁市公安局禁毒支队，拜甘科伟为师，学习信息研判技巧。甘科伟毫无保留，热心辅导，传授经验。

罗悦说："情报的信息研判是个庞大的系统工程，不是一朝一夕能完成的，但甘老师付出了无数的心血，终于形成了自己的一套理论系统。他没有半点私心，全部拿出来跟我们分享，我一直很感动。"

2016 年春，甘科伟的母校广西警察学院需要经验丰富的一线民警来授课，学校的张晓春老师想请甘科伟来帮忙。一个学期要上 48 个课时的课，没想到甘科伟很爽快，一口答应了。

在张晓春的印象里，整个学期下来，甘科伟只因出差缺席过两次课。有一次，甘科伟出差，为不耽误上课，凌晨从外地赶回来，到家后也没顾得上休息，换上警服就直接来学校上课了。

张晓春回忆说："科伟虽然很忙，但他是想借这个机会，把自己的实战经验传授给学生。他希望更多的情报警察能快速成长起来。"

甘科伟在公安系统内部已成为著名的情报专家。他超前的侦查思路和大数据分析处理能力，逐渐吸引了多家互联网公司的注意。

这些公司频频向甘科伟抛来橄榄枝，却没有得到他的回应。

商场如战场。现在各行各业，特别是一些大型企业，都有独立的情报部门。这个部门的主要功能就是收集与企业相关的信息，比如竞争对手的各种情报。收到情报后需要进行分析，最后得出结论，所谓知己知彼，百战不殆。这与公安系统的“信息研判”如出一辙。

著名的阿里巴巴公司也看上了甘科伟。该公司多次想办法要把如此杰出的情报专家挖过来。

第一次，阿里巴巴公司某负责人找到甘科伟，说明来意，希望他能开个价钱。甘科伟拒绝了，他说：“我的一切能力都是国家培养的，我得为国家服务。”

负责人仍不死心，再一次找到甘科伟，直接开价，每年 50 万元底薪，然后再按照情报价值提成。

当时，甘科伟的工资只有 3000 多元。面对巨大的诱惑，甘科伟还是婉言谢绝了：“我是党员，当警察是我从小的梦想。我这辈子就是为当警察而生的。”

甘科伟难道就不需要钱吗？当然需要。

父亲甘党标在老家渠旧镇刚起了一幢房子，甘科伟没出过一分钱。房子建成后，甘科伟给父亲打了个电话，说装修时可以补贴一点装潢费用：他实在拿不出来更多的钱。

甘科伟从来没和爱人黄婧婧一起上过街、逛过商场，更不用说为她买衣服。黄婧婧虽然嘴上不说，可心里也希望丈夫为自己花点钱，至于买得好不好，则另当别论，她只是想要那种被丈夫关怀的感觉。

但是，黄婧婧理解甘科伟，知道他有自己的梦想和追求。他在外面努力拼搏，出生入死，铲除一个“毒魔”就会挽救无数个家庭。

黄婧婧只能把那点小小的私心深深埋藏。她把家里打理得井井有条，好好照顾孩子，不让甘科伟有任何的后顾之忧。

当战友生病住院时，甘科伟却毫不犹豫解囊相助。

2016 年 1 月 27 日，甘科伟转发了一条微信链接《恳请大家帮助一位战斗在基层一线的好民警》。甘科伟除了自己捐款，还用微信向朋友圈的战友们发出呼吁“伸出我们的援手，别让勇士倒下”：

【甘科伟微信朋友圈】（2016 年 1 月 27 日 16：15）数额多少不是问题，我这位同事需要您给予金钱上的帮助，也需要您的关心和祝福！谢谢各位！

（注：农高远，南宁市公安局良庆分局金象派出所刑侦中队中队长，36 岁。2015 年 10 月 23 日，农高远与同事前往刘圩镇抓捕一犯罪团伙嫌疑人，途中，突然感到腰背部疼痛异常，同事们急忙将其送往医院救治。随后农高远被确诊为肝部恶变，需进行肝移植。为了筹集高昂的医疗费用，农高远的同事们通过媒体向社会筹款。）

甘科伟身处情报信息核心岗位，经办的毒品案件案值动辄数千万元，甚至上亿元，但他却从不为各种诱惑所动，更不惧死亡威胁，坚决将毒品犯罪分子绳之以法。

也曾有毒贩的亲属带着百万元的现金，千方百计找到甘科伟，希望他对某个涉案人员“关照关照”。

甘科伟当面呵斥，将来人拒之门外。任何有损党性、有违原则的事，甘科伟都会坚决拒绝。

2015 年 5 月，甘科伟在情报分析能力上的过硬本领被公安部看中，要求将他借调北京。

当时，公安部禁毒局情报中心急需甘科伟这样优秀的情报人员来协助几个毒品大案的研判工作。

甘科伟得到消息后，认为这是与全国信息研判高手交流的机会，非常难得。但是，要去北京半年多的时间，孩子才四岁多，婧婧在交警大队，工作也很忙，这样一来家里怎么办？想来想去，他还是决定和婧婧商量一下。

黄婧婧："你非要去不可吗？孩子这么小，一去就是半年，就算我忍受得了，孩子怎么办？"

甘科伟："关键是这个机会实在难得。全国的情报高手会聚在一起，那是多么好的学习机会呀！和他们在一起，我可以学到许多最新的情报手段。虽然我们破了很多大案，但破案并不等于铲除了毒源。现在很多贩毒网络都是跨省市甚至跨境交易，以前的追踪方法已经落伍，需要有更先进的情报理念去应对。"

甘科伟对于情报工作的认真和执着，黄婧婧早已习惯，她知道自己说什么也浇灭不了他的那股热情。自己是警察，是党员，有困难，还是自己克服吧。

"你放心去吧，家里的事，我来安排。我让妈妈来照顾孩子。"黄婧婧说。

"也真是难为你和岳父、岳母了。"甘科伟说。

"我们两个都是警察，遇到困难，总能想到办法克服的。希望你除了专心工作，还要保重身体。"黄婧婧一直很担心甘科伟的身体。由于长期无规律的生活和超负荷地工作，甘科伟经常感觉头痛，血压也有些偏高。

有了妻子的鼓励，甘科伟立即启程前往北京，准时参加了公安部禁毒局第二期禁毒信息集中研究工作。

这是个全国信息研判高手云集的地方。甘科伟接触到了最先进的数据分析平台，还有各地同行独特的研判方法，这些都让他大开眼界。

同样，甘科伟凭借过硬的业务技术得到了全国同行的关注。他分享了把信息和侦查相结合、信息导侦等先进理念融入实际侦查办案工作中的经验。

甘科伟在公安部参与了十大部督案件的研判工作，具体负责其中的“4·14”专案。甘科伟通过分析，明确了团伙成员、关系、分工、车辆，掌握了制毒原料的来源、毒品贩卖的去向，为后来该案的侦破提供了准确的情报。

根据海南省禁毒总队提供的线索，甘科伟经过半个月的认真研究，为公安部禁毒局提供了一份信息情报。

根据这份报告，相关地区的公安机关成功破获了 4 起毒品目标案件。

在短短半年时间里，甘科伟在公安部禁毒局情报中心与同行们相互切磋，醉心工作，协调相关省市破获 4 起公安部督办毒品案件，捣毁制毒工厂 4 个，缴获氯胺酮成品、氯胺酮半成品、摇头丸、冰毒共约 2 吨，毒资 105 万元，枪支 3 支，子弹 817 发，查扣涉案车辆 19 辆、各种制毒原料 4 吨、制毒原料半成品 30 吨，抓获犯罪嫌疑人 36 名。

公安部某处负责人叶文曾这样评价甘科伟：“他在数据分析和信息研判方面是一把好手，不但专业技能过硬，而且肯下功夫，给我们留下了非常深刻的印象。”

鉴于甘科伟在公安部工作期间成绩突出，公安部禁毒局发函致广西壮族自治区公安厅，对甘科伟进行了表彰。

甘科伟能够在北京集中精力工作，离不开家人的支持。

有一次，甘科伟打电话给黄婧婧，电话旁边的儿子小宝一直嚷着要看爸爸。

黄婧婧说："孩子很想你，天天吵着要见爸爸。"

甘科伟说："我的工作也快结束了，你还没来过北京，不如带孩子过来，我带你们到北京转转，看看首都是什么样子。"

那一瞬间，黄婧婧泪流满面。

作为妻子，她多么想甘科伟能陪在自己身边，一家人逛逛街，散散步，或者一起到菜市场买菜做饭。这对于寻常百姓来说，本来是一件极普通的事，但自从甘科伟参加禁毒工作以来，由于侦查、办案工作的需要，这些普通事竟成了一种奢望。

夫妻俩有半年时间没见面了，黄婧婧决定去北京找甘科伟。

2015 年 10 月底，黄婧婧利用年休假，带着四岁的儿子小宝来到北京。

飞机到达首都机场时已经很晚，甘科伟和一个同事来机场接黄婧婧和小宝。

小宝是第一次坐飞机，一路上都很乖，很听话。在机场见到爸爸后，小宝很高兴，一直由甘科伟抱着。

第二天正好是周六，公安部禁毒局组织了一次活动，带领同一期来自全国各地的研判精英去长城参观。黄婧婧和小宝作为家属也一同前往。

小宝第一次出远门，对什么都感到新鲜和好奇。

中午在一家农家乐吃饭，小宝有个惊人的"发现"：农家的门前有个葫芦架，上面结了许多葫芦。小宝很好奇，抱着葫芦不肯放手。叔叔阿姨们都来逗小宝，叫他“小小葫芦娃”。

就这样，小宝从此拥有了自己的“艺名”。直到现在，叔叔阿姨们见到小宝，都还喊他“葫芦娃”。

因为家属探亲，公安部禁毒局为甘科伟特批了三天假。

甘科伟利用假期，带着黄婧婧和小宝去了天安门、故宫、颐和园、圆明园，还去了北京大学，感受了中国最高学府浓厚的文化气息。

在甘科伟上班的日子里，黄婧婧就带着小宝去逛胡同，参观北京的四合院。

时间一晃而过。甘科伟、黄婧婧和小宝在北京度过了八天的美好时光。

假期结束了，甘科伟把黄婧婧和小宝送上了回南宁的飞机。小宝不肯离开爸爸，直到进入安检口，还哭着闹着不肯走。

甘科伟忍住泪，与妻儿挥手道别。

第十三章　古潭枪声

（一）收费站的枪战

“砰砰砰……”

2011年10月14日上午，一阵密集的枪声突然响起，震惊了古潭收费站。

古潭收费站位于广西南宁市隆安县，在那桐至大新的二级公路（316省道）上（注：2016年1月1日零时起被取消）。古潭收费站很小，建在马路中间，两边各有一条缴费通道。

因为是普通二级公路，又是中午时分，过往车辆不多。古潭收费站看起来很落寞，静悄悄的，仿佛被人遗忘一般。

上午11点15分，收费站两侧看不到任何车辆通行。这对于这样狭窄、破败的旧公路来说，属于正常情况。

11点19分，从大新方向开过来一辆墨绿色的越野车，车子驶入收费站，靠近窗口，准备交费。

越野车后面跟着一辆黑色的别克轿车，它紧随越野车，缓缓停下来。

这时，别克轿车的后面，又急速驶来两辆白色的小轿车，停在别克轿车后面。

这样一来，在古潭收费站的南面一侧，等待缴费的四辆车依次为一辆墨绿色越野车、一辆黑色别克轿车、两辆白色轿车。

最前面的墨绿色越野车上，司机似乎在找什么东西，动作很慢。中间的别克轿车不停鸣笛。可前面的越野车却纹丝不动，司机仍然慢悠悠地找他的东西。

突然，别克轿车后面那两辆白色小车上，迅速下来六名警察，分成两路，向黑色别克轿车的左右两侧包抄过去。

从两辆白色轿车上下来的人是崇左市大新县警方的追捕行动队。这天上午，大新县公安局禁毒大队获得情报，贩毒嫌疑人李林驾驶一辆黑色别克小轿车，从大新县城往南宁运输毒品。

大新县公安局副局长黄中原立即率领县公安局禁毒大队，会同崇左市公安局多名民警，在大新至隆安 316 省道对李林进行追捕，并设法实施拦截。

有越野车挡住去路，别克轿车进退不得，正是抓捕李林的绝佳时机。黄副局长立即发出命令，对李林实施抓捕。

警察仿佛从天而降，猛冲过来，准备拉开别克车的车门时，冷不防“砰！砰！”两声，别克车内的人向车窗外连开两枪。正在右侧拉车门的警察中枪倒地，后面两名警察迅速前来，一边开枪还击，一边扶起受伤的警察撤退。

古潭收费站内，正在准备收费的老黄听到窗外发出了异常声响。他不知道发生了什么事，就从窗口探出头向外看，立即被眼前惊心动魄的一幕吓得目瞪口呆。

只见别克车内射出子弹，几名警察也持枪向别克车还击。砰！砰！子弹在老黄的眼前横飞。他见势不妙，立即关闭收费站的窗户，拉开座椅，慌忙躲到收费台下。

又有一名警察倒下。四名警察一边掩护受伤的战友，一边举枪还击。冲在最前面的人是崇左市大新县公安局禁毒大队大队长冯以标，他向后面的警察大声喊道："快隐蔽，毒贩有枪！"

情况突变。毒贩有枪，这完全在警方的预料之外，他们迅速后撤。

这时，黑色别克车上的人也下了车，他双手握枪，戴着墨镜，神情镇定，一边以轿车为屏障向后面的警察开枪，一边环视四周寻找逃跑的出口。

冯以标大队长一看，此人正是被大新县警方追捕的毒贩李林。

李林，45 岁，大新县雷平镇人，涉嫌贩卖毒品，正是大新县警方此次抓捕的对象。

也许是天意。在收费站时，最前面的那辆墨绿色越野车正好挡住了李林的去路。那辆越野车与此案无关，也不是警方的车辆，就这么碰巧地堵住了李林的去路。

事后查明，越野车司机之所以迟迟没有离开，是因为他的钱包不见了。他当时在越野车内焦急地寻找钱包。这就意外地给大新警方制造了一个抓捕的有利机会。冯以标大队长果断下令抓捕李林。

可是，此前从未有任何情报显示李林身上藏有手枪。

李林下车后，对着后面的警察不停地举枪射击，又有一名警察中枪倒地。为了掩护战友，另外三名警察迅速组织还击。

就这样，在古潭收费站，一场罕见的警匪大战开始了。古潭收费站的监控视频清晰完整地记录了这一罕见的枪战情景。

在最前面的越野车里，司机看到外面正在枪战，吓得躲在驾驶室内，任由子弹横飞，不敢动弹一下。

李林拿着手枪，十分猖狂。他窜到了越野车的前面，左躲右闪，与后面警察顽固对抗。

冯以标冷静地观察着情况，找准机会，果断对李林射击，一枪打中了李林的腿部。李林一个踉跄，险些跌倒。

冯以标知道，只要击中了李林，不管是否打中要害部位，他都跑不了了，即使跑也跑不了多远。

李林心里很清楚，这样僵持下去，对他很不利。他在急切地想办法逃出去。

双方的枪战前后持续了5分钟。李林清楚地认识到自己的处境，冲到越野车旁，威逼躲在驾驶室的司机："快下车，借你车用用。快点！"

在李林黑洞洞的枪口下，越野车司机吓得面无血色，乖乖下了车。李林立即发动车子，从收费站向东疯狂逃窜。

冯以标没有继续追击，因为在刚才的枪战中，已有三名警察受了重伤，需要立即把他们送去医院抢救。同时，冯以标向上级报告，古潭收费站发生了紧急情况，请求上级部门支援。

受伤的警察分别是：大新县公安局副局长黄中原，嘴部受伤；大新县刑侦大队民警陈海诚，左臂中弹；大新县公安局禁毒大队警校实习生小罗，右眼中枪。

警方在古潭收费站李林遗弃的别克车内找到了5块海洛因，共计1750克，以及大量现金。

古潭收费站发生激烈的警匪枪战，毒贩持枪劫车逃跑，警方多人受重伤并请求紧急增援，这一情报被迅速上报到广西壮族自治区公安厅。

自治区公安厅厅长梁胜利当即指示，要保证广大人民群众的生命安全，速战速决，并派出自治区公安厅主管刑侦的副厅长梁宏伟率队到现场指挥。

梁宏伟副厅长迅速召集广西区、市、县三级公安特警、武警、缉毒警 500 人。在这批队伍当中，有先期到达的崇左市公安局刑侦和禁毒部门的侦查员，有南宁市公安局副局长梁树章率领的特警支队，还有武警广西总队一位中校警官率领的三名狙击手。

一时间，警车呼啸，警察云集。

这支特殊的队伍可谓精英会聚，人才济济，其中就有中国最优秀的情报研判专家之一、有“警界福尔摩斯”之誉的缉毒警察甘科伟。

500名精兵强将由梁副厅长亲自带队，火速赶来古潭收费站增援，成立了“1014 行动”指挥部，由梁副厅长任总指挥。

李林开着劫持而来的墨绿色越野车离开了古潭收费站，消失得无影无踪。

李林劫车逃亡，去向不明。最令人担忧的是，李林手上有枪，随时会对人民的生命造成严重威胁。

在这种情况下，作为缉毒战线的研判专家与搏击高手，甘科伟出场了，他被分配在“1014 行动”的情报组。

甘科伟面临的第一个难题是嫌疑人李林会躲到哪里去。

甘科伟需要立刻对案情进行分析和研判，做出结论，告诉大家李林会去哪里。

（二）茫茫甘蔗林

来到古潭收费站，甘科伟首先向大新县公安局的民警详细询问了事情的经过。

2011 年 7 月 28 日，在广西壮族自治区公安厅禁毒总队指导下，由崇左市公安局禁毒支队、凭祥市公安局禁毒大队联合组成的专案组，在凭祥市友谊镇隘口村那浦屯破获了蒙某等人贩卖毒品案，成功摧毁了一张特大跨国贩毒网络，打掉一个家族式贩毒团伙，先后抓获团伙成员 7 名，缴获毒品海洛因 13 块，共 4.98 千克，缴获毒资一批。

在这次抓捕行动中，崇左市公安局得到线索，发现李林曾参与蒙氏家族贩毒，决定对其实施抓捕。

但是，李林行动异常诡秘。大新县警方前后跟踪了两个月来寻找李林的贩毒证据。8 月 24 日，大新县警方得到情报，得知李林可能携带大量毒品前往南宁销售。

大新县禁毒大队大队长冯以标立即带领民警，在李林必经的大新县收费站设卡布控。他们从 24 日晚上一直蹲守到 25 日凌晨 4 点 20 分，李林驾驶的汽车才出现在大新县收费站。

就在李林停车缴费的时候，大新县警方立即冲到李林小车的左右两侧，准备强行拉开车门。李林一看情况不对，立即猛踩油门，撞向前面的一辆警车。

警车被撞开了两米远。民警们没有想到李林会用这种搏命的方式强行冲卡。

李林冲卡后，借着夜色掩护，侥幸逃脱了。

正是通过这次李林冲卡，警方证实了李林贩毒的事实。大新警方随即将李林列为网上追逃人员。

越南谅山省公安厅禁毒处于 2011 年 9 月 17 日，在越南谅山将两名毒贩抓获，并将犯罪嫌疑人移交中方。据嫌疑人交代，他们在越南北部山区看见过李林。

从小混迹于中越边境的李林，并没有被越南北部边境的崇山峻岭困住。在中越边境的丛林里，他行走自如，再加上他从小就懂得越南语，往来边境毫无障碍。

崇左市与越南接壤，陆路边境线长达 533 千米。从越南进入崇左市的各种通道，大大小小就有 200 多条。毒贩盯上了交通便利的崇左，不断将“金三角”的毒品绕道老挝、越南，再通过崇左向内地扩散。崇左至南宁一带由此成了广西禁毒的前沿。这里地势复杂，封堵难度很大。

2011 年 10 月 14 日，崇左市公安局禁毒支队获取情报：网上在逃人员李林从大新县城运输毒品前往南宁。原来，李林不知什么时候回到了国内，继续干起了贩毒的勾当。当日，在古潭收费站，警方准备拉开李林所驾车的门时，李林突然掏出手枪，在车内向民警连开数枪，致使 3 名民警受伤。之后，李林劫车离开收费站，向东逃窜，去向不明。

甘科伟立即打开地图，他首先要确定，李林劫持的越野车有没有经过那桐镇。

那桐民警查看道路监控后，发现316省道上未见有越野车驶向那桐。

由此，甘科伟判断李林进入了岔路。甘科伟查明，在古潭至那桐的这段省道上只有一个十字路口。向东是316省道，往那桐方向。南北方向是一条狭窄的乡村道路。向南，往古潭中学方向。向北，进入甘蔗林，往乔建镇方向。那么，李林会往哪个方向去呢？

这个十字路口位于古潭收费站向东2.5千米处。甘科伟来到十字路口，他要判断出李林进入乡村道路后，是向南，还是向北。

从此处向南是古潭中学。如果李林把车开进学校，那后果就严重了。甘科伟立即查看车辙，没有明显痕迹。他拿出望远镜，站在车顶上，向四周观察。316省道的南侧是一片村庄，田地空旷；北侧是大片密密麻麻的甘蔗林，有数万亩，一眼望不到头。

将省道两边的情况一对比，甘科伟心里有数了，给出了自己的判断：李林向北逃窜了。

甘科伟的分析依据是：

（1）省道南侧是空旷的村落，很容易暴露行踪，更有利于警察的大队人马搜捕，李林不可能犯如此低级的错误。

（2）李林长期混迹于中越边境，熟悉各种丛林小道。当他看到无边的甘蔗林时，他可能会觉得有了甘蔗林的掩护，就有了逃脱的希望。中越边境封锁很严，但只要钻入丛林中，无论哪国的警察，都会有点束手无策，他就有可能逃脱。

因此，甘科伟得出结论，李林一定会进入甘蔗林。

事实确如甘科伟所料。

当李林来到十字路口时，看到北侧的甘蔗林后就毫不犹豫拐弯进去。他想，进了甘蔗林，就如同鱼儿进入江河，警察要想抓他可没那么容易。

李林很不走运。在古潭收费站，前面有越野车挡住他的去路；而现在，李林本以为逃入甘蔗林里的乡村道路便可以溜之大吉，但让他做梦都没想到的是，他刚拐入乡道，还没行驶多远，就迎面遇上了一辆装运甘蔗的卡车。

乡道本来就很窄，现在又被卡车挡住去路。面对突然出现的卡车，李林的冷汗一下子冒出来了。怎么办？

李林的脑海中已经想象警方在如何集结各路特警，又如何召集各路精通情报分析的警方“福尔摩斯”、痕迹专家，甚至心理学家。李林心里很清楚，自己危在旦夕，更何况他的腿上有枪伤，跑不远。

李林低头一看，腿上的血还在流。他迅速抽出鞋带，缠绕在裤腿，算是初步止血了。面对眼前的卡车，李林想到了一个危险的办法。

李林决定孤注一掷，发动越野车，从路边斜入甘蔗林，他想强行碾压甘蔗林，绕过卡车。

越野车进入甘蔗林后，并未如李林所愿，而是瞬间熄火了。李林怎么也启动不了车子，只得放弃。李林从越野车里面出来，忍着腿疼独自进入茫茫的甘蔗林中。

（三）亡命逃窜

“1014 行动”指挥部派出大量警力沿着乡道搜捕李林。来到了甘蔗林后，不放过任何细节，往北搜索。

终于，有民警发现了甘蔗林边的越野车。为防止李林躲在车内偷袭，特警们立即将越野车包围。特警通过高音喇叭向越野车喊话：“李林，你听着，你已经被我们包围了，你无路可逃，希望你认清形势，缴械投降，这才是唯一的出路……”

一遍，两遍，三遍，警方的喊声都没有得到应答。特警们通过望远镜观察，发现越野车内没有任何动静。

特警们悄悄靠近越野车，拉开车门，发现车内空无一人。

甘科伟与其他痕迹专家立即对越野车进行检查。甘科伟看到车上有两滴暗红的血迹，便对血迹进行跟踪。

血迹走向、脚印比对，以及甘蔗被碰倒的痕迹，种种迹象表明，李林躲进了甘蔗林的深处。

“1014 行动”指挥部立即组织警力，准备进入甘蔗林进行地毯式搜捕。

甘科伟站上越野车顶，通过望远镜，他发现，要想搜遍上万亩的甘蔗林，无异于大海捞针。李林真的进入甘蔗林了吗？

甘科伟突然觉得有什么地方不对劲。他仔细想了想，血迹与脚印，都走向了甘蔗林深处，这是没错的。但是，也就走了不到 20 米远，然后就看不到血迹与脚印了。而且，从甘蔗的形态来看，也没有人走过的迹象。

甘科伟立即跳下车，再次检查了李林行走的痕迹，果然印证了自己的想法。李林在甘蔗林里走了不到 20 米，又悄悄退了出来。没错，李林没有转过身，而是倒着退出了甘蔗林。他设了一个看起来很完美的圈套。

不过，这个圈套终究还是留下了破绽。甘科伟没有上当，他立即来到路边，再三检查，发现地上有几块玻璃碎片。甘科伟戴着手套，把几块碎玻璃拼在一起，再和其他几位痕迹专家分析，得出的结论是，地上的碎玻璃应该属于汽车车窗的玻璃。检查越野车后发现上面的玻璃是完好的。甘科伟说，现场应该还有另一辆车，李林极有可能砸碎车玻璃，把车开走了。

情报组的几位专家根据甘科伟的推断去查证后，证实现场确实有一辆大型车辆驶过，从轮胎的痕迹深浅来看，可能是一辆装甘蔗的卡车。

事实也验证了甘科伟和专家们的研判与分析。

李林看到卡车上装满甘蔗，他决定装扮成卡车司机做掩护。他砸开窗户，打开车门，戴上草帽，把一辆装满甘蔗的卡车开走了。

李林把车开向了哪里呢？他竟然沿着乡道向南，往回开了。这段时间，“1014 行动”指挥部的人马都在古潭收费站，刚刚集合完毕，开始往乡道上进发，而此时的李林已经驾驶卡车返回 316 省道，向那桐方向驶去。

但是，李林最终没有前往那桐，他没有这个胆量。他很清楚，此刻在那桐的路口，有无数荷枪实弹的特警在等着他。

李林知道，自己被警方追捕，被活捉或者被击毙，只是时间问题。现在开着卡车，将会受到严厉的盘查。权衡了一番，他选择放弃卡车。四处寻找一番，李林看到一条通往甘蔗林深处的小径。他觉得自己无路可逃，硬着头皮进入了甘蔗林。

当甘科伟随着抓捕民警找到丢弃在马路上的卡车时，果然看到驾驶室车门上的玻璃已经被击碎。打开车门一看，驾驶室内有几滴血迹，应该是李林留下的。

李林丢弃卡车之后，又逃往了哪里？

在场的情报人员持两种意见。大部分人都认为李林再次进入了甘蔗林，而不是其他地方。因为凭李林的智商，他已经很清楚，其他任何方向都是死路，只有成片的甘蔗林才能让他苟延残喘。这样的判断合情合理。

甘科伟对此有不同看法。他研判的结果是，李林进入甘蔗林不会太久，因为甘蔗林虽可以暂时藏身，但也有麻烦，很容易迷失方向。甘蔗林不比中越边境的丛林简单，如果有人误入甘蔗林，长时间转不出来也很危险。

甘科伟说："李林知道，警方会地毯式搜索甘蔗林。当年'东北二王'（1983 年，犯下重大命案的"东北二王"携枪逃窜，亡命天涯整整七个月，流窜半个中国，前后六次逃脱军警围捕，最后钻进江西广昌山区。当地组织搜山队伍，公安机关出动 800 多人，武警出动 2.5 万人，还有地方民兵 2.5 万人，共计 5 万多人，把广昌山区围得水泄不通，最终将"东北二王"击毙。）躲进了深山老林，不是一样被找到了吗？所以，李林不可能一直待在甘蔗林里，他很有可能继续向北逃窜。他需要养伤，需要饮食，同时，他也懂得心理学——他知道绝大部分人都认为他会躲在甘蔗林里。"

这只是甘科伟一个人的推断。为了不让李林有藏身之地，"1014 行动"指挥部决定对甘蔗林进行地毯式搜查，不放过任何可疑之处。

紧接着，500 多名警察进入了乡村公路两侧的甘蔗地，分片、分段，一排接一排地搜查，交替前行。

正在搜索中，"1014 行动"指挥部突然接到报警，说有个人在定农水库边上抢走了一辆电动车，向北逃窜。

正在搜索的大部队迅速在定农水库集结。定农水库距离316省道大约5千米，是个很小的水库，水量不大。

报案者老刘说，当时他正在水库里投放鱼饲料，电动车就停在岸边，也未上锁。不知何时，电动车旁站着一人。那人问："老乡，你的电动车不错啊，性能怎么样？"

老刘觉得奇怪，自己的电动车也不是新车，很普通，如果要买车，镇上有的是，到那里问问不就行了。但老刘还是很热心地回答，说："不错啊。你是哪里人，怎么没见过你？"

那人说："我是路过的，看你的电动车不错，也想买一辆。"

老刘："只要有钱，什么样的电动车买不到？"

那人说："我先试试你的车，看看性能如何。"说着，那人上了车，发动了车子。老刘还想说点什么，但电动车已经开走了。过了好一会儿，老刘见那人还没回来，才回过神来，那人骑着他的车溜了。

"1014行动"指挥部根据老刘提供的描述，确认抢他电动车的人正是李林。有了这条线索，"1014行动"指挥部决定，从定农水库开始继续向北搜捕李林。

甘科伟打开地图，发现定农水库旁边有一条乡村公路，向北两三千米就到了人口密集的乔建镇了。甘科伟马上判断，李林很有可能进入乔建镇了。

甘科伟得出这个结论的理由是：

（1）李林需要食物与水，而且他身上有枪伤，需要紧急处理，藏在镇上比较方便。

（2）如果藏在甘蔗林，只要警方和附近的村民一起进行地毯式搜索，迟早会被发现，甘蔗地里不能久留。

（3）乔建镇是个大镇，总人口有 4 万多，藏在镇上，警方怕误伤群众，不会随便开枪。

（4）隐藏在乔建镇里，食物充足，可退可守，如果藏得隐蔽，甚至可以把枪伤养好。

（5）乔建镇交通便利，四通八达，除了发达的乡村公路，还有 X010 县道穿镇而过，比较容易逃脱。

除了甘科伟，情报组的其他专家也给出了相同的答案：李林将会持枪进入乔建镇。

（四）集结乔建镇

2011 年 10 月 14 日下午 1 点 25 分。

广西壮族自治区公安厅副厅长梁宏伟和特警、武警等紧急增援的 500 多人，先后赶到了乔建镇。

乔建镇是隆安县比较大的一个乡镇，常住人口超过 4 万。更麻烦的是，这一天正是乔建镇赶集的日子，分散在各个乡村的百姓都来到镇上赶集。

“1014 行动”指挥部发现，情况比想象中的要严重。镇上赶集的百姓摩肩接踵，而李林手上有武器，稍有不慎，就会威胁当地群众的生命和财产安全。

情况十分危急。梁副厅长发布命令：“任何情况下，首先要保证人民群众的生命财产安全。封锁全镇各个路口，绝不能让李林逃出乔建镇。”

人员已集结完毕。可是，偌大的乔建镇，李林此时藏在哪里？他是想暂时藏身，还是想凭借乔建镇复杂的城镇建筑群负隅顽抗呢？有一点很清楚，此时的李林是一个亡命之徒，他什么事都能干得出来。

关于李林藏在乔建镇的什么地方，情报组综合研判后，认为李林很有可能藏在人员密集的闹市区。

甘科伟给出的理由是：

（1）今天正好是圩日，除了各乡村的村民上街赶集，一些外地的货郎、各类产品的销售人员也都会来到集市，或摆摊售货，或了解行情。也就是说，集市上会有很多陌生的面孔，这对李林十分有利。

（2）集市上人员众多，即使警方发现李林，由于怕误伤群众，警方绝对不会随便开枪。

（3）一旦身份暴露，李林随时可以开枪，造成集市上的人员恐慌。在人们四处逃散之际，他会借此做掩护，趁机逃之夭夭。

（4）最危险的地方往往最安全。根据以往被捕的犯罪嫌疑人供述，他们都会认为，闹市区是最危险的地方，也恰恰是最安全的地方。如果藏在乡野，目标明显，很容易引起村民的警惕。

（“东北二王”在逃窜过程中，最终藏在一个村子里。一个女子看到“二王”，就用本地话问他们来做什么。可“二王”却听不懂，女子警惕起来，立即报案，警方很快就知道“二王”到了那个山区。）

根据以上几点，可以初步判断，李林藏身的具体位置应在乔建镇中心西南方向的一片居民区内。

2011 年 10 月 14 日下午 1 点 40 分。

根据情报组得出的研判信息，大批警察包围了乔建镇西南方向的居民区，疏散居民，挨家挨户进行搜查。

梁副厅长拿着话筒，给身边的各路警察布置任务："我们每个人手上都有毒贩李林的正面照片，请大家在撤离群众的时候，让群众辨认，看看在撤离的队伍里面有没有混入李林。现在，李林手上还持有枪支，我们在整个工作过程中，首先要保护人民群众的安全，同时，也要保护本组同志的安全。"

一个小镇突然之间来了许多警车和大批警察，这让大家觉得一定是有什么不寻常的事发生了。后来居民才听说，有个持枪毒贩进入了小镇。居民们有些慌乱，纷纷收拾货摊，躲回家中，闭门不出。

2011 年 10 月 14 日下午 4 点。

乔建镇进入完全封闭状态，大小路口、巷口都有警察把守。对毒贩李林的搜捕行动已经进行了两个多小时，但是警方仍然没有发现李林的踪影。

梁宏伟副厅长一边指挥搜捕，一边焦急地等待着各路人马传回信息。

突然，一个电话打进了指挥部，一名特警在一个房间门口发现了血迹。这突如其来的消息让所有人都警觉起来。有血迹，是不是李林就躲在房间里呢？

梁副厅长立即让当地派出所的民警寻找户主。可是户主没有手机，找了半天，也未找到户主。

事不宜迟，梁副厅长立即命令："强攻！"打开门一看，果然看到地上有一摊血迹。

如果这是李林的血迹，那他是不是就躲藏在楼上呢?

正在这时，户主被找回来了。他一听说地上有血迹，连忙摆手说："这是误会，肯定不是李林的。我早上打死了一只老鼠而已。"

后来，警方还是对房间仔细检查了一遍，没有发现李林。

虽是一场误会，却耽误了不少时间。再过一会儿，镇上的学校就要放学了，为确保孩子们的安全，指挥部决定，由相关人员通知每所学校，延迟放学，等候通知。

那么，此时的李林藏在哪里呢?

正如甘科伟研判的那样，李林确实藏在镇中心西南方向的这片居民楼里。他驾驶电动车进入乔建镇，不慌不忙地把电动车开进集市，也没上锁，希望有人把车偷走。

他在街上看了半天，发现有一户人家的大门半掩着。他觉得是个机会，就像熟人似的径直走了进去，然后把门关上。

李林进入屋内之后，发现户主正和三个孩子在看电视。

户主老叶看到家里来了个陌生人，而且把自家大门关上了，有点纳闷，问道："请问，你是哪位，到我家有什么事?"

李林说："这位兄弟，我有点事，想在你家歇一会儿。"

老叶发现李林有些异样，说："你这是犯了什么事呢?"

李林掏出手枪，说："兄弟，别害怕，我就待一会儿，天黑了我就走。"

老叶一看，完全明白了，难怪街上警笛不断，原来是在抓这个逃犯。老叶心想：他手上有枪，我该怎么办?

看到老叶不出声，李林以为他害怕了，就说："兄弟，你帮我，我也不会为难你。”

老叶想，蛮干是不行的，家里的三个孩子不能有闪失。

老叶说：“大哥，你手上有家伙，最好收起来，孩子们没见过这玩意儿，害怕。我们会让你留到天黑，到时候，你一走了之，咱们谁也不认识谁。”

李林说：“就这么说定了。为表示我的诚意，我让你的大女儿离开。你的儿子和小女儿留在家里。你去街上买点熟食回来，我饿坏了。”说着，李林从兜里拿出两张一百元，递给老叶，说：“不要报警。如果报警，我先杀了你这两个娃。”

老叶心想，能救一个是一个。忙说：“大哥，要不了这么多，一张就够了。”

李林说：“没事，你拿着，带两包烟回来。”

老叶不再推辞，拿着钱，带大女儿出了门。

安顿好大女儿后，老叶心里想，怎么办呢，家里的瘟神送不走，如果报警，两个孩子怎么办？

老叶想来想去，看到满街都是警察，他觉得，这么大的事，再不报警，那他就是窝藏罪犯，这是犯法的事，他不能这么干。而且，目前这种情形，那罪犯又能跑到哪里去？

老叶想来想去，报警是目前唯一的选择。

于是，老叶在民警的带领下，来到了“1014 行动”总指挥梁宏伟的面前，讲述了事情的经过。

老叶家在乔建镇新华街，家中还有 10 岁的儿子、7 岁的侄女（其兄的女儿）。现在大女儿脱险了，还有两个孩子在李林手上，老叶说：“警官，千万保证两个孩子的安全啊！”

梁厅长说："老叶，你放心吧，我们一定把你的两个孩子救出来。"

根据老叶的描述，指挥部对现场有了进一步的了解。

情报组得到信息后，迅速进行分析，他们要找到解决危机的最佳方案。

甘科伟拿着房间的分布图，仔细研究解救人质的行动方案。

常见的方案是由狙击手击毙绑匪。这个方案当然好，但是李林应该会想到警察有这个首选方案，他绝对不可能让狙击手找到自己。这样一来，狙击手在任何角度都无法确定李林的位置。

强攻也是方案之一。甘科伟分析，李林和两个人质所处的位置正是叶某夫妇的卧室。南方农村圩镇的民宅都是筒子楼，一家挨着一家，两侧不设窗户，两头临街，前后都有阳台，顶层虽然有天窗，但都焊上了牢固的钢制防盗网，要想从阳台或顶层天窗强行进入，基本不可能。而且，万一强攻不成，反而激怒了李林，人质的安全就无法保证。叶某夫妇卧室外有卫生间，装有液化气热水器。李林在走投无路的情况下，有可能采取自杀式爆炸的极端手段，后果更为严重。因此，强攻的办法也行不通。

谈判规劝也是常见的一种方法。采用心理攻势瓦解李林对抗的意志，这是目前最为可靠的一种办法，建议采用。

"1014 行动"指挥部同意了情报组的方案。派谁来谈判呢？

崇左市公安局主管刑侦和禁毒工作的副局长李光芬，以前曾在大新县任公安局局长，能说一口流利的当地话，更重要的是，他面容温和，口才极佳，可以说是首席谈判手的不二人选。

方案既定，梁宏伟立即用扩音器向楼上喊话："李林，你听好了，我是自治区公安厅副厅长梁宏伟。我们愿意通过谈判来解决问题。

现在派一名代表上去跟你对话！”

李光芬从一楼天井楼梯口登上三楼。很快，李林从观察孔发现了他，大声呵斥：“站住！不然我就开枪了！”

李光芬只好在防盗门前两米多的地方停下。如果李林打算鱼死网破，从观察孔内开枪射击，那李光芬无任何生还可能。以李林之前的所作所为，这不是没有可能。

李光芬先自报家门：“我叫李光芬，是崇左市公安局副局长，过去在大新工作过。我们同宗同姓，现在，由我来跟你谈判，准备接受你提出的任何条件。你放心，我没有携带任何武器。”

说着，李光芬主动脱下外衣外裤，原地转了一圈。

李林说：“我跟你没什么好说的，要谈，就叫阿文来。有些话，我只跟阿文一个人说。如果你们不答应，一切免谈。大不了，我跟这幢楼，还有两个孩子共同毁了！”

李光芬问：“你说的阿文是大新县公安局政委许光文吗？”

李林说：“是。”

李光芬说：“好，我可以满足你的要求。但是，许光文赶到这里，最快也得一个多小时。你可能已经饿了，两个小孩也需要吃东西。我给你们准备了一些食物，你可以在许光文到来之前，先解决肚子问题。”

李光芬把八宝粥等食物放在门外的地上，然后后退，撤离。

也许是饿急了，李林打开了一道门缝，从里面伸出一只手，把八宝粥拿进去，又猛地关上门。

（五）最后一枪

李林要见的许光文是何许人也？

许光文是大新县公安局的政委。李林之所以要见许光文，是因为两人曾多次打过交道。作为当地公安局的政委，许光文曾多次到李林家进行劝说，让他远离毒品，并告诉他，贩毒是害人害己，是一条不归路。那么此刻许光文又在哪里呢？

许光文此时正在广西医科大学附属医院看望三名被李林开枪击伤的警察。他接到谈判的任务后，立即驱车赶往乔建镇。

从南宁到乔建镇有150多千米，开车最快也得一个多小时。

此刻，梁副厅长正在布置任务："如果谈判不成，立即强攻。两个狙击手，三个强攻手，先熟悉楼房结构图，找准各自的位置，切不可让李林发觉。"

2011年10月14日，晚上6点30分。

许光文匆匆赶到了乔建镇新华街案发现场。经过一番简单的布置，许光文穿上防弹衣，准备上楼劝说毒贩李林。

许光文一步一步走上楼梯。他来到三楼，对李林喊话："李林，我是许光文，我没带任何武器，我只想和你聊聊。你放我进去。"

李林说："我看到你了。但是你不要进来，你一靠近门，我就开枪。"

许光文说："我去过你家，我是什么人，你是知道的。我苦口婆心劝你戒毒，可你不听。尽管你现在走到这一步，我还是要劝你、救你。以前是这样，现在还是这样。"

此时，经过枪战、受伤、逃跑的李林，在惊恐之中已经度过了

8个小时，听到许光文的声音，心里忽然有了触动，就像他乡遇故知。李林说："我要喝水，我要抽烟。"

许光文觉得，这是他接近李林的一个机会。他拿着水和香烟，对李林说："你看，我站在门外，还怎么谈呢！你开门，让我进去和你聊聊。我向你保证，我不带任何武器。"

门被打开了一道缝。许光文伸手，把东西递进去。这时，他的手本可以抽回来，但许光文没有。他把门轻轻推开，整个人进去了。一抬头，李林的枪口正对着他。李林说："你一进门，我就想开枪了。你赌我不会开枪？为什么？"

许光文说："我就想像以前那样，到你家和你聊天。"

李林没有说话。

许光文说："那时，我也从不带武器。但我知道你家里可能有手枪，可你没有拿枪对着我。因为我是好心，想让你走正道，你没有任何理由拿枪对着我。"

许光文说："我先看一下两个孩子。"

进入卧室后，许光文看到两个孩子坐在地上，惊恐地盯着正举着枪的李林。

这时，许光文做出一个惊险的举动，他解开衣服，对李林说："其实，你开枪，也不一定能打伤我的。你看，我穿了防弹衣。现在，我把防弹衣脱下，让你检查我有没有带武器进来。我这么做的目的，就是想让你把两个孩子放了，我来当人质。"

但是，许光文的坦诚举动并没有打动李林。李林不同意调换人质，那把枪仍然对着两个孩子。

许光文说："这么小的孩子，你吓着他们了。他们是无辜的，你有没有想过，你家里也有孩子。”

许光文的一席话让李林忍不住落泪。原来，李林也有一儿一女，而且都在上学。

许光文说：“如果你的子女被人拿枪这样指着，你心里是什么滋味？我们大人做事，为什么要连累孩子呢？”

每个人，即使是悍匪，心里也有脆弱的地方。许光文的话一下子击中了李林的软肋。李林失声痛哭，他不敢想象别人拿枪像他这样对着他儿女的场景。

经过两个小时的谈判，终于，李林同意让7岁的女孩先离开房间。

2011年10月14日晚上9点12分，许光文抱着7岁的女孩，走出房间。

第一个孩子得救了。这让许光文坚信，李林还没有到不可救药的地步。梁副厅长对许光文说：“许政委，辛苦了，经过大家研究，我们决定趁热打铁，由您继续与李林谈判。”

许光文说：“报告梁副厅长，我也有此意，让我继续做李林的思想工作，争取把另一个孩子也救出来。”

许光文爬上黑暗的楼梯，再一次进入了三楼的卧室。

这一次，许光文与李林谈起了人生之路。李林说，人生之路，走错一步，步步全错。

李林并不是从小就接触毒品。他曾在大新县的一家制糖厂上班，甚至做到了中层管理岗位。但是，一次吸毒让一切都变了，他丢掉了工作，毁掉了家庭，最后妻子离他而去，儿女对他厌恶。

李林曾经两次接受强制戒毒。可他意志力太差，戒毒之后，又禁不住毒品的诱惑，戒毒，再吸，周而复始。他脾气也越来越暴躁，经常对劝说自己的妻子施以拳脚。慢慢地，他走上了以贩养吸的犯罪之路。

许光文与李林谈了很久。也许，是许光文的真诚打动了李林。李林说："许政委，您以前到我家里去劝我，我没听您的话，才走到今天这个地步。现在，我有个事想拜托您。"

许光文说："你不要客气，有什么话直接说。我能办到的，一定办，这个你绝对放心。"

李林说："许政委，我一人做事一人当。我愿意放了眼前的这个男孩，但是，无论我受到怎样的法律制裁，我恳求您，不要伤害我的两个孩子，不要歧视他们，我求您了！"说着，李林跪在许光文的面前。

许光文拉着李林站起来，说："你别这样。我可以保证，没有人会伤害你的孩子，他们也不会因为你的错误而受到任何牵连。这你放心。你如此心疼你的孩子，可人家这么小的孩子，却被你用枪顶着，这样合适吗？"

李林说："许政委，我说过，您可以带孩子离开了。也请求你们，不要因为我牵连到我的孩子。"

许光文说："这件事我向你保证，你放心。这样，我先把孩子带走。余下的事，我们再接着谈。"

2011 年 10 月 14 日晚上 11 点 56 分，许光文抱着 10 岁的男孩走出房间。至此，人质全部解救成功。

许光文把男孩交给接应的民警，又立即返回去，他想说服李林向警方缴械投降。于是，许光文再次进入了房间。

李林问：“许政委，我想问一下，被我开枪打伤的三个民警，伤势如何？”

许光文说：“我来这里之前，就在医院看望他们。目前他们都没有生命危险，这个你不用担心。”

李林问：“许政委，您还有烟吗？”

许光文说：“还有两支，我们一人一支。你的情况还没有到无法控制的地步，只要向警方交枪，就有回旋的余地。对于真诚悔过的人，我愿意给予力所能及的帮助。”

李林说：“谢谢许政委，您是个好人。我的孩子，拜托您照顾他们，别让他们走上邪路，我以死谢罪！”

说完，李林拿起枪，对准自己的头部开了一枪。砰！

听到枪声，在楼下设伏的甘科伟和另外几个特警以为许光文出事了，立即冲上三楼，破门而入。

出现在甘科伟眼前的一幕，让他永远也无法忘怀：许政委安然无恙，而李林倒在地上，一动不动，血流一地。

第十四章　赤子之心

（一）身体向他发出警告

2016 年 3 月 17 日，深夜。

此时，人们已进入梦乡。四周万籁俱寂。

甘科伟无意中看了一下书桌上的台历，忽然意识到，自 2003 年 10 月正式参加工作以来，已过了整整 12 载。光阴荏苒，他在不知不觉中已经度过 35 个春秋。

时间过得太快了。甘科伟不由得感慨万千。此时，他已坐在书桌前工作了 4 个小时。

甘科伟常常把单位没有做完的工作带回家中，然后晚上接着做。多少个不眠之夜就是这样过去的。

今天，他已经工作了一个晚上，想站起来舒展身体，活动一下腿脚。忽然，他感觉脚下打飘，身体不禁摇晃一下，几乎要跌倒。

甘科伟立即用双手扶住书桌，努力控制自己，不让自己倒下。

甘科伟从来不怀疑自己身体的强壮、结实。他一直坚持训练，对自己的身体素质很有信心。这样忽然眩晕的症状，以前也发生过几次，他都认为是疲劳的缘故。

而这次，他也很快就站稳了，身体又恢复正常。

可能工作太累了，他想。

此刻，甘科伟很想上床躺一会儿，休息一下，但手上还有几个重要的信息要进行分析，现在还不是休息的时候。他立即做了50个俯卧撑，然后打开手机，发了一条微信朋友圈，这就是后来在网络上广为流传的一句话："努力到无能为力，拼搏到感动自己！"

努力、拼搏，这是甘科伟在工作上的座右铭。研判工作就是他的生命，他不想浪费一点一滴的时间。他以一名共产党员的思想和觉悟严格要求自己，努力工作，精益求精。

甘科伟铆足干劲，继续投入研判工作中，就像一个果敢坚毅、孤独顽强的勇士，义无反顾地走向未知的黑暗。

但是，甘科伟怎么也没有想到，死亡之神正在一步一步向他靠近，就像外面漆黑的夜要将他吞噬。

甘科伟自己不知道，父母不知道，妻子不知道，年幼的儿子不知道，同事、朋友不知道。

这个世上所有的人都不知道，甘科伟，这位中国缉毒战线上智勇双全的优秀警察、顶尖的情报研判高手，留在这个世上的日子已经不多，他的生命只剩下10个月的时间。

在甘科伟的心中，工作永远是第一位的。工作会给甘科伟带来乐趣，工作就是他的人生战场。那么多的案子要破，那么多的信息要分析，身体上出现的一点小症状，他根本没放在眼里，根本没当回事。

身体已经开始向甘科伟发出警告。

如果甘科伟在感到身体不适后，就立即到医院进行一次全面检查，也许一切都还来得及。

可是，现在已经没有了“如果”。

（二）好友向他发出警告

“努力到无能为力，拼搏到感动自己！”甘科伟在微信朋友圈上写下的这句话，瞬间在他的朋友圈内广泛流传。

当时是夜间 11 点多，甘科伟的好友廖远也没有休息。他看到了甘科伟的这条状态，立即转发。他俩是缉毒战线上一同出生入死的兄弟，情同手足，并肩战斗，前后已有 8 年时间。

廖远比甘科伟大几岁，看到甘科伟为了工作如此拼命，他很心疼。他在微信上忍不住和甘科伟聊了几句。

“科伟，我看到你的微信了，不要这么拼命。”

“廖大哥，你知道的，我是个夜猫子，这么早，睡不着。”

“努力拼搏，这是没错的，但身体更重要。这么晚了，早点休息，身体要紧。”

“廖大哥，手上还有几个信息要处理，等我查好手头上的这儿条线索就睡觉。”

廖远想起一件事，对甘科伟说：“对了，我家里的电视坏了，刚买了台新的，你哪天有空来帮我装一下。”

甘科伟说：“小事，我明天带工具去你家。你自己不懂，就不要随便乱动，还是等我去装。”

第二天中午，甘科伟带着冲击钻等工具来到廖远家。这是一台壁挂电视机，需要装两个支架。甘科伟三下五除二，几乎没费什么功夫就装好了。然后调试，前后只花了半个小时。

廖远留甘科伟吃午饭，甘科伟也不推辞。

廖远看见甘科伟的脸色有些苍白，就问：“科伟，看你脸色不太好，是不是昨夜又熬通宵了？”

“不瞒你说，一直到凌晨四点半才上床。”

“老是这样不行的，身体怎么吃得消？”

“我和你们不一样，我们情报大队只有几个人，我早点把情报分析出来，就能为支队破案争取多一点的时间。你知道吗，我睡觉最踏实的时候，就是破案的那一天。那天我会把自己关起来，美美地睡上一天。”

“你这样没日没夜地工作，没觉得累吗？”

“其实，哪份工作不累呢？你看那些环卫工人，哪个不是天不亮就起床了？努力工作是我的职责所在。从我进入情报大队那天起，我就迷上了信息分析。破案的乐趣，可以让我忘记时间，让我沉浸其中。这是常人难以想象的。我很想打个比方。”

甘科伟想了半天，欲言又止，最后下了决心似的，说：“我很想打个不恰当的比方，对于情报工作，我已经上瘾了，就像那些被我擒获的毒犯。所以，破案成了我生命中的兴奋剂。我曾经整整两天两夜没有合眼睡觉。”

两人一边吃饭一边聊天。这时，刚装好的电视上正在播放美国超级魔术大师大卫·科波菲尔的魔术表演：穿越长城。众目睽睽之下，大卫从长城的一边，穿过厚厚的城墙，到达长城另一边，而这不可思议的一切，都是在各种摄影机的监控之下发生的。

“科伟，你来把这个案子破一破，魔术师是如何穿过长城的？”

“我们平常破案其实也有点像魔术解密。魔术表面上看起来不可思议，实际上，我们都知道，魔术都是假的，不值得推敲，有时魔术解密之后，其真相会让人大跌眼镜。”

“刚才大卫穿越城墙，我想了半天都没想明白，他是怎么穿过去的。”廖远说。

甘科伟一眼就看出这个魔术的秘密就在那架梯子上，大卫藏在梯子里。他很想把这个谜底告诉廖远，可转念一想，魔术的魅力就是让人觉得神奇，如果说穿谜底，就一点意思都没有了。还是不说了，保留那份神秘感。

廖远见甘科伟没说话，而且脸色越发苍白，就问：“要不，你先在我家休息一会儿？”

甘科伟说：“没事，我回去躺一会儿就好。”

不知为什么，廖远心里一揪，可他又不知道该说什么。甘科伟临走之前，廖远一把抓住他的手臂，像个兄长似的，命令道：“无论如何，到医院去做个检查。年纪轻轻的，脸色这么难看。”

甘科伟说：“又不去相亲，脸色难看怕什么。”

正因为对自己的研判工作如此热爱，甘科伟完全忽视了对自己身体的爱护。

人的身体有一个非常敏锐的报警系统，哪个部件出了问题，或者工作负荷超过极限，身体就会发出各种警告，并试图让我们明白，它有麻烦了。如果我们一再漠视身体发出的警告，终有一天疾病会突发。那一刻，我们会想起原来身体早就发出过各种警告，但为时已晚了。

一名缉毒警察除了需要过硬的业务能力、机智过人的胆识、英勇无畏的心理素质，还需要强健的体魄。可是，这个职业有其特殊之处，毒品犯罪活动毫无规律可言，很多毒品交易都是在深夜进行。缉毒战线的警察们在侦查、办案时，作息时间完全是混乱的，加班加点，熬夜研判，经常通宵达旦地工作。

甘科伟2015年3月15日凌晨5时2分发过这样一条微信朋友圈：还好，天没亮，再睡个回笼觉。天亮和大家说晚安！

从这简单的文字可以看出，甘科伟又熬了一个通宵，一直到凌晨5点多钟才结束任务，此时天还没亮，他借这个机会睡了一会儿。

“天亮和大家说晚安”，对于甘科伟来说，已是家常便饭。

甘科伟经常通宵达旦地工作。据廖远回忆，甘科伟的脸色一直不好。其实，只要甘科伟熬夜加班，第二天他的脸色一定是苍白的。作为一起战斗的兄弟，廖远不忍心看甘科伟这么拼命工作，他曾数次要求甘科伟去全面检查一下身体。可是，甘科伟都没当回事。

如果甘科伟听从了好友廖远的建议，抽出时间到医院进行一次全面检查，也许，一切还有可能重来。

可是，现在已经没有了“如果”。

（三）同行向他发出警告

禁毒支队的很多侦查员，甚至整个南宁市公安战线上的警察们，为保一方平安，为了百姓能够安居乐业，经常像甘科伟一样不分白天黑夜，忘我工作，一直默默无闻地守护在我们身边。高强度的工作和不规律的生活，让不少警察积劳成疾，一些警察的身体不堪重负，倒下了。

2016 年 2 月 25 日。甘科伟忽然在微信朋友圈里看到大家都在转发一条令人痛心的消息：南宁市公安局南湖分局刑侦大队刑警王天成因公殉职。

2016 年 2 月 24 日，从凌晨 1 点到上午 9 点，王天成通宵设卡埋伏，当天下午，在工作岗位上突发脑出血，未能抢救回来，牺牲了，年仅 38 岁。

王天成与甘科伟是广西公安管理干部学院的校友。

王天成生于 1978 年，比甘科伟大两岁。在警校时，王天成比甘科伟高两级。原来两人并不认识，直到有一天，全校举行散打比赛，王天成与甘科伟对抗。就这样，不打不相识，此后两人成为好友，功夫上不分伯仲。平常，王天成像大哥一样照顾甘科伟。

毕业后，王天成被分配到南宁市公安局南湖分局当刑警。

两年后，甘科伟毕业，也成为一名警察。尽管两人不在同一个工作单位，但王天成和甘科伟并没有因此中断联系。两人都喜欢自由搏击、散打，两人只要有空就会在一起切磋技艺，练上几个回合。

这两名警察有一个共同的特点，就是喜欢熬夜。

王天成是刑警，侦查、抓捕嫌疑人常常在深夜。甘科伟为了完成信息研判，也经常通宵。这种毫无规律的工作和生活作息，严重影响了他们的身体健康。而他们对此一无所知，都自认为是搏击高手，身体壮得很，哪有那么娇贵呢？

没想到的是，王天成就这样牺牲了。得知这个消息时，甘科伟失声痛哭，他无法相信这个事实。王天成那么年轻，立过功，这么优秀的警察怎么一下子就没了呢？

在一部名为《南宁警察浴血打“两抢”，实拍街头警匪大战》的纪录片中，可以看到王天成的身影。这是南宁市公安局根据部分执法记录仪剪辑的纪录片，上面有王天成举枪追捕抢匪的惊险场面。这也许是王天成留在世上唯一的工作影像资料了。

2011 年，南宁市发生了多起抢劫、抢夺、盗窃（简称“两抢一盗”）案件，盗贼十分猖獗，广大市民非常恐慌。

一件又一件的抢劫偷盗案件让南宁警方大为震怒。为侦破此类案件、加大打击力度，2011 年 3 月，南宁警方抽调各分局 300 名警察，组成“黑猫行动队”，组织开展打击“两抢一盗”的“灭鼠行动”。

在纪录片的画面中，南宁警方身着便衣，他们浴血战斗，男便衣警察与盗贼飙车追逐，从市区一直追上高速路，女便衣警察在车流中穿梭，持枪追捕嫌疑人……电影中惊心动魄的警匪大战场面，无论是惊险程度，还是激烈程度，都远不及纪录片上那么真实。

紧张的画面中，有个警察举着手枪瞄准嫌疑人，大声喝道：“立即趴下！趴下！”

嫌疑人并未听从，因为周围都是市民，他们料定警察不会开枪，转身想跑。警察果真没有开枪。眼看嫌疑人要逃，警察一个“饿虎扑食”，飞身将嫌疑人扑倒，死死按在地上。

这名警察就是王天成。

整个抓捕场面十分激烈，警察们时刻处于危险境地。穿上警服，就是穿上了一份使命与担当。

甘科伟看着纪录片中神勇无比的王天成，扼腕长叹，泪如雨下，他发出了这样一条微信：健康的身体进入警校，练就了一身强悍的体魄进入了警队，曾一起谈热血和忠诚，唏嘘人生，历历在目，如今天人永隔！兄弟，一路走好！

甘科伟无法接受王天成牺牲的事实，因为王天成太年轻，只比自己大了两岁，“曾一起谈热血和忠诚”，这样的优秀刑警，怎么就再也见不到了呢？

王天成的牺牲并没有引起甘科伟对自己身体的警惕。相反，他被老同学飞身扑贼的英雄壮举所吸引，誓要学习王天成那种顽强拼搏的精神。

甘科伟想，自己经常锻炼身体，有顽强的意志力，不会有事。

但是，长期无规律的生活、经常熬夜所带来的后果非常严重，最常见的症状就是头痛，这是由于大脑神经系统长时间处于兴奋状态，引起脑功能性失调。

头痛症状，是身体一次又一次向甘科伟发出的警告。

王天成的牺牲，是作为同学、同行的战友，向甘科伟和其他警察发出的关于健康的警告，向他们敲响了关心和爱护身体的警钟。

如果甘科伟能吸取好友王天成的教训，爱护身体，立即去进行体检，或者调整作息时间，也许一切还有可能重来。

可是，现在已经没有了“如果”。

（四）医生向他发出警告

其实，甘科伟并非没去过医院。每次头痛时，甘科伟总会去找自己的扶绥老乡、广西医科大学第一附属医院的周医生。

周医生与甘科伟是高中同学。对于甘科伟出现的熬夜后头痛这类症状，周医生主要给甘科伟进行按摩、针灸等理疗，理疗后甘科伟的头痛症状会得到一定缓解。

由于疗效不错，禁毒支队有不少同事一有头痛、身体不适等症状，甘科伟就带着他们前来，请周医生帮忙做理疗，其中就有好朋友廖远。因连续破案，长期熬夜，廖远也经常头痛，实在受不了时，廖远就与甘科伟一起来周医生的诊室按摩针灸。

有一次，甘科伟实在头痛得厉害，就赶紧来找老同学帮忙看看。

周医生检查后，建议他进行一次全面的体检，并开列了体检报告单。

甘科伟刚拿到报告单时，手机响了，有紧急任务，要求他立即归队。体检的事就这样不了了之。

南宁市公安局禁毒支队非常关心队员们的身体，每年都组织体检。可是，多数队员并没有把体检当回事。他们认为，工作比体检重要，有的人还因此错过了体检的机会。

甘科伟呢，几年前曾经参加过一次体检。在那次检查中，他发现自己患上了高血压。而他平常只要熬夜工作，就会经常感到头晕、头痛。

甘科伟咨询周医生，自己年纪并不大，怎么会有这种病。

周医生说：“长期无规律的生活，是导致高血压的重要原因。

当人长期处于强烈的精神紧张、焦虑、烦躁状态下，大脑皮质的兴奋与抑制过程容易失调，引起全身小动脉痉挛，从而出现高血压。”

周医生告诉甘科伟，一旦患上高血压这种病是很麻烦的，目前尚无办法治愈。高血压对降压药有依赖性，必须每天服药，血压才能正常。

甘科伟觉得自己还很年轻，有降压药就行了，这种病也没什么大不了的。

黄婧婧在洗衣服时，从甘科伟的口袋里翻到了检验报告单。她心里很不是滋味，决定找个时间与甘科伟好好谈一下。

黄婧婧拿着报告单，对甘科伟说：“你对家里的事帮不上忙，这也就算了。你没日没夜工作、加班、出差，最后身体弄成这样，怎么办？你不为我着想，也得为孩子想想吧？”

甘科伟说：“高血压也不是什么大病，吃点药就没事了。我是缉毒警察，我的工作就是破案、抓捕毒贩。事情总得有人去做。年轻时候不拼搏，等老了也就无能为力了。”

甘科伟说的这些道理，黄婧婧怎么可能不知道呢。她也是警察，她相信自己的眼光，眼前这个男人自己没选错。他有责任，敢担当。作为同行，她为有这样对工作敬业、认真、执着的战友感到自豪，内心充满敬意。但同时，她是一个妻子，一个年轻的母亲，她也需要关爱，孩子还这么小，也正是需要父亲陪伴的时候。

黄婧婧也看到了甘科伟的那条朋友圈：“努力到无能为力，拼搏到感动自己！”

对于甘科伟这样的工作狂，黄婧婧知道，对他再说什么，也起不了多大作用。

黄婧婧无奈地说："科伟，你千万要保重身体。这个家需要你，孩子离不开你。"

甘科伟理解妻子的关爱，但他更离不开他所钟爱的工作。甘科伟安慰黄婧婧："老婆，放心吧，我会照顾好自己的。"

之前，甘科伟每次出差的时候，黄婧婧总会为他准备一些跌打损伤的药膏和药水，现在，又要为他准备好降压药。这种药需要按时服用才有效果。甘科伟有时不在乎，有时忙得顾不上，黄婧婧不得不经常打电话提醒甘科伟按时服药。

如果甘科伟听了周医生的话，进行全面体检，也许能早一点发现自己的身体已经发生了变化。

可是，现在已经没有了"如果"。

为了尽早破案，缉拿毒犯，铲除社会毒瘤，甘科伟已经完全变成了工作狂。长期超负荷工作，他完全忽视了自身的健康状况。那些隐藏在身体里的各种病症开始蠢蠢欲动，它们开始积聚，联合起来对甘科伟的身体发起总攻。

一个长期对身体健康忽视的错误，最终酿成了无可挽回的悲剧。

第十五章　绝密情报

（一）诡异那马镇

2016年10月下旬。南宁市公安局禁毒支队。

经过几个月的情报研判和跟踪追击，四大队侦查员甘科伟向支队长钟庆提供了一份“绝密情报”。这份研判报告的主要内容是有一伙不明身份人员正在南宁筹建制毒工厂。

钟队长看到甘科伟提供的研判情报，暗暗吃惊，她深知，一旦制毒工厂出现在南宁，其后果之严重不堪设想。

鉴于案情重大，钟队长火速将此案情逐级上报，最后由广西壮族自治区公安厅禁毒总队迅速上报公安部。

公安部禁毒局对此案高度重视，立即做出部署，将此案列为公安部“2016–1028”特大制毒目标案，要求广西禁毒部门全力开展专案侦查，尽快破获此案。

接到公安部的指示，南宁市公安局立即行动起来，由禁毒支队抽调精兵强将，成立了“2016–1028”特大制毒目标案专案组。

铁腕铲毒品，情报要先行。

甘科伟作为禁毒支队的情报研判人员，在接到任务后，立即开始了庞杂而繁重的研判工作。

根据前期掌握的线索，甘科伟和情报小组的同事一起研判和分析，发现该制毒团伙非同一般，具有很强的反侦查能力，为躲避打击，他们狡兔三窟，频繁更换联络方式和藏匿地点，让情报追踪人员疲于应付。

然而，哪怕只有一点线索，情报小组也会紧追不舍。尽管研判人员付出艰辛的努力，可制毒窝点的准确位置一直无法确定。调查工作陷入僵局。

甘科伟和情报小组的同事们并未气馁。他们相信，狐狸再狡猾也斗不过好猎手。除非制毒分子躲藏在山里，像蛇一样冬眠蛰伏，不吃不喝。只要他们还有基本的生活需求，就一定会出来活动，这就是机会。只要有了活动迹象，哪怕隐蔽得再好，也总会露出破绽。

辛勤的汗水终于浇灌出成果。在情报研判中，甘科伟发现了一条银行的汇款信息，从那马镇的一家农村信用社汇到福建某个银行。而那马和福建正是甘科伟信息追踪过程中出现频率最高的两个地方。

得到钟庆支队长的批准后，甘科伟和侦查员小刘悄悄前往那马镇，寻找相关线索。

甘科伟来到那马镇，才发现制毒团伙把窝点设在那里，可谓是绞尽脑汁。

第一，那马镇的交通便利，四通八达，而且道路复杂，如果不熟悉道路，就会像进入迷宫一样。那马镇位于南宁市良庆区，距南宁市区 20 多千米。南防铁路、南北二级公路、桂海高速公路、大王滩水库公路等从镇上经过，交通十分复杂，一旦情况有变，非常适合驾车逃跑。

第二，那马镇周边有大王滩水库、山区林场，都是人烟稀少的地方，非常适合隐蔽、藏匿、潜逃。

然而，甘科伟和小刘在那马镇上反复侦查，连续三天，一无所获。

甘科伟还是不死心，他确信目标会再次出现。警方虽然目前还不知道制毒团伙藏在何处，但是已将那马镇纳入监控。

到了第四天傍晚，忽然有了新情况。

有一辆绿色皮卡车引起了甘科伟的注意。这辆车停在路边，后面的货厢没有遮盖，可以看见上面装着各种蔬菜、油、大米等，看样子应该是附近单位食堂出来采购的车子。

这里距离大王滩水库很近，水库周围有着丰富的森林资源，罐头厂林场、七坡林场、明阳林场、忠良林场、那团林场，还有著名的良凤江国家森林公园，这些单位都有自己的食堂。遇见一辆采购车本没什么好怀疑的，但奇怪的是这辆皮卡车悬挂的是外地车牌。

甘科伟迅速记下车牌号，发给专案组，请求查验。

专案组发回消息：此为假车牌。

甘科伟觉得很兴奋，虽不能确定这辆皮卡车与制毒团伙之间有直接联系，但至少可以证实，此皮卡车使用假车牌，一定有不可告人的目的，必须查清楚。可又一想，现在还不行，不能打草惊蛇。只能跟踪，看看皮卡车驶向何方。

甘科伟和小刘驾车跟踪皮卡车，从那马镇南北二级公路驶向村道。

弯弯曲曲的村道上并没有多少车辆。行驶不久，甘科伟发现有个村民骑着一辆破旧的摩托车，在前面摇摇晃晃，像喝了酒，一会儿快，一会儿慢，挡住了甘科伟的去路。

甘科伟心里很着急，又怕误伤村民，只能放慢速度。一会儿的工夫，前面的那辆皮卡车就不见了。更糟糕的是，那辆摩托车突然加快速度，一溜烟也不见了踪影。

小刘说："科伟，我们上当了，皮卡车与摩托车是一伙的！"

甘科伟说："我们追上去，看看他们去哪个方向。"

甘科伟驾驶汽车，进入了山道，加快速度去追皮卡车。

刚开一会儿，甘科伟看到了一片空地。空地上出现的情景，让他和小刘目瞪口呆。

空地上密密麻麻停着20多辆车子，均为悬挂外地车牌的皮卡车、货车。甘科伟看得有点懵，自己和小刘追踪一辆皮卡车，没想到一下子追出了20多辆。

他们是谁？怎么会有这么多皮卡车、货车出现在这偏僻的山谷里？

此时的甘科伟进退两难。他不知道刚才追踪的皮卡车是不是在里面，更不知道这么多神秘的车辆聚集在这里干什么？

多年的警察生涯让甘科伟敏锐意识到，可能有大事发生。他立即停车，从腰间拔出手枪，对小刘说："准备战斗！"

就在这时，从几个方向传来刺耳的警笛声。

甘科伟回头一看，只见数辆警车闪烁着警灯，呼啸而来，很快，荷枪实弹的特警把现场包围。

甘科伟不知发生何事。他感到奇怪，现场除了警车，后来陆续赶到的还有经信、食药、工商、交通等部门的执法人员。如此声势浩大的场面，甘科伟还是第一次见到。

现场被包围后，警察立即用喇叭喊话："所有人员听着，你们被包围了，请你们立即下车，到路边集合，全部蹲下，双手抱头，接受检查！"

特警们端着冲锋枪，围在四周。

甘科伟见状，心想麻烦了。不管制毒、贩毒分子是否在这里，他和小刘都不能暴露自己身份，更不能打草惊蛇。此时，甘科伟和小刘只能双手抱头，下车接受检查。甘科伟知道，此刻不能轻举妄动，否则随时都可能招来特警的子弹。怎么办？

甘科伟对小刘说："先配合特警检查，我们的身份会很快被查清楚的。"

就这样，甘科伟和小刘双手抱头，来到特警面前。

甘科伟小声说："兄弟，我在执行任务，我有证件，你行个方便吧。"

特警说："谁是你的兄弟？你在执行任务，那我在干吗？立正，给我站好！"

随即，特警发现甘科伟身上的配枪，便以迅雷不及掩耳之势，将甘科伟掀翻在地，并用手铐控制起来。小刘身上也有枪，他想反抗，引来三名特警，把他死死摁在地上。

甘科伟后来才知道，这次大规模的行动，是警方接到群众举报，前来突击检查走私冻牛肉。这20多辆车大部分悬挂的是防城港牌照，他们以"蚂蚁搬家"的方式，先用小型车辆从边境把走私货物运到这里，再从这里用大货车集中运走。

甘科伟和小刘的身份也得到查实，很快被释放。

尽管受到这样的误会，甘科伟还是对小刘说：“毫无疑问，那辆绿色的皮卡车有重大嫌疑。因为在现场，并未看到绿色皮卡车。看来，我们的判断是对的，在那马镇某个地方隐藏着一个不可告人的秘密。得到如此重要的情报，一点误会算不了什么。”

甘科伟根据在那马镇发现的线索，和情报小组一起对大量信息进行分析，制毒团伙隐秘的活动区域开始浮出水面。

甘科伟向“2016–1028”特大制毒目标案专案组提供了最新的研判报告：在南宁市良庆区大王滩水库附近，确切地说，在水库附近的大王岭有一处人迹罕至的山坳，那里很可能有一个非常隐蔽的制毒窝点。

专案组立即指示：继续侦查，找到制毒窝点！

禁毒支队的侦查员们化装成农夫、货郎、游客，前往大王岭进行侦查，结果有了重大发现。

（二）“挖蜂人”侦查大王岭

大王岭，因山间有大王庙而得名，位于南宁市良庆区那马镇，距离南宁市中心约有 30 千米。邕江支流——川流不息的八尺江，在大王岭的峡谷里穿行。20 世纪 60 年代初，大修水利，将八尺江及附近溪流遏阻于大王岭下，形成大王滩水库。

大王滩水库又名凤凰湖，那里风景如画，沿湖的堤坝蜿蜒不断，湖岸线长达 50 多千米。湖中岛屿众多，四周群山环抱，翠峦绵延，颇有银龙锁峡谷、高山出平湖之势。湖区空气清新，令人心旷神怡。

很难想象，如此美丽的大王滩湖畔竟然隐藏着一个罪恶的制毒工厂。

大王滩水库是南宁市重要的水源地，政府对其进行重点保护，几年前已将生活在这里的村民全部搬迁。因此，在大王滩水库大坝对面的大王岭至龙珠岛之间，还可以看到一些废弃的住房、养猪房、杂物房、养鸡房、工棚等。

“2016–1028”专案组的四名侦查员兵分四路，穿行在大王滩水库周边的丛林之中。

甘科伟化装成挖蜂人，戴着草帽，背着一只陈旧的军用水壶，手拿一把挖洞铲，上山寻找毒犯的踪迹。

这里是大王岭中非常僻静的山坳，四处灌木丛生，少有人烟。

午后，一条细长的烟囱突然出现在甘科伟的眼前。那是一个隐蔽的山谷，周围是桉树林，几座建筑在林中时隐时现。通过望远镜，甘科伟意外发现了那辆绿色皮卡车。

甘科伟初步判断，这里就是情报部门一直想要找到的那个制毒窝点。

这一重大发现让甘科伟喜不自禁。多少个日夜辛劳，就是为了找到这处毒窝。

制毒分子选择在这里制毒，十分隐蔽，外人如果不细心观察，很难发现。这里四面环山，高高的桉树遮掩了一切。为查清实情，甘科伟立即通知附近的侦查员，大家徒步翻越茂密的灌木丛，冒险抵近，进行取证。

后来查明，这里原先是一处大型无烟炭加工厂。犯罪嫌疑人邱某于2016年10月，以每月4万元的价格向当地村民梁某承租，说是用来生产胶水，实际上是用来进行毒品加工。此窝点内，存有三个用于制毒的反应釜、干燥桶，以及一些制毒原料。

甘科伟根据线索，立即对犯罪嫌疑人进出窝点的交通工具进行追踪。他意外发现，距离该窝点约两千米，靠近那马镇附近的另一处山坳里还有一处制毒窝点，窝点内也有三个用于加工毒品的反应釜、干燥桶，以及大量制毒原料——溴代苯丙酮。

2016年11月18日，通过对两个制毒窝点相关线索的分析，警方发现该案团伙在四塘镇有一处落脚点。

甘科伟和侦查员来到四塘镇，找到了那幢民房。那是四塘镇一栋三层的民居，由嫌疑人租用，用来放置制毒原料和囤积成品。这个制毒团伙为逃避追捕，除了在四塘镇有窝点，还另有两个藏身之处，真可谓狡兔三窟。

2016年11月底，经甘科伟和同事们精心研判，这个制毒团伙的整个关系网络也逐渐浮出水面。

“2016–1028”专案组的成员们意识到，大战在即，对这个制毒团伙收网的那一天即将到来。

在收网之前，南宁市公安局禁毒支队二大队教导员邹大海、南宁市公安局情报支队三大队大队长王家兴，即将前往江西省瑞金市出差。因为在瑞金那里抓获了一名嫌疑人，此人与南宁“2016–1028”专案组所掌握的这个制毒团伙有牵连。邹大海和王家兴决定亲自前往江西瑞金市提审嫌疑人。

邹大海与甘科伟同在一幢楼办公，得知邹大海即将去瑞金提审嫌疑人的消息，甘科伟觉得这是个好机会，因为他也有几个疑问需要向此嫌疑人了解，遂与邹大海约好一同前往瑞金。

禁毒支队批准了甘科伟去江西瑞金出差的申请报告。

从南宁到瑞金，这段路程，甘科伟在两年前曾走过一次。那时是去瑞金参加培训，参观瑞金中央革命根据地历史博物馆。博物馆墙上醒目的几个大字，让甘科伟牢牢记在脑海里：人民共和国从这里走来。

甘科伟一行从南宁飞江西赣州，再转动车至瑞金市。

（三）“三人小组”赴瑞金

2016 年 12 月 28 日。

邹大海教导员、王家兴大队长一早就来到吴圩机场。不一会儿，甘科伟也准时赶到。王家兴虽然在市公安局情报支队工作，和甘科伟却是老熟人了。有时，王家兴会来禁毒支队找甘科伟一起交流情报。

见面时，邹大海忽然发现甘科伟的脸色不太好，眼袋很深，有点感冒的样子。邹大海问：“科伟，昨天又熬夜了吧，这一趟能行吗？”

甘科伟说：“没事的，最近经常加班，可能有些重感冒。”

王家兴也关切地问：“科伟，别太勉强，不行的话就回去休息，你有什么问题要提问嫌疑人，可以交给我来提审。”

甘科伟说：“谢谢王队长，我能行的。这个案子，我跟踪了三个月，做了大量的分析，我想再核实一下细节，看看研判是否有误。”

见甘科伟如此执着，邹大海、王家兴也不再说什么。

由南宁警方组成的“三人小组”在吴圩机场集结完毕。他们乘坐的飞机 10 点起飞，前往江西赣州市黄金机场。

到了赣州，三人又马不停蹄地前往火车站，争取赶上去往瑞金的动车。

由于动车比较晚，邹大海建议先在赣州把晚饭吃了。三人就走进了火车站附近的一家餐厅。

三人坐下后，甘科伟觉得有些疲倦，就没有动，让邹大海帮点了一份饮料和汉堡包。三人坐在餐厅里一边吃，一边等动车。

此时已是下午 5 点左右。

从赣州开往瑞金的动车终于来了。“三人小组”于晚上 8 点多到达瑞金。下车后赶到酒店住下，已是晚上 9 点多。

此时，甘科伟的身体状态不是很好，出现了重感冒症状。

瑞金的气温比南宁要低很多，去那么远的地方，舟车劳顿，休息不够，邹大海和王家兴也都认为甘科伟是受了风寒，就问他要不要去医院看一下。

甘科伟说：“没事，找个药店买点感冒药就行了。”

“三人小组”住下来后，并没有马上休息，因为第二天就要查阅材料，提审嫌疑人，“三人小组”立即开会，研究明天的行动方案。考虑到甘科伟的身体状况，邹大海让他早点休息，甘科伟说：“我没那么娇贵，我能坚持。”

一直到 10 点 30 分，大家才回房休息。

甘科伟回到房间，并没有立即休息。他打起精神，把相关材料拿出来继续研判。提审嫌疑人是门大学问，审讯和打仗一样，无准备就匆忙上阵，必然是胜少败多。甘科伟绝不打无准备之仗。

按照规定，提审嫌疑人有时间限制，主审人员必须在规定的时间内审完所有问题。这需要高超技巧，因为有的嫌疑人故意不说，或者故意拖延时间。

毒品类嫌疑人尤其狡猾，与他们过招，实际上就是一场攻心斗智的较量，需要足够的准备，问哪些问题，怎么问，都要提前想清楚。

甘科伟把这些工作都做好的时候，已是半夜。

2016 年 12 月 29 日。

早上，邹大海、王家兴、甘科伟三人在酒店附近的早餐店，品尝了瑞金的煎果子、煎豆腐、牛肉汤。早餐完毕，三人直接打车来到瑞金市公安局禁毒大队。

南宁、瑞金两地警方互通案情。南宁警方提出三点请求：第一，查看嫌疑人的审讯笔录；第二，提供嫌疑人的通话记录；第三，提审嫌疑人。

瑞金警方全力配合。他们将嫌疑人的审讯材料放到了南宁“三人小组”面前。

整个上午，南宁“三人小组”都在查阅笔录，对嫌疑人回答的每一句话都进行了研究，看能不能从中找出一些蛛丝马迹。

瑞金警方抓获这名嫌疑人时，在场的另一名嫌疑人逃脱了。南宁警方需要找到逃跑嫌疑人的相关信息。

查阅材料是项细致活，嫌疑人所说的每个字都有可能成为线索，所以三人在阅读材料时，倍加耐心和细心。

三人查阅卷宗一直到中午，便在瑞金公安局的内部食堂简单吃了午饭。

饭后，甘科伟说有点头痛。邹大海和王家兴要求甘科伟回酒店休息。甘科伟拒绝，说：“我伏在桌上，休息一会儿就好。”

大家休息了20分钟，继续讨论案情。

甘科伟说："目前这些信息还不够，有些问题，嫌疑人在口供中还没说清楚，他避重就轻，还有一些事实被他隐瞒，需要提审。"

三人商量一下，随即讨论了审讯计划。

随后，三人没有回酒店休息，而是打车前往瑞金看守所，提审嫌疑人。

在提审嫌疑人的过程中，甘科伟的头痛症状并没有减轻。此时此刻，他多么想休息一会儿。可是不行，"2016–1028"专案组还在焦急地等待他们的最新消息。

"三人小组"的最新情报将直接影响专案组的总攻决策，最关键的是，这将可以确定打击制毒团伙的收网准确时间。

长期在禁毒情报战线工作，甘科伟已掌握了一套审讯嫌疑人的技巧。他知道，从与嫌疑人第一次四目相对的那一刻起，较量已经开始。审讯人员从神态、举止、言语等，都必须树立良好的形象。

此时的甘科伟感觉头痛症状有些加剧，但在嫌疑人面前，他必须呈现一名人民警察的威严形象，不能让嫌疑人看出他的身体有任何不适。

甘科伟开始做深呼吸，他要以饱满的精神投入审讯。

令三人焦急的是，瑞金看守所的审讯室并不多，还需要排队等候，等前面审完了，才能轮到"三人小组"使用。在这漫长的等待过程中，甘科伟的头痛症状渐渐在加剧。

等了一个多小时，"三人小组"终于可以使用审讯室了。

"三人小组"决定，由邹大海与甘科伟共同对嫌疑人进行审讯，王家兴负责影像记录。

在提审嫌疑人时，审讯人员除了讲究个人的精神面貌，还需要使用一些心理学技巧。甘科伟学过犯罪心理学，他把一些不相干的材料搬到审讯桌上。这是一种巧妙的震慑心理技巧。如果桌上只放一支笔两张纸，嫌疑人会觉得警方还没有掌握多少罪证，会有相对稳定的心理来与审讯人员周旋。

如果适当地将几本卷宗材料堆放在审讯桌上，嫌疑人会产生联想，会把桌上的卷宗与自己的罪行联系到一起：警方已掌握了大量的调查材料。这会让他坐立不安，越看越觉得犯罪事实已经暴露。

在甘科伟与嫌疑人进行周旋的时候，王家兴拍下了甘科伟的工作照片。照片上，甘科伟侧着脸，正在聚精会神地提审嫌疑人。

王家兴没想到，他拍摄的这张工作照却成了甘科伟生前留下的最后一张照片。

审讯工作一直到晚上 7 点多才结束。

下午的审讯果然取得重大突破。据嫌疑人交代，他们作案用的车辆上有行车记录仪。

甘科伟眼前一亮，他找到了一条瑞金警方还没有发现的重要线索。

在瑞金警方的协助下，甘科伟马不停蹄，立即查找行车记录仪，导出数据，还原了行车轨迹。经过比对，甘科伟从数据中查到了毒品犯罪分子行车经过的几个重要地点，证实了前期研判报告的准确性。

（四）为了情报

2016年12月29日晚，江西瑞金。

经过一天紧张的工作，甘科伟头痛症状继续加剧。好在审讯任务已经结束，他赶紧到附近药店买了一盒感冒药，按照最大剂量服用。

可他的症状并没有好转。甘科伟想，也许睡一觉就好了。

“三人小组”汇总材料之后，立即将研判结果向南宁“2016-1028”专案组进行汇报。指挥部根据前方“三人小组”发回的情报，迅速进行收网前的工作部署。但对这个庞大制毒团伙发起总攻的具体时间，还要等“三人小组”回去正式提交研判报告后再做决定。

时间已晚。赣州已无航班飞往南宁，三人决定在瑞金再住一宿，30号返程。

2016年12月30日，江西瑞金。

经查询，从赣州飞往南宁的飞机，到晚上才有航班。从瑞金到赣州，坐高铁只要一小时，时间上很充裕。邹大海和王家兴决定，上午大家在酒店休整，午后出发。这样可以让甘科伟有更多的时间休息。

中午，邹大海和王家兴来到甘科伟的房间。休息了一上午，甘科伟的头痛症状一直没有好转。两人见甘科伟脸色越发苍白，就问：“科伟，还是去医院看一下吧？”

甘科伟说：“没关系，我坚持一下，晚上就到家了。”

三人没有到外面去吃饭，而是在酒店餐厅点了几个菜。这样，甘科伟在饭后还可以休息两个小时。

但是，就在从餐厅回房间途中，甘科伟突然觉得身体难受，忍不住呕吐了。

邹大海和王家兴把甘科伟送回房间。甘科伟说："刚才吐了一下，现在好多了。"

邹大海说："你先休息，我们两点之前退房。"

下午两点钟。南宁警方"三人小组"离开瑞金。他们先坐动车来到赣州，再从赣州打车，直赴黄金机场。

距离晚上航班还有一段时间，三人在赣州黄金机场休息。

甘科伟的头痛症状一直在持续。他忽然想起，好几天没和黄婧婧通话了，也不知家里情况如何，还有可爱的儿子小宝乖不乖呢。一想到儿子，他惨白的脸上不由露出笑容。此时距离登机尚有一段时间，甘科伟拿出手机打给妻子。

甘科伟："婧婧，我这边的事做完了。现在已到机场，准备上飞机，估计夜里到家。"

黄婧婧在电话里很关切地问："科伟，你身体怎么样了？感冒好些了没有？"

出差之前，黄婧婧已知道甘科伟身体有些不适，大家都以为是感冒，也没太在意。

此时，甘科伟的头痛症状在不断加剧，但他为了不让妻子担心，就说："可能是受了严重的风寒，头有些痛。"

黄婧婧："你买药了吗，要不你先去买些止痛药试试？实在不行就去医院打吊针，别硬撑着。"

甘科伟："没事，不过是风寒而已，我有那么弱不禁风吗？还有一个小时登机，到家睡一觉就没事了。"

黄婧婧：“中午我妈煮了饺子，留了一盘在冰箱里，你晚上回来，我给你热一下。”

甘科伟：“代我谢谢岳父岳母大人，我一直没时间照顾家，你跟着我受苦了。”

黄婧婧：“你说这些做什么。家里的事，有我和父母在，你不用操心。我只要你平安回来。我爱你！”

甘科伟：“老婆，我也爱你！我要安检了，拜拜。”

黄婧婧怎么也没想到，这是她和甘科伟的最后一次通话。

甘科伟尽管知道自己身体出了问题，但没想到有那么严重。所有人都认为是重感冒，他自己也这么认为，谁都没意识到问题的严重性。

为了不让妻子担心，甘科伟忍着剧烈的头痛，勉强说完话。他怎么也没想到，刚才的电话成了与妻子的最后道别。

通话之后，甘科伟除了剧烈的头痛，还开始伴有一阵一阵的呕吐现象。

邹大海和王家兴看到甘科伟脸色发白，感觉情况不妙，对甘科伟说：“要不休息一天再走？”

甘科伟说：“不行，专案组还在等我们的情报。不能耽误指挥部的工作，一定要赶回去。坐飞机很快，一个小时就能到南宁，会好起来的。”

“三人小组”从赣州飞抵南宁吴圩机场时，已是晚上 11 点。

邹大海的夫人早已开车来到机场，静静地等候他们归来。三人上车之后，考虑到甘科伟的身体状况，邹夫人先将甘科伟送回家。

在小区门口，甘科伟下车后，走路有点踉跄。邹大海夫妇和王家兴都不放心，他们一起下车，再次问甘科伟：“正好有车，是否立即送去医院看一下？”

甘科伟说：“已经到家，睡一觉就好。这么晚了，你们也累，早点回去吧。”

马上进入 2016 年的最后一天。南宁的深夜宁静安详。路灯下，大家挥手，彼此道别。

邹大海夫妇、王家兴也没多想，都觉得甘科伟只是得了重感冒。他们根本没想到，这是最后的告别。

两个多小时后，甘科伟就进入昏迷状态，再也没有醒来。

（五）深夜突发

2016 年 12 月 31 日，深夜零点。

甘科伟目送邹大海他们离去，整个人都处在一种失控状态，除剧烈的头痛外，脚下还轻飘飘的，有点打晃。他努力控制自己。他没带多少行李，只有一个旅行包，可现在这个旅行包像装了千斤的石头，压得他寸步难行。

此时已是深夜。多少年来，甘科伟深夜归来已是常态。为不打扰家人，甘科伟开门时，动作总是很轻。现在，他手扶墙壁，掏出钥匙，找了半天也没找到锁孔。他的眼睛有点模糊。

甘科伟想按响门铃，可铃声太大，岳父、岳母、妻子、孩子都可能被惊醒。

甘科伟摸索着找到锁孔，轻轻打开房门，拖着很疲惫的身子走到自己的书房，然后坐在椅子上。

这间书房并不大，15 平方米左右，是甘科伟的家庭办公室。房里除了书桌，还搁了一张床，夜里工作结束，可以随时在这里休息，而不打扰妻儿。

甘科伟放下旅行包。此刻，他多么想躺在床上休息一下。剧烈的头痛有增无减。他不明白自己怎么了，以前也有头痛发热什么的，吃药不吃药都没事。可这次大不一样，买的那些药都不管用。

甘科伟是散打高手，对于痛感的抗击能力相当强，以前散打对抗时，那些钻心的疼痛都没在乎过。现在，他感觉渐渐有些扛不住了。但是，手上的研判报告还未整理，专案组的领导和同事们还在焦急地等着他。

甘科伟强迫自己打起精神，立即开始工作。他心中只有一个愿望，尽快完成研判报告。剧烈的头痛并没有影响甘科伟的工作，凌晨两点多，他终于完成了此次瑞金之行的研判报告。

此时，甘科伟感觉浑身像虚脱一样，一点睡意也没有，整个头部就像被无数只马蜂包围、追蜇。他想站起来逃离，却不能够，感觉越来越多的马蜂把他围困住，让他无法逃脱。

甘科伟意识到由于身体原因，明天可能无法上班，但刚刚完成的研判报告必须在明天上班之前交到专案组手中。他想让爱人婧婧代他来完成这个重要任务，他相信婧婧，她是党员，也是人民警察，她有觉悟，也有能力替他送出这份至关重要的情报。

甘科伟把研判报告装入信封，用胶水密封好。上面贴了张纸条，写下几个字：婧婧，我明天休息一下，这份材料请交给禁毒支队钟庆支队长。绝密！伟。

甘科伟把信封拿在手中，站起来，准备放到黄婧婧的包里。

此刻，甘科伟感觉天崩地裂，感觉整个脑袋要爆炸。一阵眩晕，忽然眼前一黑，身体变得很轻，摇摇晃晃，就像坠入半空。

甘科伟感觉整个身体离开地面，轻飘飘的，好像在飞，越飞越远。

甘科伟就这样走了，再也没有回来。

（六）全力抢救

最先听到房间有异常声响的是甘科伟的岳母老杨。

老年人睡眠很浅，有点声响都会被惊醒。以前甘科伟也有回来得很晚的时候，他一般做完手中的工作就休息，走路做事轻手轻脚，怕影响家人休息。可现在，室外的声音很大，与往常完全不一样，老杨听到的是一种重物倒地的沉闷声音。

老杨越想越觉得不对劲，推了推身边的老黄。

因为声音大，老黄也被惊醒了。两人立即起身，走出房间，看看到底发生了什么事。

黄婧婧也被那一声沉闷的声音惊醒。

当黄婧婧和父母打开房门，被眼前的景象惊呆了：甘科伟倒在地上。

黄婧婧无法相信眼前的一幕，她立即俯身推了推甘科伟，他没有任何反应。她又摸了一下甘科伟的脉搏，虽然还在跳动，却很微弱。

黄婧婧猛地意识到事情的严重性。她迅速把甘科伟抱在怀里，呼喊着："科伟！科伟！你怎么了？你醒醒！"

任凭黄婧婧怎么呼唤，甘科伟没有一点反应。

黄婧婧来不及哭泣。她以一名警察特有的反应与敏捷，立即拨打了120急救中心电话，又分别拨打甘科伟的弟弟甘科旺、好友廖远的电话，让他们以最快的速度赶来帮忙。

黄婧婧坐在地上，让甘科伟躺在怀里，等待救护车。

这时，黄婧婧看到甘科伟的手上还紧紧攥着一个信封，上面有甘科伟的留言。当看到"绝密"字样，黄婧婧立即明白这是甘科伟几个月来的全部心血，也是这次江西瑞金之行的重要成果。

黄婧婧握着甘科伟的手，想把信封取出来。可是甘科伟把信封攥得很紧，怎么也拿不出来。黄婧婧说："科伟，你松开，我一定帮你交给钟队长，你相信我！"

仿佛有某种感应，甘科伟的手松开了。之后，黄婧婧再怎么喊，甘科伟都没有任何反应。

虽然黄婧婧还不知道她手中的这份绝密信有多重要，但她是一名共产党员，是训练有素的人民警察，她的党性和觉悟让她意识到，这份绝密信是甘科伟几个月来的心血，非同寻常，不能有半点闪失。她暗暗告诉自己：必须把这份绝密文件安全交到钟队长手中。

来不及多想，黄婧婧把绝密信封小心放入怀里。

救护车迅速赶到，立即将昏迷中的甘科伟抬上车，送去抢救。

经过一系列的详细检查，甘科伟被确诊为脑出血，需要立即进行手术。

此时，已是2016年12月31日早晨。

由于不放心甘科伟的身体，深夜回家的王家兴一直没睡着。他目睹了甘科伟从瑞金回到南宁这一路的身体状况，觉得他不像是重感冒。天一亮，王家兴决定打电话给甘科伟，问一下他身体的情况。铃声响了很久，没人接听。

王家兴又打电话给黄婧婧。黄婧婧在电话中泣不成声："科伟脑出血昏迷不醒，正在医院抢救……"

王家兴不敢相信，几个小时前，大家还在一起，怎么一下子就倒下了呢？他立即通知邹大海等同事。

很快，甘科伟昏迷不醒、正在抢救的消息传遍了南宁警界。

禁毒支队的缉毒英雄们和甘科伟是一起出生入死的兄弟，闻此讯息，个个感到无比震惊。大家都在为甘科伟祈祷："科伟兄弟，在毒品犯罪分子的刀枪底下，你都能够安全脱险，在别的地方，你更不可以倒下。科伟兄弟，你要挺住！"

此时此刻，黄婧婧相信奇迹。因为她心目中的科伟是功夫硬汉，不会那么轻易倒下的。

很多年前，也是这样的情形，他躺在地上。

那时，甘科伟还是警校的学生——

很多年前的一个春天。武鸣"三月三"文化节期间，武鸣总工会灯光球场上，到处充满节日的喜庆。群英荟萃，引人瞩目的"三月三"武术散打擂台赛正式开战。

擂台上硝烟弥漫，龙争虎斗。经过紧张的较量之后，黑方实力高强，将红方甘科伟重重抱摔在地。

甘科伟躺在地上，这已经是第二次读秒了。按照比赛规则，读秒三次还没站起来就直接判对方胜。裁判员已蹲在甘科伟身边开始读秒："1，2，3……"

甘科伟的意识有些模糊，但他能清楚听到裁判在读秒。

突然，甘科伟耳边响起一个非常熟悉的声音："科伟，站起来！"

这声音好熟悉啊，在哪儿听过？在扶绥中学，是她！是他朝思暮想的婧婧！

现在，甘科伟正躺在医院重症监护室，黄婧婧站在他身边，就像当年在武鸣散打比赛时那样，她在心里默默祈祷。

黄婧婧想，甘科伟也许真的累了，他只是休息一会儿，一切都会好的。

黄婧婧忍住泪水，安慰那些前来看望甘科伟的战友们："你们别担心，科伟那么坚强，他不会丢下我和孩子不管的。他只是休息一会儿，我相信他一定会醒过来，一定会！"

第十六章　忠魂永存

（一）最后的一份情报

2016 年 12 月 31 日，早晨，广西医科大学第一附属医院。

昏迷中的甘科伟在凌晨被送进医院后，医生立即进行了手术，然后送进了重症监护室。

甘科伟的所有亲人都焦急地站在重症监护室外面，等待着他醒来。

甘科伟的朋友、禁毒支队的战友们闻讯后，也都陆续赶来。

他们有的刚刚值完夜班，还没有来得及回家，有的在夜里监控贩毒嫌疑人，刚刚换班，甚至没来得及洗把脸。他们聚集在重症监护室门外，看着躺在病床上昏迷的战友，不禁潸然泪下。他们默默祈祷，科伟是条硬汉，昔日追捕毒犯，深入虎穴卧底侦查，行走在刀尖上，他都从未倒下，现在他也一定能战胜病魔。

钟庆支队长也匆匆赶到。她首先安慰甘科伟的父母，告诉他们科伟是好样的，要两位老人照顾好自己的身体，然后握着黄婧婧的手说：“科伟是我们支队全体队员的楷模。你要坚强，家里有什么困难，有什么需求，你随时打我电话。”

黄婧婧说：“谢谢钟队长！我会坚强的！”

说着，黄婧婧从包里掏出绝密信件，递给钟庆：“钟队长，科伟有一份绝密材料让我交给您。”

钟庆支队长接过绝密信件，感觉手上沉甸甸的。

这是甘科伟为“2016–1028”特大制毒目标案提供的最新情报。这份情报太重要了，它将为专案组决定最后的收网时间提供依据。

钟队长接过绝密信件之后，对黄婧婧说：“你为科伟完成了一项光荣的任务，我代表支队谢谢你！”

黄婧婧说：“我是一名党员，我知道该怎么做。”

钟队长安慰黄婧婧之后，立即驱车前往专案组，她要尽快把这份绝密情报交给专案指挥部。

一场声势浩大的收网行动即将开始。

黄婧婧一直坚守在重症监护室外。透过门窗，她能看到躺在病床上的科伟，心被揪得紧紧的，她一直坚信科伟一定会醒过来的。

（二）全面收网

根据甘科伟和情报人员提供的研判情报，“2016–1028”特大制毒目标案专案组认为，收网时机已然成熟，立即展开抓捕行动。

2017 年 1 月 2 日，凌晨。在公安部禁毒局统一指挥下，在福建警方大力协助下，由南宁市公安局副局长程文科统一部署指挥，南宁警方充分运用多警种合成作战平台的打击优势，迅速组织禁毒、特警、刑侦、辖区分局等 140 名警力，分成 5 个抓捕小组，分别对位于南宁市良庆区的 2 个制毒窝点，以及涉案犯罪嫌疑人的 3 个落脚点展开突击收网行动。

时任广西壮族自治区公安厅党委委员、副厅长补祥斌，以及禁毒总队总队长等，也亲临现场指导案件收网工作。

第一、第二抓捕小组在对良庆区大王滩某处两个制毒窝点收网时，从熟睡中惊醒的主要犯罪嫌疑人邱某金、邱某斌，以及制毒分子陈某发、黄某水等人如惊弓之鸟，仓皇往后山逃离。

指挥部立即调整抓捕策略，当机立断，分片分块，携带警犬对附近山区进行搜捕，同时，广泛发动周边 5 个村庄的村民，参与围捕搜山工作。

各村村民积极配合，有 2 名村民提供了嫌疑人逃窜的重大线索，搜捕队员很快抓获了该窝点的 6 名犯罪嫌疑人。

第三抓捕小组前往一个小区的出租房。根据侦查报告，里面藏匿着犯罪嫌疑人。搜捕民警决定对这间出租房实施破门强攻，以迅雷不及掩耳之势，将房内还未反应过来的嫌疑人吴某德、谢某海、蔡某明、胡某甫、何某远 5 人当场抓获。

第四抓捕小组前往某小区的一间住宅。侦查民警巧妙地敲开嫌疑人的房门，迅速将嫌疑人梁某冬控制，查获涉案现金 7 万元和多张涉案银行卡。

第五抓捕小组前往该团伙位于四塘镇的某处民房。现场查获易制毒化学品（管制药品）溴代苯丙酮 2000 千克。

统一行动当日，在两个制毒窝点内，共查获毒品甲卡西酮 1700 千克，易制毒化学品（管制药品）麻黄碱 4204.88 千克、苯基 -1-丙酮 2250 千克，缴获大型反应釜 6 个，查扣涉案汽车 4 辆，缴获毒资现金 7 万余元及多张银行卡。

经警方初步审讯调查，该团伙犯罪嫌疑人多为外省籍人员，他们从广东、湖北等地购进原料，制成麻黄碱后销往中缅边境和内地，再制成冰毒牟取暴利。

统一收网行动全面告捷。

这起案件是广西近年来破获的最大一宗制毒案，缴获的制毒物品数量之大，在国内也属罕见。

公安部特地发来贺电，对案件的成功侦破予以祝贺。

抓捕行动结束后，禁毒支队的战友们并没有因此欢呼雀跃。为此次收网行动立下汗马功劳的情报专家甘科伟还一直躺在医院的重症监护室，昏迷不醒。

战友们从缉毒前线归来，还来不及休息，就赶到医院把成功破案的喜悦告诉甘科伟，试图唤醒他。

战友们都悬着一颗心，轮流到医院守候曾经一起出生入死的兄弟。

可是，很多天过去了，甘科伟仍昏迷不醒，躺在重症监护室，病情十分危急，所有人的心都揪紧了。

（三）英雄远去

缉毒英雄甘科伟的病情牵动着社会各界的心。

中国禁毒基金会副理事长陈存仪代表公安部禁毒局和国家禁毒基金会，专程来到南宁看望了甘科伟。

公安部禁毒局的领导听取了关于甘科伟的情况汇报，专门致电表达慰问，希望医务部门尽全力抢救。

时任广西壮族自治区副主席、公安厅党委书记、公安厅厅长胡焯就甘科伟的病情做出重要批示，要求全力抢救。

南宁市公安局、禁毒支队的领导们多次前来看望甘科伟。

钟庆支队长说："甘科伟是我们支队精心培养起来的情报专家，曾入选公安部、广西公安厅专家人才库，这样的优秀人才在全国来说也是凤毛麟角，他是我们支队的宝贝。我们期待奇迹发生。"

南宁市社会各界群众通过媒体知道了身边还有这样一位默默奉献的英雄人物。他们密切关注着英雄的病情，通过各种方式为甘科伟加油祈福，祈祷英雄醒来。

甘科伟的事迹与病情经互联网传开后，不少热心网友在网上留言，要为英雄捐款。黄婧婧得知这个消息后，婉言谢绝了。她坚信甘科伟能够醒来，他不可能丢下她不管，他上有年迈的父母，下有5岁的小宝，他怎么可以丢下这么多人不管呢？

然而，奇迹没有发生。

2017年1月15日18时46分，甘科伟在广西医科大学第一附属医院，与亲人、战友和自己挚爱的禁毒岗位永别了，年仅36岁。

邕江哭泣，青山悲鸣。

那天，整个南宁城都在下雨。

第十七章　英气常存

（一）给科伟的一封信

南宁市西乡塘区大学东路与尧北东交叉路口，有一个看起来很普通的院落，地方狭窄，楼房陈旧，与周围装潢豪华的酒店比起来十分不起眼。

这个院落却是威震南疆、让毒品犯罪分子闻风丧胆的“全国扫毒先进集体”——南宁市公安局禁毒支队所在地。

禁毒支队的大院里有一幢旧式楼房，一共四层。甘科伟的办公室在三楼。

办公室里的一切，至今还是按照甘科伟生前的原样摆放，每周都有内勤人员来打扫房间。因此，这间办公室一直都是窗明几净。

甘科伟的办公桌上放着电脑和工作台牌，上面写着他的姓名，以及警号 104050。

顶层四楼为民警休息室。值班、加班或中午休息时，甘科伟会到休息室里眯一会儿。

休息室不是单间，而是几人合住。休息室靠门口的地方，是上下铺，有点像学校里的宿舍。甘科伟的床位在下铺。

一天，黄婧婧来到休息室，为甘科伟整理遗物。她坐在床沿，叠起一床没有被套的旧棉被，她看到被子的很多地方都已经脱线，有的地方已经破损。

黄婧婧轻轻抚摸着，这是甘科伟在警校时发的被子，用了 10 多年，一直都没舍得扔。

她想起甘科伟上警校时，贫困的生活并没有让他失去从警的信心。

她想起那年冬天看到甘科伟出操没鞋穿，还是她暗中为他买了一双鞋渡过难关。

她想起甘科伟父母至今还生活在扶绥的渠旧小镇，家里好不容易建起了新房，但甘科伟收入微薄，没能帮上家里什么忙，只是象征性地买了一些地砖。甘科伟只能以此种方式向父母表示一点心意。

黄婧婧很清楚，甘科伟曾经有过许多次"发财"的机会。当年，阿里巴巴曾经开出一年 50 万底薪外加提成的优厚待遇，向甘科伟抛来橄榄枝，甘科伟没有动摇，他热爱这个月薪才几千元的工作岗位；还有一些毒犯家属挖空心思找到甘科伟，抛出百万巨资，希望甘科伟手下留情，但甘科伟义正词严，厉声呵斥。

黄婧婧想到这些，在心里默默地说："科伟，我为你骄傲！"

黄婧婧有很多话想对甘科伟说。儿子小宝一直在问，爸爸去哪里了。黄婧婧总是说："爸爸去了远方，出差去了。"

事实上，黄婧婧也一直想象着甘科伟真的去了远方。她很思念他。夜阑人静，黄婧婧拿起笔，她想给甘科伟写一封信，告诉他家中的一切。

亲爱的科伟：

你离开我和儿子已经几个月了，可我还是不能面对这个现实……

2017 年 1 月 15 日，你永远离开了我们。我失去了爱我、懂我的丈夫，孩子失去了疼他的爸爸，老人失去了最孝顺的儿子。在你离开的这些日子里，我经常恍惚间以为你只是出差办案去了。这么多年来，你忙着侦查破案，不是在出差，就是在出差的路上。多少次午夜梦回，我才清醒地意识到，我终究是再也见不到你了，躺在身边熟睡的儿子再也见不到爸爸了……

你我自高中相识，一路相互陪伴走过了近 20 年的时光，我们是同学、是夫妻，也是最要好的朋友和战友。作为妻子，我理解你、支持你，你冲锋在缉毒第一线，我照顾家中的老人、孩子；作为战友，我敬佩你那么热爱公安事业，在你 13 年的警察生涯里，你虽然只是一名最基层的民警，却屡立战功，被称为中国顶级缉毒高手，我以你为傲！可是我更担心你，因为我非常清楚，毒品犯罪是重罪，你面对的都是亡命之徒。这么多年来，无数次看到你带着伤回家，我都十分心疼，可我除了嘱咐你下次小心点，竟说不出责备的话。我知道，不管面临多大的危险，疾恶如仇的你总会冲锋在最前头，因为这是你的使命！

你常常跟我说，毒品的危害巨大，一个人吸毒，毁的是一个家庭，很多人吸毒，毁的是整个社会。你还说，毒品犯罪就像一棵大树，贩毒团伙和吸毒人员只是枝枝叶叶，制毒工厂才是树根，只有把制毒工厂打掉，才能真正把毒品犯罪连根拔除！你已经尽力了！这些年来，你侦破了那么多起毒品大案要案，捣毁了那么多个制毒工厂，打掉了那么多个毒品犯罪团伙，你挽救了无数人的生命和家庭，却也为你所热爱的公安事业奉献了年仅36岁短暂而又宝贵的生命！我多想再尝一口你为我做的饭菜，多想再和你一起牵着儿子散步，可是再也不能了……

人们之所以看不到黑暗，是因为有像你这样的英雄用生命把黑暗挡在了人们看不到的地方。你牺牲了，可你无怨无悔。我想对你说，在我的人生里，很幸运能有你陪伴走过20年。感谢你曾经出现在我的生命里，呵护我，照顾我！虽然你走的时候没有留下只言片语，但我知道，我和5岁的儿子、年迈的老人是你最大的牵挂。儿子现在很乖也很懂事，有时会闹着说很想爸爸，但是又会自己告诉自己："爸爸现在生病了，他很快就会回来了。"

科伟，你放心吧。今后的路，我将会带着孩子和家人继续前行，虽然会很苦，虽然会很累，但我们会坚强地走下去。

我知道，你一直在天上看着我们。

你的爱妻：婧婧

2017年3月27日

（二）前赴后继

甘科伟牺牲之后，南宁市公安局禁毒支队的战友们化悲痛为力量，向甘科伟奋力拼搏的精神看齐，连破毒品大案。

甘科伟遗留的一些情报再次发挥了重大作用。

2017 年 5 月 31 日，禁毒支队再次侦破一起制毒大案，查获冰毒成品超 500 千克，这也是广西历年缴获冰毒数量最大的制毒、贩毒案。

战友们来到三楼甘科伟的办公室，把一束束鲜花放在他生前的办公桌上，告慰甘科伟的在天英灵：“科伟兄弟，你放心吧，你未竟的事业，我们替你完成！我们会沿着你没有走完的路，继续走下去，坚守在惩恶扬善的公安禁毒战线上。禁毒的旗，我们扛着；首府的安定，我们守护着……”

2017 年 5 月 19 日，电视上播放了一则新闻，习近平总书记来到公安英模中间，说：“你们不愧为党和人民的忠诚卫士，党和人民感谢你们。”

总书记的话刹那间温暖了黄婧婧的心。

黄婧婧搂着小宝，在心中默默地说：

科伟，你是我的骄傲！我会以你为榜样，恪尽职守，从警为民，忠诚奉献，做一名优秀的人民警察。

科伟，你放心，我会好好培养我们的小宝。我希望他长大后，像你一样做一名忠诚担当、从警报国的铮铮男儿，你同意吗？

科伟，我已学会冷静。即使在无人的时候，我也会悄悄别过头去，用尽所有隐忍，逼退悬在眼底的泪。因为我还要照顾我们的亲人，完成你的心愿。

科伟，如果有下辈子，我还会嫁给你，嫁给穿警服的你！

后记

长篇报告文学《青山壮歌》出版之后，我感觉意犹未尽。在《青山壮歌》中，我采用倒叙的创作手法，把主人公甘科伟的出场时间安排在他的大学时代，当时他二十岁，刚刚考入大学，正处在人生的分水岭。可以说，甘科伟前二十年的人生历程在《青山壮歌》中几乎是空白的。

《青山壮歌》出版后，我与甘科伟的爱人、父母、两个弟弟接触数次，又与甘科伟的许多同事聊天，得到了一些新的线索。我再次被这些细节所感动。

对甘科伟而言，二十年时间已占据了他过半的人生。在采访了甘科伟小学、初中、高中相关的老师和同学后，我发现甘科伟二十岁之前的人生也充满了精彩的故事。

童年时期的甘科伟，曾跟随大伯一家在位于广西宾阳与来宾交界处的廖平农场生活过一段时间。大伯甘俄标在农场当警察，酷爱武术，工作认真负责。甘科伟耳濡目染，从小立志从警，跟随大伯习武。少年时期的山野生活，甘科伟渐渐养成了勇敢坚毅、乐于助人的美好品质。高中时期纯真的友情、大学时期青涩的爱情等，都能看到甘科伟对美好生活的憧憬与向往。他小学时立下的警察梦，中学时的见义勇为，都已昭示他日后会成为一名优秀的警察。

当上警察之后，甘科伟从基层民警做起，一步一个脚印，后来又当上刑警、缉毒警察，工作越来越危险，也更具挑战性。特别是当上缉毒警察之后，甘科伟不惧生死，多次深入虎穴，与穷凶极恶的毒贩斗智斗勇。他夜以继日忘我工作，屡次研判关键线索，为侦破大案、要案提供了有力支撑。甘科伟从警十三年，在他热爱的警察岗位上兢兢业业，一直战斗到生命的最后一刻。他用忠诚奉献和责任担当，书写了“人民公安为人民”的英雄诗篇。

甘科伟参加工作后的许多精彩故事，来自他的领导和同事的回忆与讲述。我切身感受到和甘科伟一起并肩作战的同事们失去战友的那股锥心痛楚。他们有的刚从蹲守点换班回来，武器还别在身上，听说我是撰写甘科伟事迹的作家，来不及休息，如数家珍般讲述他们与甘科伟共事的岁月。

甘科伟的好战友廖警官，一条硬汉，讲着讲着，泪水不知不觉挂在他的眼角。末了，他握着我的手说：“朱老师，您一定要好好写写我的这位兄弟，他这么早牺牲，那些出生入死的故事，再不写就没人知道了。”

因此，我萌生了重新创作一部人物传记的想法，以全面反映缉毒英雄甘科伟传奇的一生。在写作过程中，我得到了南宁市公安局禁毒支队领导，以及甘科伟的亲属、同学和战友的大力协助，特此致谢！书中一些主要人物的名字都进行了艺术处理，特此说明。

朱千华

2020 年 7 月 10 日于南宁心圩江畔